CW01508718

Sommer 1923. Kommissar Leo Wechsler und seine Freundin Clara Bleibtreu verbringen ein paar Urlaubstage auf Hiddensee. Dort lernt Clara die Ärztin und Frauenrechtlerin Henriette Strauss kennen, eine lebhafte, charismatische Frau. Clara fühlt sich sofort zu ihr hingezogen. Doch zu einer näheren Bekanntschaft kommt es nicht, denn im Herbst stirbt Henriette völlig unerwartet in ihrer Wohnung in Charlottenburg. Ihr Neffe Adrian, der ihr sehr nahestand, kann nicht glauben, dass es ein natürlicher Tod war. Ist sein Verdacht, dass seine Tante ermordet wurde, wirklich gänzlich aus der Luft gegriffen? Die Todesursache lässt sich nicht mit Sicherheit feststellen, man vermutet einen Herzanfall. Doch auch eine Vergiftung ist denkbar. Bei seinen Ermittlungen stößt Leo auf verdächtige Vorkommnisse in dem Krankenhaus, in dem Henriette Strauss gearbeitet hatte ...

Susanne Goga lebt als Autorin und Übersetzerin in Mönchengladbach. Sie hat außer ihrer Krimireihe um Leo Wechsler mehrere historische Romane veröffentlicht. Bei <u>dtv</u> sind bereits die beiden ersten Leo-Wechsler-Romane erschienen: ›Leo Berlin‹ (<u>dtv</u> 21390) und ›Tod in Blau‹ (<u>dtv</u> 24577).

Susanne Goga

Die Tote
von Charlottenburg

Kriminalroman

Deutscher Taschenbuch Verlag

Von Susanne Goga
sind im Deutschen Taschenbuch Verlag erschienen:
Leo Berlin (21390)
Tod in Blau (24577)

Ausführliche Informationen über
unsere Autoren und Bücher
finden Sie auf unserer Website
www.dtv.de

Originalausgabe 2012
© 2012 Deutscher Taschenbuch Verlag GmbH & Co. KG,
München
Vermittelt durch die Literarische Agentur
Thomas Schlück GmbH, Garbsen
Umschlagkonzept: Balk & Brumshagen
Umschlaggestaltung: Wildes Blut, Atelier für Gestaltung,
Stephanie Weischer unter Verwendung
eines Fotos von gettyimages/Hulton Archive
Satz: Fotosatz Amann, Aichstetten
Gesetzt aus der Sabon Antiqua 9,75/12
Druck und Bindung: Druckerei C. H. Beck, Nördlingen
Gedruckt auf säurefreiem, chlorfrei gebleichtem Papier
Printed in Germany · ISBN 978-3-423-21381-3

PROLOG

Die Hand legte sich wie ein Schraubstock über ihren Mund. Es ging so schnell, dass sie nicht reagieren konnte. Der Mann – es musste ein Mann sein, der Griff war sehr kräftig – zerrte sie in die dunkle Nische neben der Tür, in der ein Waschbecken angebracht war. Er presste sie gegen das kalte Emaille.

Henriette versuchte, klar zu denken, doch die Angst lähmte ihren Geist.

»Sie war bei dir«, knurrte eine Stimme an ihrem Ohr.

»Ick bin ihr nachjeloofen.«

Er versetzte ihr einen Stoß. Im nächsten Moment schlug ihr Kopf gegen die Wand über dem Becken.

»Und nu isse tot.«

Henriette schluckte.

»Det Aas is tot, und ick steh alleene da mit die Kinder.«

Henriette stöhnte gedämpft auf. Er nahm die Hand weg, hielt ihren Körper aber weiter fest umklammert.

»Von wem sprechen Sie?«

»Frag nich so blöd«, wieder prallte ihr Kopf gegen die kalte Mauer. »Hast se doch zu dem Weib jeschickt, det ihr versaut hat!«

Henriette versuchte, ihre rasenden Gedanken unter Kontrolle zu bringen. »Wann soll sie bei mir gewesen sein?«

»Janz alleene«, sagte der Mann, ohne auf ihre Frage

zu antworten. »*Jeblutet hat se, bis nüscht mehr in ihr drinne war.*« *Sie hörte ein unterdrücktes Schluchzen in seiner Stimme.* »*Die hat jehofft, det du ihr hilfst, und jetzt isse tot …*«

Eine Ahnung überkam sie. Als sich sein Griff ein wenig lockerte, stieß Henriette hervor: »*Ich erinnere mich an Ihre Frau. Ich habe ihr einen Arzt genannt, der sich um Frauen in Not kümmert. Warum sie nicht zu ihm gegangen ist, weiß ich nicht.*«

Er riss ihren Kopf an den Haaren nach hinten und sagte dicht an ihrem Ohr: »*Ick gloob dir keen Wort.*«

In diesem Augenblick erklangen draußen auf dem Gehweg Schritte.

»*Det wird dir noch leidtun*«, *zischte er und glitt so rasch davon, dass sie nur noch seine dunkle Gestalt im Hof verschwinden sah.*

Sie atmete tief durch und blieb einen Moment reglos stehen. Dann rückte sie den Hut zurecht und trat auf den Gehweg.

1

Clara Bleibtreu wachte auf, als die ersten Sonnenstrahlen über das Bett tanzten. Sie reckte sich und genoss wie eine Katze die sommerliche Wärme, die durchs Fenster drang. Dann stützte sie sich auf einen Ellbogen und betrachtete den schlafenden Mann an ihrer Seite. Es war nicht ihre erste gemeinsame Nacht, aber alles erschien ihr jetzt ganz anders als sonst. Sie waren weit weg von Berlin, hatten die Großstadt mit ihrem Lärm und den Alltagssorgen hinter sich gelassen. Es war ein wunderbares Gefühl, von niemandem gestört zu werden, nicht mit einem Ohr auf die Türklingel oder das Telefon horchen zu müssen. Im Augenblick war Berlin mit seinem Elend, den politischen Unruhen und den bedrückenden Verbrechen weit weg.

Leo lag auf der Seite. Die dunklen Haare waren ihm ins Gesicht gefallen und verdeckten seine Augen. Auch die charakteristische Narbe, die ihr so vertraut geworden war, blieb verborgen. Clara ließ die Augen zärtlich über seine nackten Schultern und die schlanken, muskulösen Arme wandern und kam sich beinahe wie ein Voyeur vor, da sie die Verletzlichkeit des Schlafes ausnutzte, um Leo ungestört zu betrachten. Manchmal musste sie das tun, um wirklich zu begreifen, was mit ihr geschehen war.

Letztes Jahr im Sommer war Leo Wechsler zum ersten Mal in ihre Leihbücherei gekommen. Ein freundlicher, ein wenig distanziert wirkender Mann, der Lektüre für seine Kinder suchte. Sie waren einander sympathisch gewesen, aber auch scheu, da beide leidvolle Erfahrungen hinter sich hatten. Irgendwann hatte er von seinem Beruf als Kriminalkommissar erzählt, dem Leben mit zwei noch kleinen Kindern, deren Mutter während der großen Grippeepidemie nach dem Krieg gestorben war. Außerdem lebte seine unverheiratete Schwester bei ihnen, die ihm seither den Haushalt führte.

Clara hatte lange gezögert, bevor sie etwas von sich preisgegeben hatte. Sie sprach ungern über ihre unglückliche Ehe. Sie war schuldig geschieden worden, was zu einem Bruch mit ihrer Familie geführt hatte. Danach hatte sie sich ein neues Leben aufgebaut, in dem sie sich nur auf sich selbst verließ, hatte eine Schutzmauer errichtet, um nie wieder so tief verletzt zu werden. Leo Wechsler war der erste Mann, dem sie einen Blick hinter die Mauer gestattete. Eine zufällige Begegnung mit ihrem früheren Ehemann hatte sie schließlich dazu gezwungen, Leo die Wahrheit zu sagen, was ungeheuer befreiend gewesen war.

An einem Winterabend hatte sie ihn mit in ihre Wohnung genommen. Clara wusste, dass es auch in heutiger Zeit noch ungewöhnlich war, wenn eine Frau einem Mann zeigte, dass sie mit ihm schlafen wollte. Leo war anfangs sehr zurückhaltend gewesen, weil er von ihrer unglücklichen, von Gewalt und Rücksichtslosigkeit geprägten Ehe wusste; er wollte sie nicht verletzen. Irgendwann aber hatte ihre Lust die Furcht überwunden. Als sie nackt vor ihm gestanden und seine Hand auf ihre Brust gelegt hatte, war eine Welle über sie hinweggefegt und hatte sie von den Füßen gerissen.

In den vergangenen Monaten war Clara glücklicher gewesen als je zuvor und ahnte doch, dass es nicht immer so weitergehen konnte. Denn sie fühlte sich nie ganz frei, wenn sie Leo zu Hause besuchte, und scheute davor zurück, im Beisein seiner Schwester ihre Gefühle offen zu zeigen.

Die Tage auf Hiddensee waren von einer Unbeschwertheit, nach der sie süchtig zu werden drohte. Sie hatten gezögert, als unverheiratetes Paar zu verreisen. Dann aber war Clara auf Hiddensee verfallen, weil die Insel als Künstlerkolonie galt und man dort gewiss weniger strenge Maßstäbe anlegte. Sie hatte es nicht bereut. Leo ganz für sich allein zu haben, war eine Erfahrung, die sie zutiefst berührte.

Die Sonne schien warm durchs Fenster; ein Frühmorgenspaziergang wäre genau das Richtige. Clara stand behutsam auf und zog sich an, nahm die Schuhe in die Hand und schlich aus Leos Zimmer. Sie hatten getrennte Zimmer in der Pension genommen, um neugierige Fragen der Pensionswirtin zu vermeiden.

Im Haus war es noch still, nur aus dem Frühstückszimmer erklang das Klappern von Geschirr. Sie glitt leise an der Tür vorbei, damit Frau Sommer, die Besitzerin, sie nicht bemerkte.

Das kleine Seebad Vitte, in dem sich die Pension befand, bestand aus einer Ansammlung vereinzelter Häuser, umgeben von grünen Wiesen. Jenseits der Wiesen gab es nur noch den Strand und die Ostsee. Um diese Zeit war kaum jemand unterwegs.

Clara zog die Schuhe gar nicht erst an und genoss es, das frische Gras, auf dem der Tau schon getrocknet war, unter den Füßen zu spüren. Der Sand war kühl, feucht und angenehm fest. Sie ging bis ans Wasser und blieb stehen, bis sie allmählich einsank, während die Brandung ihre Knöchel umspülte. Sie bückte sich und hob ein paar Muscheln auf, die wollte sie für Georg und Marie, Leos Kinder, mitnehmen. Auf ein Stückchen Bernstein hatte sie auch gehofft, war bis jetzt aber noch nicht fündig geworden. Dann musste sie eben eines im Andenkenladen kaufen.

Im Weitergehen wäre sie fast mit einer Frau zusammengeprallt. Clara war so versunken gewesen, dass sie sie gar nicht bemerkt hatte.

Die Frau stand auf einem Bein, die Arme über den Kopf

erhoben, die Fingerspitzen aneinandergelegt, und schaute Clara gelassen an. »Ein wunderschöner Morgen für einen Spaziergang.«

»In der Tat. Bitte verzeihen Sie, wenn ich störe, ich war in Gedanken.«

»Es ist ja nichts passiert.«

Die Frau mochte Ende dreißig sein. Am auffallendsten war ihr goldbraunes, seidig schimmerndes Haar. Sie trug es lang, aber nur lässig im Nacken zusammengesteckt. Ihr schlichtes weißes Kleid schien dem Haar den Vortritt zu lassen, sodass es alle Aufmerksamkeit auf sich zog. Die Frau hatte eine tiefe Altstimme, die ein wenig heiser klang. Als Clara genauer hinschaute, bemerkte sie die kleinen Fältchen an Augen und Mundwinkeln und korrigierte ihre Schätzung auf einige Jahre über vierzig. Kein schönes, aber ein ausdrucksvolles Gesicht, ein Gesicht, an das man sich erinnerte.

Sie wollte weitergehen, doch die Frau setzte den zweiten Fuß auf den Boden und machte einen Schritt auf sie zu. »Ich bin ohnehin fertig. Was gibt es Schöneres als Yoga am Strand?«

Clara hatte einmal von Yoga gelesen, aber nie gesehen, wie jemand es praktizierte.

»Eine asiatische Kunst, nicht wahr?«

»Ja. Das war die Baum-Position«, erklärte die Frau und streifte die weißen Leinenschuhe über, die neben ihr im Sand standen.

»Sind Sie schon einmal in Asien gewesen?«

»Ja, vor langer Zeit. Ich habe dort Yoga gelernt. Hier mag es exotisch wirken, aber in vielen Ländern gehört es zum Alltag.« Die Frau breitete impulsiv die Arme aus, als wollte sie Meer und Strand umfangen. »Schauen Sie nur – außer uns kein Mensch, so weit man sehen kann, keine Eisverkäufer und Limonadenhändler, nicht einmal ein Fischer …«

»Sind Sie eine Menschenfeindin?«, fragte Clara leicht belustigt.

»Keineswegs, aber wenn man das Jahr über in Berlin lebt, gewinnt die Einsamkeit durchaus an Anziehungskraft«, entgegnete die Frau lächelnd. Dann fügte sie mit einem leichten Nicken hinzu: »Henriette Strauss.«

»Clara Bleibtreu. Ich glaube, ich habe Ihren Namen schon einmal gehört.« Clara hob die Hand. »Sind Sie Ärztin?«

»Ja«, erwiderte die Frau.

»Jetzt fällt es mir ein. Meine Freundin Magda Schott hat Sie erwähnt.«

»Ja, wir kennen uns.«

»Verzeihen Sie, dass ich so viel frage. Aber ich bin unheilbar neugierig«, sagte Clara.

Henriette Strauss lachte. »Wenn Sie mir von sich erzählen, erzähle ich auch von mir.«

»Abgemacht.«

Henriette Strauss holte eine silberne Dose heraus und bot Clara eine Zigarette an, die diese dankend ablehnte.

»Wenn ich Sie nicht in Ihrer Morgeneinsamkeit störe, können wir ein Stück gemeinsam gehen«, schlug die Ärztin vor.

Clara nickte. Während sie nebeneinander über den feuchten, mit Muschelsplittern übersäten Sand schlenderten, sah sie die ältere Frau von der Seite an. »Darf ich Sie noch etwas fragen?«

»Nur zu.«

»Ärztinnen sind nach wie vor etwas Besonderes, nicht wahr? Ich stelle es mir schwer vor, als Frau diesen Beruf auszuüben. Mussten Sie sehr für Ihre Ausbildung kämpfen?«

Henriette Strauss stieß eine Rauchwolke in die Morgenluft und verzog das Gesicht. »Heutzutage geht es. Der Krieg hat vieles verändert. Wenn man die jahrelangen Erniedrigungen ertragen kann und sich bewährt, erhält man irgendwann die verdiente Anerkennung. Aber es dauert länger und kostet mehr Kraft als bei jedem Mann.«

»Für Frauen ist es sicher angenehmer, von einer Ärztin behandelt zu werden.«

»Und von ihr beraten zu werden. Ich arbeite nicht nur im Krankenhaus, sondern auch in einer Beratungsstelle für Frauen. Dort geht es meist um Schwangerschaft, Verhütung, Stillen und Ehestreitigkeiten. Es ist mühsam, immer wieder gegen Mauern anzurennen, die man schon längst niedergerissen glaubte. Viele Ärzte und Politiker, darunter übrigens auch Frauen, wollen nicht begreifen, dass wir in einer neuen Zeit leben«, sagte die Ärztin und strich sich mit einer anmutigen Geste die Haare aus dem Gesicht.

»Gibt es viele, die mit Ihnen zusammenarbeiten?«

Henriette Strauss schüttelte den Kopf. »Leider sind wir immer noch wenige und müssen uns für das, was wir tun, fortwährend rechtfertigen. Glauben Sie nicht, ich schwelgte in Selbstmitleid. Aber wenn man Dinge verändern will und immer wieder daran gehindert wird, wenn man sieht, in welchem Elend viele Frauen leben, von zahllosen Schwangerschaften ausgelaugt, mit kranken, unterernährten Kindern, auf die immer neue kranke und unterernährte Kinder folgen – das ist schlimm.«

Sie ließ die Zigarette fallen und trat sie energisch aus, als wollte sie ihre Worte unterstreichen. »Natürlich gibt es auch Erfolge. Dennoch, es bleibt viel zu tun.«

»Haben Sie auch eine eigene Praxis?«

»Nein, ich arbeite auf der Frauenstation im Luisenkrankenhaus. Die Beratung mache ich in meiner Freizeit.«

»Dann bleibt Ihnen sicher wenig Zeit für einen Inselurlaub.«

Die Ärztin lachte. »So schlimm ist es nun auch wieder nicht. Ich nehme mir durchaus Zeit für mein Privatleben. Ich treffe mich regelmäßig mit einigen Frauen aus den unterschiedlichsten Berufen. Wir tauschen uns aus, helfen einander, diskutieren, gehen gemeinsam essen oder ins Theater. Früher bin ich viel gereist, Indien, China, Australien. Wenn man unabhängig ist, kann man seinen Tag frei gestalten.«

Unabhängig, dachte Clara, also ohne eigene Familie. So lebte sie selbst seit Jahren und hatte oft eine Leere gespürt, die auch die Arbeit nicht ausfüllen konnte. Erst seit sie Leo kannte, begann sich diese Lücke zu schließen wie eine Wunde, die nach und nach verheilt.

»Nun bin ich dran mit Fragen«, sagte Henriette Strauss unvermittelt.

»Ich führe eine Leihbücherei in Moabit«, erklärte Clara bereitwillig.

»Wie interessant – Sie bringen den Menschen in einem Arbeiterviertel die Literatur nahe. Das wäre ein anregendes Thema für einen unserer Abende. Kommen Sie doch einmal dazu, ich würde mich freuen.« Sie hielt ihr eine Visitenkarte hin, die Clara entgegennahm und in ihre Rocktasche steckte.

»Nun ja, es geht nicht nur um Literatur«, meinte sie bescheiden. »Auch Courths-Mahler und Gerstäcker leihen die Leute gern aus, um sich den grauen Alltag bunt zu malen. Und Ratgeber, wie man mit wenig Geld haushält und eine Familie durchbringt.«

»Egal, wichtig ist, dass gelesen wird«, erklärte Henriette Strauss kategorisch. »Aber Bücher allein helfen nicht weiter. Das Elend ist so groß. Man weiß, dass es nicht ewig so weitergehen kann, und doch wagt niemand einen radikalen Schritt. Die Frauen, die in meine Beratung kommen, sind verzweifelt.«

Hier auf der Insel, im hellen Sonnenschein, den feinen Sand unter den Füßen, den Wind im Haar, konnte Clara sich kaum in die grauen Elendsviertel der Metropole versetzen. Berlin erschien ihr auf einmal unendlich fern.

Es war, als könnte Henriette Strauss Claras Gedanken lesen. Sie bückte sich und schrieb mit dem Finger das Wort »Inflation« in den festen, feuchten Sand. Dann trat sie zurück und wartete, bis das Wasser darüber hinweggeschwappt war und die Buchstaben gelöscht hatte.

»Und – schreiben Sie auch?«, fragte die Ärztin unvermittelt.

Clara schaute sie fragend an.

»Nun, ich dachte, auf Hiddensee träfen sich lauter schöpferische Menschen.«

Clara schüttelte lachend den Kopf. »Nein, ich verleihe nur, was andere schreiben.«

»Haben Sie nie den Wunsch verspürt, selbst zu schreiben?«

Hatte sie das?, fragte sich Clara. Seltsam, die Frage hatte sie sich nie gestellt. Vielleicht war ihr eigenes Leben in den vergangenen neun Jahren zu wechselhaft und aufwühlend gewesen, um Muße dafür zu finden. Der lange Krieg, ihre gescheiterte Ehe, der Kampf um eine unabhängige Existenz – oder waren gerade dies Erfahrungen, die einen zum Schreiben inspirieren konnten?

»Sie sehen aus, als hätte ich Sie verwirrt. Das wollte ich nicht.«

»Schon gut. Ich dachte nur... Vielleicht muss man sich entscheiden, ob man sein Leben leben oder beschreiben möchte. Im Augenblick möchte ich es lieber leben.«

»Ihr Lächeln macht mich neugierig, aber ich werde diskret sein und nicht weiterfragen.« Dann warf sie Clara einen Seitenblick zu. »Oder doch? Sind Sie allein auf Hiddensee?«

»Nein. Mit einem Freund.«

Die Ärztin nickte zufrieden, hob einen Stein auf und schleuderte ihn weit ins Meer.

Clara schaute sie nachdenklich an. Vielleicht würde sie die Einladung tatsächlich annehmen. Die Frau mit ihren lebhaften Gedankensprüngen und der unkonventionellen Art gefiel ihr.

Leo öffnete die Augen und fragte schlaftrunken, als er sie am Fenster stehen sah: »Was – was tust du da?«

»Ich genieße es, meinen Liebhaber ungestört zu betrachten.«

Er stützte sich auf die Ellbogen. »Liebhaber? Das klingt nach einem französischen Roman aus dem 19. Jahrhundert«, meinte er belustigt und setzte sich auf, wobei er sich das Kissen in den Rücken stopfte.

»Ach ja? Was soll ich denn sonst sagen?«

»Geliebter vielleicht«, schlug er vor.

»Wo soll da bitte der Unterschied sein?«, fragte Clara herausfordernd.

Leo verschränkte die Arme hinter dem Kopf und schien angestrengt nachzudenken. »Mein Gefühl sagt mir, dass es einen gibt.« Er überlegte. »Leider fällt er mir gerade nicht ein.«

Clara setzte sich auf die Bettkante und legte eine Hand auf seine Brust. »Ehrlich gesagt, habe ich noch an etwas anderes gedacht. An den Abend, an dem ich dich zum ersten Mal mit in meine Wohnung genommen habe.«

»An dem du mich verführt hast, wolltest du sagen«, korrigierte er sie grinsend.

»Ich meine es ernst«, sagte Clara und wich ein wenig zurück.

Leo ergriff ihre Hand und drückte sie an seine Wange. »Verzeih. Auch ich werde diesen Abend nie vergessen. Es …« Er verstummte.

»Was meinst du?«

Er schluckte und schaute zum Fenster. »Es ist lange her, dass ich so empfunden habe.«

Sie streifte die Schuhe ab und legte sich neben ihn aufs Bett, den Kopf an seine Brust gelehnt. Er strich ihr übers Haar, und sie schwiegen gemeinsam, weil sie keine Worte brauchten.

Später gingen sie im Ort spazieren. »Vorhin habe ich am Strand eine bemerkenswerte Frau aus Berlin kennengelernt.« Clara berichtete von der Begegnung mit Henriette Strauss. »Sie würde dir gefallen. Eine wirklich kluge Frau mit vielen Interessen, die mit beiden Beinen im Leben steht.«

»So eine Frau kenne ich schon«, sagte er und strich ihr eine Locke hinters Ohr.

»Lenk nicht ab. Sie trifft sich regelmäßig mit anderen berufstätigen Frauen und hat mich dazu eingeladen. Ich würde gern hingehen. Sie hat mir beim Abschied ihre Karte gegeben.« Clara hielt Leo die Visitenkarte hin.

Dr. med. Henriette Strauss
Sophie-Charlotte-Platz 16a
Berlin-Charlottenburg
Fernsprecher: 25312

»Wenn sie dich so beeindruckt hat, solltest du die Einladung annehmen«, sagte er.

Sie blieben vor einem auffallenden blau gestrichenen Gebäude stehen. Das reetgedeckte Haus mit dem tiefgezogenen Dach und den weißen Fenstern war von einem hübschen Bauerngarten umgeben. Es besaß keinen Zaun, sondern eine Umgrenzung aus großen Steinen, und als sie dort Halt machten, drehte sich eine Frau, die gerade im Garten arbeitete, zu ihnen um. Sie mochte Anfang sechzig sein, doch die frische Gesichtsfarbe und die Lachfältchen um die Augen verliehen ihr etwas Jugendliches.

»Wir bewundern gerade Ihr blaues Haus«, sagte Leo.

Die Frau lachte. »Es ist nicht zu übersehen, was? Kommen Sie doch herein. Vielleicht möchten Sie sich die Ausstellung ansehen.«

»Eine Ausstellung?«

Die Frau gab ihnen die Hand. »Henni Lehmann. Ich bin

Malerin und habe letztes Jahr einen Künstlerinnenbund gegründet. Hier in der Scheune präsentieren wir unsere Werke.«

Sie führte sie zur Tür. In dem schlichten Raum waren Aquarelle und Zeichnungen ausgestellt. Leo schaute sich die Bilder an, während Clara sich mit Frau Lehmann unterhielt.

Vor einem kleinen Aquarell blieb er stehen. Es zeigte die Scheune, in der sie gerade standen, unter einem zartblauen Himmel mit federleichten Wolken. Es war, als hätte jemand eben diesen Tag gemalt. Er drehte es vorsichtig um, konnte aber keinen Preis entdecken. Dann blickte er zu der Malerin und nickte mit dem Kopf zu Clara hinüber.

Sie verstand ihn sofort. »Nebenan sind einige sehr hübsche Töpferarbeiten, falls Sie sich die ansehen möchten. Ich komme gleich nach.«

Sowie Clara den Raum verlassen hatte, erkundigte er sich nach dem Preis. »Das ist wirklich hübsch«, sagte Henni Lehmann und nannte einen angemessenen Betrag. Leo bezahlte, ließ das Bild in Seidenpapier wickeln und schob es behutsam in die Innentasche seines Jacketts.

Nachdem er und Clara sich verabschiedet hatten, gingen sie in ein Café und setzten sich auf die Terrasse. Dort zog Leo das Aquarell aus der Jacke.

»Manchmal muss ich dir einfach etwas schenken. Und heute schenke ich dir diesen Tag.«

2

»Mein Freund entdeckte die leere Box im Stall erst am nächsten Morgen«, berichtete der elegant gekleidete Mann empört. »Sein bester Zuchthengst, für den er einen sagenhaften Preis gezahlt hatte – einfach verschwunden!«

Die Kollegen hörten ihm interessiert zu.

»Er hat natürlich sofort die Suche eingeleitet. Der ganze Gutshof war auf den Beinen, auch viele Leute aus dem Dorf haben geholfen – umsonst. Dann gab ihm jemand einen Tipp.«

Kriminalsekretär Robert Walther schaute beiläufig zu Leo Wechsler, der mit verschränkten Armen an einem Aktenschrank lehnte und schwieg.

»Man hatte das Tier heimlich auf einen Wagen verladen und nach Spandau gefahren, wo es in einer Metzgerei geschlachtet und zu Wurst und Sauerbraten verarbeitet worden war. Ein unbezahlbares Renn- und Zuchtpferd!«

»Nun, so hat es wenigstens einen guten Zweck erfüllt«, sagte eine spöttische Stimme. »Vermutlich hat es den Menschen auf diese Weise mehr Freude bereitet, als wenn es auf einer Rennbahn im Kreis gelaufen wäre.« Leo schnipste sich ein Stäubchen vom Ärmel, nickte in die Runde und verließ den Raum. Robert sah sich achselzuckend um und folgte ihm auf den Flur des Morddezernats hinaus.

»Du kannst es nicht lassen, was?«

Leo ging ungerührt weiter und öffnete die Tür zum Vorzimmer, wo seine Sekretärin Fräulein Meinelt an der Schreibmaschine saß. »Ich habe nur gesagt, was ich denke.«

»Von Malchow ist ja verflixt schnell wieder zu uns zurückgekommen«, meinte Robert und folgte ihm. Er und sein Kollege Berns arbeiteten im Raum nebenan, der mit Leos Büro durch eine Tür verbunden war.

Leo setzte sich an den Schreibtisch und verschränkte die Hände hinter dem Kopf. Draußen auf der Dircksenstraße ratterte die Stadtbahn vorbei. »Natürlich, der Herr soll eine zweite Chance erhalten, nachdem er meine Schwester bespitzelt und sich allgemein unmöglich benommen hat. Du weißt genau, ein x-beliebiger Beamter wäre nicht so bald aus der Inspektion D zurückgekehrt, den hätten sie viel länger schmoren lassen. Aber Herr von Malchow hat einflussreiche Freunde.«

Als Robert plötzlich loslachte, sah Leo ihn fragend an.

»Deine Bemerkung über das Pferd war schon gut.«

»Ich wüsste nicht, weshalb ich einen Rennstallbesitzer bedauern sollte, während die Menschen aus Hunger auf die Straße gehen. Die essen auch Hunde und Katzen, darauf gebe ich dir mein Wort.«

»Ich weiß doch, dass du recht hast«, sagte Robert gutmütig. »Nur könnte man dich glatt für einen KPD-Sympathisanten halten, wenn man dich so reden hört. Selbst wenn die SPD das Sagen hat, wollen die noch lange keinen roten Kommissar. Vielleicht willst du ja doch noch mal befördert werden.«

»Nicht um jeden Preis.«

Manchmal beneidete Robert seinen Freund um dessen Unbeirrbarkeit. Er buckelte vor niemandem, hielt nie mit seiner Meinung hinter dem Berg, nahm Kollegen in Schutz, die seiner Ansicht nach zu Unrecht getadelt worden waren. Nie würde er vor jemandem zurückweichen, nur weil dieser einflussreiche Freunde hatte. Bisher hatte ihm sein Verhalten nicht geschadet, weil er gute Arbeit leistete und bei seinem Vorgesetzten Ernst Gennat wohlgelitten war. Bisweilen aber fragte sich Robert, wie lange das gutgehen würde. Und wie lange Leo seine Familie noch mit dem Gehalt eines Kommissars durchbringen konnte.

Leo seufzte. »Ich finde nur, dass ein Rennpferd in diesen Zeiten vollkommen überflüssig ist. An jeder Ecke stehen die Leute an den Suppenküchen Schlange, in den Schulen verteilen sie Lebensmittel an die Kinder. Georg kam letzte Woche mit einem Päckchen Schwarzbrot nach Hause.« Er schüttelte den Kopf. »Ich weiß, uns geht es besser als den meisten, aber es wird allmählich eng. Ilse tauscht jetzt Eier und Briketts gegen neue Schuhsohlen. Viele Kinder tragen Holzsohlen, die können damit kaum laufen. Hast du das hier gesehen?« Er holte eine Broschüre aus der Schublade und warf sie auf den Tisch. Der Titel lautete: ›Not in Berlin. Tatsachen und Zahlen‹. »Vom Oberbürgermeister persönlich verfasst.«

»Kenne ich nicht«, sagte Robert.

»Solltest du aber. Georg hat mir erzählt, dass viele seiner Klassenkameraden nur trockenes Brot für die Pause dabei haben. Keine Milch. Sein Freund Peter sagt, dass seine kleine Schwester noch nie Milch getrunken hat, das Kind ist zwei Jahre alt. Oft traut er sich nicht in die Schule, weil er nichts Sauberes anzuziehen hat. Die Kollegen von der Inspektion C wissen nicht, wo ihnen der Kopf steht. Zahllose Fälle von Mundraub und Diebstahl von Lebensmitteln, gestohlene Brotkarten –« Er verstummte.

Robert fühlte sich leicht unbehaglich, wie immer, wenn Leo so leidenschaftlich über das Elend anderer Menschen sprach. Natürlich war die Not schlimm, aber als Polizeibeamter hatte man zumindest eine sichere Stelle. Manchmal wünschte er sich, der Freund und Kollege würde das Leben etwas leichter nehmen.

»Das weiß ich doch alles, aber da können wir nichts dran ändern. Wir sind doch keine Politiker.«

»Wer nur für sich sorgen muss, hat es leichter«, entgegnete Leo. »Mit einer Familie wird es schwierig. Eine Fabrik bei uns in Moabit gestattet den Arbeiterinnen neuerdings, den Lohn morgens am Werktor abzuholen, damit sie sofort das Nötigste besorgen können, weil sie nach Feierabend für das Papier nichts mehr bekommen. Und für von Malchow ist es eine Tragödie, dass dieser teure Klepper in einem Kochtopf gelandet ist.«

Sie schauten einander an und mussten wieder lachen. »Na ja, immerhin ist uns der Humor noch nicht vergangen. Ist vielleicht der einzige Weg, um dieses Leben auszuhalten«, meinte Leo.

»Kennst du den Witz von dem Oberkellner, der –«

Das Telefon klingelte. Robert meldete sich. »Ja, verstehe. Erst ärztlich versorgen, dann zu Heidler zur Befragung. Der Kollege hat sich auf solche Fälle spezialisiert.« Er hängte ein. Auf Leos fragenden Blick sagte er: »Raubüberfall hinter dem Stettiner Bahnhof. Das Opfer wurde nicht nur seiner Wertsachen beraubt, man hat ihm sogar mit brutaler Gewalt die Goldzähne aus dem Mund gerissen.«

»Wenn das Geld nichts mehr wert ist, muss man eben in Sachwerte investieren«, bemerkte Leo zynisch.

Als es kurz darauf klopfte, blickte Leo von einem Aktenordner auf. »Herein.«

Eine rundliche Frau mit freundlichem Gesicht erschien in der Tür. »Herr Wechsler?«

»Fräulein Steiner, was verschafft mir das Vergnügen?«

Trudchen Steiner, hinter vorgehaltener Hand auch Bockwurst-Trudchen genannt, war die Sekretärin von Kriminaloberkommissar Ernst Gennat. Ihre Statur verriet, dass sie ähnlich gerne aß wie ihr Chef.

Sie legte ihm einen Zettel auf den Schreibtisch. »Vorhin hat ein Dr. Behnke angerufen. Eine seiner Patientinnen ist unter, wie er es ausdrückt, etwas fragwürdigen Umständen verstorben. Herr Gennat bittet Sie, mit dem Arzt zu sprechen.«

Leo warf einen Blick auf den Zettel. »Ist das eine offizielle Meldung?«

»Na ja, er wollte wohl behutsam vorgehen, wegen der Familie, Sie verstehen. Es ist zunächst nur ein Verdacht.«

»Gut, ich rufe ihn gleich an.«

»Einen schönen Tag noch, Herr Wechsler.« Mit diesen Worten bewegte Trudchen Steiner ihren ausladenden Körper aus dem Büro.

Leo wollte gerade zum Hörer greifen und sich verbinden lassen, als es erneut klopfte. Auf sein »Herein« öffnete Fräulein Meinelt die Tür. »Besuch für Sie, Herr Kommissar.« Ein junger, gut gekleideter Mann trat ein und sah von Leo zu Walther, wobei er den Hut abnahm. »Bin ich hier richtig in der Inspektion A? Morddezernat?«

Leo hängte den Hörer wieder ein und trat hinter dem Schreibtisch hervor. »Kriminalkommissar Wechsler. Mein Kollege, Kriminalsekretär Walther.« Er deutete auf den Holzstuhl vor seinem Tisch. »Bitte.«

Der junge Mann streifte die Lederhandschuhe ab und gab Leo die Hand, bevor er sich setzte. Leo nahm wieder hinter dem Schreibtisch Platz und musterte den Besucher. Er war ganz in Schwarz gekleidet, Hut, Anzug, Krawatte, Mantel, Schuhe. Maßgeschneidert und handgefertigt, das sah man auf den ersten Blick. Entweder bevorzugte der junge Mann diese Farbe oder er war in Trauer. Vermutlich Letzteres, denn er war blass und wirkte trotz seiner Jugend – Leo schätzte ihn auf Anfang zwanzig – verquält. Dennoch, ein gut aussehender Mann, blond, mit dunkelblauen, beinahe violetten Augen, einer schön geformten Nase und vollen Lippen. Nicht feminin, aber von einer gewissen Zartheit, wie man sie oft bei Menschen findet, die an einer langwierigen Krankheit leiden.

»Was kann ich für Sie tun?«

»Verzeihung, ich habe mich noch gar nicht vorgestellt. Adrian Lehnhardt.«

»Herr Lehnhardt, erzählen Sie uns, was Sie herführt.«

Der junge Mann zog ein Taschentuch hervor, ohne es zu benutzen. Er hielt es einfach in Händen, als täte es ihm gut, den Stoff auf der Haut zu spüren.

»Ich ... vielleicht wissen Sie bereits Bescheid ... Dr. Behnke wollte sich an die Polizei wenden.«

Leo sah überrascht von seinem Besucher zu dem Zettel, den Trudchen Steiner soeben gebracht hatte. »Ich bin noch nicht dazu gekommen, ihn anzurufen. Bitte erzählen Sie.«

Adrian Lehnhardt zögerte. »Meine Familie – das heißt meine Mutter, mein Vater lebt nicht mehr – weiß nicht, dass ich hier bin. Es geht um meine Tante, Dr. Henriette Strauss. Sie ist verstorben. Vor zwei Tagen.« Er sprach stoßweise, als müsste er die Worte mühsam herauspressen.

Leo hob den Kopf. Der Name kam ihm bekannt vor, nur fiel ihm auf die Schnelle nicht ein, woher.

Der junge Mann schluckte, als kämpfte er mit den Tränen. »Sie starb an einer akuten Lungenentzündung. Aber ...« Er verstummte und suchte nach Worten. »Ich kann es nicht glauben. Meine Tante war gesund, kam jedes Jahr ohne Erkältung durch den Winter. Damit hat sie sogar ein bisschen angegeben. Und Dr. Behnke hat auch Zweifel.«

»Inwiefern?« Die Worte des jungen Mannes klangen in Leos Ohren etwas wirr.

»Er hat medizinische Fachausdrücke benutzt, die mir nicht geläufig waren, sprach von Wasseransammlungen in der Lunge und typischen oder untypischen Atemgeräuschen ... Das wird er Ihnen sicher selbst erklären. Irgendetwas ging nicht mit rechten Dingen zu beim Tod meiner Tante.«

»Hat Dr. Behnke Ihren Verdacht geweckt, oder haben Sie selbst irgendwelche Unstimmigkeiten bemerkt?«

»Nun, da war zum einen ihre gesunde Lebensweise. Meine Tante hat sich gut ernährt, ist an die frische Luft gegangen und hat sogar Yoga-Übungen gemacht. Kennen Sie Yoga?«

Leo nickte. »Ich habe davon gehört.«

»Sie hat es auf einer Reise nach Asien bei einem buddhistischen Mönch gelernt.«

Jetzt fiel es ihm ein – der Urlaub auf Hiddensee, Claras Bekanntschaft vom Strand. Die Visitenkarte der Ärztin, die Clara ihm gezeigt hatte.

»Sie war auch mit Dr. Dahlke bekannt, der dabei ist, ein buddhistisches Haus in Frohnau zu errichten.«

»Das alles klingt durchaus interessant, Herr Lehnhardt, aber Sie haben uns noch immer nicht erklärt, was genau Ihr und Dr. Behnkes Misstrauen geweckt hat.«

»Meine Tante starb an einem Lungenödem in Folge einer Lungenentzündung. Mit anderen Worten, sie ist erstickt. Die Krankheit brach plötzlich aus, und nach zwei Tagen war Tante Jette tot.«

»Ist sie zu Hause gestorben?«

»Ja, sie wohnt – wohnte in Charlottenburg. Sie äußerte eine merkwürdige Abneigung dagegen, sich im Krankenhaus behandeln zu lassen, obwohl sie selbst Ärztin war. Vermutlich hat sie nicht an eine ernsthafte Erkrankung geglaubt oder wollte nicht daran glauben.«

Leo notierte sich etwas. »Wer hat sie denn gepflegt?«

»Zunächst niemand. Sie hat wohl versucht, allein zurechtzukommen. Da sie bei uns zum Essen eingeladen war und nicht erschien und auch telefonisch nicht zu erreichen war, ist meine Mutter zu ihr in die Wohnung gefahren. Sie hat ihr gut zugeredet, ins Krankenhaus zu gehen. Ohne Erfolg. Also haben wir den Hausarzt meiner Mutter hinzugezogen. Er wollte sie unbedingt in eine Klinik einweisen, aber die Krise kam so schnell. Dann war es zu spät.«

»Auch ein Mensch, der immer gesund gelebt hat, kann erkranken«, erwiderte Leo in nüchternem Ton. Bisher hatten ihn die Erklärungen des jungen Mannes nicht überzeugt. »Gab es weitere Verdachtsmomente?«

»Nun ja, sie hat phantasiert, aber ... kurz bevor sie starb, hat sie mich ganz eindringlich angesehen. Und dann hat sie geflüstert: ›Das ist etwas anderes. Das spüre ich.‹ Und dann noch etwas, das klang wie ›Paternoster‹.«

»War Ihre Tante ein gläubiger Mensch?«

Lehnhardt schüttelte den Kopf. »Ganz und gar nicht, jedenfalls nicht im christlichen Sinn.«

»Sie glauben also nicht, dass sie vor ihrem Tod gebetet haben könnte?«

»Bestimmt nicht.«

»Wenn Menschen im Sterben liegen, verhalten sie sich manchmal ganz anders, als man es von ihnen kennt«, warf Robert Walther ein.

»Ich bedaure, Herr Lehnhardt, aber Ihre Ausführungen allein reichen nicht aus, um eine Ermittlung einzuleiten«, erklärte Leo. »Ich muss mir erst anhören, was Dr. Behnke zu sagen hat. Ich nehme aber zu Protokoll, dass Sie am 24. Oktober 1923 hier erschienen sind, weil Sie vermuten, dass Ihre Tante, Dr. Henriette Strauss, keines natürlichen Todes gestorben ist.«

»Das ist richtig.«

»Haben Sie mit jemand anderem außer dem Arzt darüber gesprochen oder Ihren Verdacht geäußert?«

Lehnhardt schüttelte den Kopf. »Nein, ich wollte meine Mutter nicht unnötig aufregen. Tante Jettes Tod hat sie tief getroffen. Sie war ihre kleine Schwester, selbst nach all den Jahren.«

»Gut. Können Sie mir sonst noch etwas über Ihre Tante sagen? Persönliche Dinge, etwas über ihren Charakter, wie sie gelebt hat, welchen Umgang sie pflegte?«

Lehnhardt räusperte sich. »Meine Tante war Ärztin, ein

Beruf, an dem sie mit großer Leidenschaft hing. Sie war eine Frau, die offen ihre Meinung sagte und keiner Auseinandersetzung aus dem Weg ging. Nicht dass sie streitsüchtig gewesen wäre – aber ihre Arbeit brachte es mit sich, dass sie gelegentlich mit den Autoritäten in Konflikt geriet. Sie arbeitete im Luisenkrankenhaus auf der Frauenstation. Außerdem war sie in einer Beratungsstelle für Frauen in Not tätig.«

»Wie genau sah das aus?«

»Nun, sie half Frauen, die, hm, in anderen Umständen und so arm waren, dass sie keine weiteren Kinder ernähren konnten. Kranken Frauen. Und auch…« Er wurde rot. »Prostituierten. Jeder Frau, die ihre Hilfe brauchte.«

»Das ist sehr lobenswert«, sagte Leo.

»Meine Tante war ein Mensch, der unbeirrbar seinen Weg ging. Manchmal hat sie es anderen nicht leicht gemacht, weil sie an sie die gleichen hohen Ansprüche stellte wie an sich selbst. Sie konnte sich für so viele Dinge begeistern.« Er schluckte. »Meine Tante und ich haben uns sehr nahegestanden.«

»Darum sind Sie ja hier«, sagte Leo ruhig. »Bitte nennen Sie mir der Vollständigkeit halber noch Ihren Namen, Geburtsort, Alter und Beruf. Die Anschrift bitte auch.« Er nickte zu Robert Walther hinüber, der mitschrieb.

»Adrian Gustav Lehnhardt, geboren in Davos, zweiundzwanzig Jahre, wohnhaft Baseler Str. 12a in Berlin-Lichterfelde, Musikstudent.«

»Welches Instrument?«

»Ist das auch für die Akten?«

»Nein, für mich«, entgegnete Leo. »Ich mache mir gern ein Bild von den Menschen, mit denen ich zu tun habe.«

»Geige.«

»Sind Sie schon aufgetreten?«

»Ja, im Konzerthaus.«

»Und später wollen Sie zu den Philharmonikern?«

»Ich plane eine Laufbahn als Solist«, erwiderte Lehnhardt etwas ungeduldig. »Aber ich weiß ehrlich gesagt nicht, was das mit diesem Fall zu tun haben soll.«

»Ob wir einen Fall haben, muss sich erst herausstellen«, erwiderte Leo gelassen. »Herr Lehnhardt, Sie werden verstehen, dass wir ein Anliegen wie das Ihre genau prüfen müssen. Dazu gehört auch, dass wir uns ein Bild von Ihrer Person machen. Alles Weitere werden wir entscheiden, sobald wir mit dem Arzt gesprochen haben.«

Das Telefonat kostete Leo Wechsler Geduld und Mühe. Der alte Hausarzt gestand, dass er trotz seiner Zweifel einen Totenschein ausgestellt hatte, weil er es nicht übers Herz brachte, der trauernden Schwester seinen Verdacht mitzuteilen. Er hatte sich erst nach zwei Tagen dazu durchgerungen, die Polizei zu verständigen.

»Sie wissen, dass Sie damit gegen die Vorschriften verstoßen haben«, sagte Leo streng.

»Ja, dessen bin ich mir bewusst. Aber ich kenne die Familie schon lange und … Frau Lehnhardt war so verzweifelt. Auch kann ich nicht mit Sicherheit sagen, dass es kein natürlicher Tod war, aber die Umstände sind sonderbar.«

»In welcher Hinsicht, Herr Dr. Behnke?«, fragte Leo und öffnete sein Notizbuch.

»Der Tod ist sehr schnell eingetreten, ihr Zustand verschlechterte sich rapide. Die Atemgeräusche, die auf Wasser in der Lunge hinweisen und sich als feuchtes Rasseln darstellen, waren deutlich zu vernehmen.«

»Verstehe ich Sie richtig, dass Wasser in der Lunge und ein Lungenödem gleichbedeutend sind?«

»Streng genommen, spreche ich von Flüssigkeitsansammlungen, bei denen es sich nicht zwingend um Wasser handeln muss, aber im Grunde haben Sie recht.«

»Ist es nicht denkbar, dass dieses Lungenödem durch die Entzündung hervorgerufen wurde?«

»Schwerlich, Herr Kommissar. Es tritt beispielsweise bei Herzerkrankungen auf, aber gemeinhin nicht in Verbindung mit Symptomen wie Fieber und Übelkeit, über die die Patientin klagte.«

»Könnte sie an einer Herzkrankheit gelitten haben?«

»Dafür waren keinerlei Anzeichen zu erkennen, Herr Kommissar, und ihr Neffe versicherte mir, sie sei stets bei guter Gesundheit gewesen.«

Leo überlegte kurz. »Verstehe, Herr Dr. Behnke. Ich werde eine Sektion der Leiche veranlassen. Morgen schicke ich einen Beamten bei Ihnen vorbei, der Ihre Aussage zu Protokoll nimmt. Auf Wiederhören.«

»Dr. Stratow, wir müssen so schnell wie möglich einen Ersatz für Frau Dr. Strauss finden«, sagte der Direktor des Luisenkrankenhauses zum Leiter der Abteilung für Frauenkrankheiten und Geburtshilfe. »Das derzeitige Patientenaufkommen macht dies dringend erforderlich. Mich interessiert nicht, ob Sie Vorbehalte gegen eine rasche Neubesetzung der Position haben, mir geht es nur um die reibungslosen Abläufe in dieser Klinik.«

Rudolf Stratow seufzte innerlich. Hier im Allerheiligsten des Professors war vom hektischen Klinikalltag nichts zu spüren. Dunkel getäfelte Wände, deckenhohe Regale, gerahmte Urkunden, Briefbeschwerer aus Kristall, lederne Schreibunterlage – ein Herrenzimmer wie aus dem vergangenen Jahrhundert. Über allem lag der süße Duft der Pfeife, die zwischen den Zähnen des Direktors klemmte.

»Herr Professor, dessen bin ich mir durchaus bewusst. Aber ich möchte darauf hinweisen, dass wir umsichtig vorgehen und eine sorgfältige Auswahl treffen sollten, was die – wie soll ich sagen – wissenschaftlichen Ansichten der Bewerber angeht.«

Professor Wilhelm Liesegang schaute ihn mit hochgezogenen Augenbrauen über seine halbe Brille hinweg an.

Stratow sah ihm unverwandt in die Augen. »Frau Dr. Strauss war gewiss eine ausgezeichnete Ärztin, aber ihrer Natur nach eher praktisch orientiert. Damit will ich sagen, dass ihr die Arbeit mit den Patientinnen mehr am Herzen lag als die wissenschaftlichen Aspekte ihres Berufs. Für unsere Abteilung wünsche ich mir einen Arzt, der die Bedeutung unserer Forschung anerkennt und sich nach Kräften dafür einsetzt. Ich denke, Sie wissen, was ich meine, Herr Professor. Es geht um die Zukunft der Medizin.«

3

Gewöhnlich fiel es Leo nicht schwer, seine Fälle vertraulich zu behandeln, doch als er Clara an diesem Abend im Wohnzimmer gegenübersaß, konnte er nicht an sich halten.

»Henriette Strauss ist tot.«

Clara musste eine Sekunde überlegen, dann trat ein entsetzter Ausdruck in ihre Augen. »Die Ärztin aus Hiddensee, die ich am Strand getroffen habe? Die mir ihre Karte gegeben hat?«

Er nickte. »War da nicht etwas mit einem Salon für Frauen, zu dem sie dich einladen wollte?«

»Ja. Ich bin nie hingegangen, irgendwie war immer zu wenig Zeit. Und jetzt ist es zu spät.« Sie runzelte die Stirn. »Warum weißt du davon? Was ist passiert?«

»Laut Totenschein ist sie an einer Lungenentzündung gestorben. Aber es könnte auch ein Fall für uns werden.«

»Wieso?«

»Es gibt gewisse Anhaltspunkte, die auf eine unnatürliche Todesursache hindeuten. Noch nichts Greifbares, wir beginnen gerade erst mit den Ermittlungen. Der Hausarzt hat Zweifel geäußert, denen wir nachgehen müssen. Erinnerst du dich noch, worüber ihr gesprochen habt? Jede Kleinigkeit könnte wichtig sein.«

Im Geiste versetzte sich Clara an den Strand, roch die salzige Luft, hörte die Wellen ans Ufer branden. Sah die weiß gekleidete Frau vor sich, die die Arme ausbreitete und die Einsamkeit feierte. Sie berichtete Leo, was ihr gerade in den Sinn kam – vom Yoga, von den Reisen, vom Kampf, sich als

Ärztin inmitten von Männern zu behaupten, und von den armen Frauen, denen sie geholfen hatte.

»Sie erwähnte auch ihre Unabhängigkeit. Daraus habe ich geschlossen, dass sie unverheiratet und kinderlos ist. Weißt du, es klingt verrückt, ich habe sie ja kaum gekannt … Aber diese Frau war so voller Leben, impulsiv, interessiert, freundlich. Und das alles soll auf einmal vorbei sein.« Sie schüttelte den Kopf. »Für dich gehört der Tod zum Alltag, aber –«

Sie hielt inne, als Leo abwehrend die Hand hob. »Alltag wird er nie, da solltest du mich besser kennen.« In diesem Augenblick hörte man Stimmen auf dem Flur, und schon stürmte Marie herein. Georg folgte gemessenen Schrittes, wie es sich für einen großen Bruder gehörte.

»Vati, Tante Ilse war mit uns auf dem Jahrmarkt. Sieh mal –« Sie hielt ihm eine Tüte Pfannkuchen mit Puderzucker hin. »Die haben wir euch mitgebracht.« Sie lächelte Clara an.

Die Kinder kannten Clara seit über einem Jahr. Selbst Georg konnte sich kaum an seine Mutter erinnern, doch war es für beide zunächst sonderbar gewesen, als sie Leos Zuneigung für Clara bemerkten. Seit sie denken konnten, hatte es nie eine andere Frau als Tante Ilse in seinem Leben gegeben. Aber sie spürten, dass zwischen ihrem Vater und Clara Bleibtreu etwas Besonderes gewachsen war. Marie war sehr schnell aufgetaut, und auch Georg fasste nach anfänglichem Zögern Vertrauen zu ihr.

»Es wird kalt«, sagte Ilse und trat mit aufgeknöpftem Mantel ins Wohnzimmer. Ihre Wangen waren gerötet und verliehen ihrem Gesicht eine ungewohnte Lebendigkeit. »Jetzt ist sie leer.« Sie stellte eine Einkaufstasche auf den Boden. »Vorhin war sie bis zum Rand voll mit Scheinen.«

»Tante Ilse hat eine ganze Tasche voller Geld ausgegeben«, sagte Georg ehrfürchtig. Er wusste zwar, dass alles immer teurer wurde und Geld nichts mehr wert war, verstand aber noch nicht die komplizierten Zusammenhänge der Katastrophe namens Inflation, die seit Jahren wie ein bleierner Mantel über Deutschland lag.

Clara stand auf. »Ich habe Würstchen fürs Abendbrot mitgebracht. Es war ein Glücksfall. Sie sind in der Küche.«

Leo schaute von einer Frau zur anderen. Ilse nickte. »Danke. Es sind noch Kartoffeln da, die koche ich dazu.«

Clara setzte sich wieder. »Ruf mich, wenn du Hilfe brauchst.«

Leo bewunderte Claras Gespür. Sie wusste genau, wann ihre Anwesenheit erwünscht war und wann nicht. In der Küche blieb Ilse am liebsten allein, das war ein geschützter Raum, in dem sie nur die Kinder um sich duldete. Obwohl Clara von den Spannungen zwischen Leo und seiner Schwester wusste, hatte sie sich von Ilses barscher Art nie abschrecken lassen.

Auch als sich Marie auf seinen Schoß gekuschelt und Georg sich neben ihn auf einen Stuhl gesetzt hatte, um ihm einen Katalog mit Anker-Baukästen zu zeigen, dachte Leo noch einmal an Claras Begegnung mit Henriette Strauss. Seltsam, wie Menschen bisweilen das eigene Leben streiften und dann für immer daraus verschwanden.

Ilse Wechsler saß am Küchentisch und schälte Kartoffeln. Die Hängelampe brannte und warf einen Lichtkegel auf den Tisch, während der übrige Raum im herbstlichen Dunkel lag. Ihre Hände verrichteten die Arbeit mechanisch, und sie konnte ihren Gedanken freien Lauf lassen. Seit Wochen ging ihr die Frage nicht aus dem Kopf.

Clara Bleibtreu würde nicht einfach aus ihrem Leben verschwinden. Leo kannte sie seit über einem Jahr, und es war nicht zu übersehen, dass er sie liebte. Auch Georg und Marie hatten sie gern, und Clara ging sehr nett und zwanglos mit den Kindern um. Sie war ein freundlicher, hilfsbereiter

Mensch, der sich nicht in Leos Familienleben gedrängt, sondern behutsam angenähert hatte.

Doch Ilse konnte so nicht weiterleben. Es war ein Abwarten, ein Spiel auf Zeit, das sie nur verlieren konnte. Irgendwann würde Leo Clara einen Antrag machen, und sie würden mit den Kindern in eine neue Wohnung ziehen oder in dieser bleiben, wo für Ilse dann kein Platz mehr wäre.

So sehr sie sich manchmal gewünscht hatte, mehr Zeit für sich zu haben, musste sie sich eingestehen, dass sie Angst vor dem Alleinsein hatte. Erst war sie bei ihrer verwitweten Mutter geblieben, während Leo zur Polizei gegangen war und eine Familie gegründet hatte. Kurz nach dem Tod der Mutter war Leos Frau Dorothea gestorben, worauf Ilse nicht lange gezögert hatte und zu ihrem Bruder gezogen war, weil sie es als ihre Pflicht betrachtete. Seither war sie immer für ihn und die Kinder da gewesen.

Nur ein einziges Mal hatte sie daran gedacht, ihren eigenen Weg zu gehen, vor etwa einem Jahr, als sie Bruno Schneider kennengelernt hatte. Es war ungewohnt und schön gewesen, dass er sie wie eine Dame behandelt und ihr auf altmodische Weise den Hof gemacht hatte. Einige kurze, kostbare Tage lang hatte sie überlegt, ob Leo und die Kinder ohne sie auskommen könnten. Dann aber hatte sie von Schneiders dunklen Geschäften erfahren – nachdem er sich aus Berlin abgesetzt hatte, ohne sich von ihr zu verabschieden. Ein einziges Mal hatte Ilse ihr Herz geöffnet und eine tiefe Wunde davongetragen.

Erst jetzt merkte sie, dass ihre Hände reglos neben der halb geschälten Kartoffel auf dem Tisch ruhten.

Ich muss etwas tun, dachte sie. Ich muss hier weg, es Leo leichter machen und mir auch. Es wird Zeit.

4

Frieda, das Hausmädchen, räumte den Frühstückstisch ab und blickte kopfschüttelnd auf die unberührte Kaffeetasse und den blitzsauberen Teller der gnädigen Frau. Nicht einmal ein Stück Brot hatte darauf gelegen, die Schale des gekochten Eis war unversehrt. Seit ihre Schwester gestorben war, aß Frau Lehnhardt fast nichts mehr. Der junge Herr war in Sorge um seine Mutter und ließ ihre Lieblingsspeisen zubereiten, vergeblich. Meist saß sie nur da, in der Hand ein zerknülltes Taschentuch, das sie ab und zu mechanisch an die Augen führte, und starrte ins Leere.

Frieda hatte Frau Dr. Strauss selten gesehen, da diese eine vielbeschäftigte Frau gewesen war. Wenn sie aber zu Besuch gekommen war, war es ein ganz besonderes Ereignis gewesen, und vor allem der junge Herr Lehnhardt hatte größten Wert darauf gelegt, es ihr so behaglich wie möglich zu machen. Einmal hatte er sogar ein indisches Gericht für sie kochen lassen, dessen Zutaten in einem Feinkostladen besorgt wurden und das zum Entsetzen der Köchin von einem braunhäutigen Mann mit Turban in ihrer Küche zubereitet wurde. Das Haus roch noch Tage später nach den üppigen Gewürzen, die der Koch in großzügigen Mengen verwendet hatte.

Frieda hörte, wie der junge Herr Lehnhardt von oben herunterkam und sich zu seiner Mutter in den Salon begab, der gleich neben dem Speisezimmer lag. Das Hausmädchen stellte das Geschirr auf ein Tablett, ohne auf die Geräusche im Nebenzimmer zu achten. Frieda war schon so lange

Dienstmädchen, dass sie meist gar nicht mehr hinhörte, wenn die Herrschaften sich unterhielten. Sie trug das Tablett in die Küche und kam zurück, um Kaffeekanne und Servietten abzuräumen.

Plötzlich erklang ein durchdringender Schrei aus dem Salon. Frieda ließ die Servietten fallen und eilte nach nebenan. Als sie eintrat, lag Frau Lehnhardt auf dem Sofa und presste die Hand auf den Mund. Der junge Herr stand daneben und schaute Frieda hilfesuchend an.

»Soll ich ein Glas Wasser bringen? Und etwas Baldrian?« Er nickte dankbar.

Als Frieda den Raum verlassen wollte, hörte sie, wie die gnädige Frau heiser flüsterte: »Was hast du getan?«

»Sonnenschein, Jakob.« Der rundliche junge Mann im dunklen Anzug stand in der Tür und sah ein bisschen schüchtern aus. Robert Walther legte die Sportbeilage weg und winkte ihn herein. »Was kann ich für Sie tun, Herr Sonnenschein?«

Der Besucher schob sich eine kringelige schwarze Locke aus der Stirn. Er trug eine runde Brille mit Metallgestell. »Ich bin der neue Kriminalassistent und soll mich bei Herrn Kriminalkommissar Wechsler melden.«

Walther hatte ihn noch nie im Präsidium gesehen. »Ich bin Kriminalsekretär Walther. Setzen Sie sich doch. Der Chef müsste gleich kommen.«

Er hatte kaum zu Ende gesprochen, als Leo das Büro betrat und die Aktentasche schwungvoll auf den Schreibtisch warf. Dann schaute er den Neuen an, der aufgesprungen war.

»Sonnenschein, Jakob«, stellte er sich erneut vor. »Sind Sie Kommissar Wechsler?«

»Ja. Und Sie sind der neue Kollege, den Herr Gennat mir angekündigt hat«, erwiderte Leo. »Robert, ich nehme an, ihr habt euch schon miteinander bekannt gemacht.«

Walther nickte verwundert. Ernst Gennat, auch Buddha genannt, und Leo hatten sich schon immer gut verstanden, und der als Original bekannte Leiter des Morddezernats nahm den bisweilen unbequemen Kriminalkommissar stets in Schutz. Offenbar hatten die beiden miteinander besprochen, dass Leo den neuen Kollegen unter seine Fittiche nehmen sollte.

»Sie bekommen einen Schreibtisch im Büro nebenan, bei den Kollegen Walther und Berns. Besprechungen finden hier bei mir statt.«

Sonnenschein nickte und schaute die beiden erwartungsvoll an, worauf Leo ihn über den Fall Strauss in Kenntnis setzte.

»Die Tote ist in der Friedhofskapelle aufgebahrt und wird nun ins Leichenschauhaus gebracht. Nach der Sektion sehen wir weiter.«

Man sagt, Menschen besäßen nicht die Fähigkeit, sich an Ereignisse aus ihrer frühen Kindheit zu erinnern, und doch haben sich mir Dinge eingeprägt, die zweifellos der Wirklichkeit entsprungen sind. Meine früheste Erinnerung an meine Tante Jette sind ihr lauter Freudenschrei und die wenig damenhafte Hast, mit der sie in den Salon meiner Eltern stürmte. Ich sehe noch einen zartbraunen Knöpfstiefel, ein weißes Blatt Papier, das sie wild schwenkte, dann fiel sie meiner Mutter um den Hals. Schrei, Gerenne, Stiefel, Blatt, Umarmung – erst später erfuhr ich, zu welchem Ganzen sich diese Eindrücke zusammenfügten.

An eben jenem Tag hatte Tante Jette die Zulassung zum Studium an der Universität in Tübingen erhalten. Nach langen Jahren als Gasthörerin an der heimischen Friedrich-Wilhelms-Universität, in denen sie die üblichen Demütigungen durch Kommilitonen und Professoren ertragen hatte, war sie endlich eine ordentliche Studen-

tin mit den gleichen Rechten und Pflichten wie ihre männlichen Mitstudenten. Gewiss, sie musste Preußen verlassen, doch war Tante Jette schon immer abenteuerlustig und reisefreudig gewesen und ließ sich von der Aussicht, ins Königreich Württemberg umzusiedeln, nicht schrecken. Mit großem Eifer packte sie ihre Bücher zusammen, wie Mutter mir berichtete, dazu nur die notwendigsten Kleidungsstücke, da sie als ernsthafte Studentin keiner Abendgarderobe und ähnlichem bedurfte, und stieg in den Zug nach Tübingen, bereit, die Welt zu erobern.

Adrian hatte begonnen, seine Erinnerungen an Tante Jette niederzuschreiben. Damit konnte er den ersten reißenden Schmerz ein wenig betäuben. Seine Tante hatte immer einen besonderen Platz in seinem Herzen eingenommen. Manchmal hatte er als Kind einen traurigen Blick seiner Mutter aufgefangen und diese umgehend getröstet, denn er wollte ihr nicht wehtun. Er liebte Tante Jette nicht mehr als sie, nur war die Tante seltener verfügbar und die Stunden mit ihr umso kostbarer.

Seufzend schob er das Tagebuch von sich. War es richtig gewesen, zur Polizei zu gehen? Auf einmal kam ihm die Entscheidung ungeheuerlich vor, ein Schritt, den er nicht zurücknehmen konnte. Die Reaktion seiner Mutter überraschte ihn nicht. Zuerst die Trauer, dann der Schock, als man Zweifel an den Todesumständen ihrer Schwester äußerte. Er hatte lange mit sich gerungen, bevor er seiner Mutter den Besuch auf dem Präsidium eingestanden hatte, wollte sie aber lieber vorbereiten, bevor die Polizei sie befragte.

Adrian hatte sich in den vergangenen Stunden mit den gleichen Fragen gequält, die Kommissar Wechsler so unerbittlich gestellt hatte. Wollte er Tante Jettes Tod nur nicht wahrhaben? Steigerte er sich in etwas hinein, maß er ihren

Worten eine Bedeutung bei, die sie nicht besaßen? Hatte sie im Fieber gesprochen? All das war denkbar, und doch blieb ein letzter Zweifel, ein Gefühl, dass in der Wohnung etwas nicht gestimmt hatte, ein tiefes Unbehagen, das nichts mit seiner Trauer zu tun hatte.

Er schloss das Tagebuch in der Schreibtischschublade ein und stand auf. Dann griff er zum Geigenkasten, nahm das kostbare Instrument heraus, das sich an seinen Hals schmiegte wie eine Geliebte, und begann, selbstvergessen über die Saiten zu streichen.

5

Vor dem Besuch im Leichenschauhaus in der Hannoverschen Straße graute es Leo wie am ersten Tag. Von außen bot das von Bäumen umgebene Institut für Gerichtliche Medizin, wie der offizielle Name lautete, mit seiner gelben Ziegelfassade und den hohen Bogenfenstern einen freundlichen Anblick, doch die Abneigung gegen die düsteren Räume, in denen die Gerichtsärzte ihrer Arbeit nachgingen, hatte er nie überwunden. Robert Walther war da ganz anders, er konnte unmittelbar nach einer Sektion herzhaft in eine Wurststulle beißen, während Leo es vorzog, in den folgenden Stunden nüchtern zu bleiben. Mal sehen, wie der junge Sonnenschein sich machte.

Hut ab, dachte Leo, als er bemerkte, wie sich der neue Kollege aufmerksam umschaute, in Vitrinen blickte und die Plakate studierte, mit deren Hilfe man versuchte, unbekannte Tote zu identifizieren. Manchmal wurden die Leichen auch in speziellen Räumlichkeiten auf eine Platte geschnallt, aufgerichtet und öffentlich ausgestellt. Mitunter gelang es tatsächlich, Unbekannte auf diese Weise zu identifizieren, doch meist wurden damit nur sensationslüsterne Zuschauer angelockt.

Im Flur kam ihnen der Institutsleiter Dr. Strassmann entgegen, den Leo sehr schätzte. Er hatte viel für das Ansehen der Gerichtlichen Medizin geleistet und war unverzichtbar für die Arbeit der Kriminalpolizei. Leo lüpfte grüßend den Hut.

»Herr Wechsler, freut mich. Ich hoffe, Sie sind einverstanden, dass Lehnbach die Sektion übernimmt, ich habe leider einen wichtigen Termin. Wir arbeiten seit Jahren daran, die Gerichtliche Medizin zum Prüfungsfach im Rahmen des Medizinstudiums zu machen. Ein gewaltiger Fortschritt, auch für die Polizei. Aber man legt uns Steine in den Weg, die ich mühsam wegräumen muss.« Er eilte in Richtung Ausgang.

Strassmann war eine echte Koryphäe. Leo hätte ihn gern dabeigehabt, auch wenn er schon oft und gut mit Lehnbach zusammengearbeitet hatte.

Lehnbach öffnete die Tür zum Sektionssaal und bat sie herein. Leo atmete tief durch und trat als Erster durch die Tür. Sie stellten sich einen Meter vom Tisch entfernt auf. Ihm kam es immer obszön vor, einen nackten Leichnam vor sich liegen zu sehen, den Instrumenten und Blicken preisgegeben. Natürlich war es nur ein toter Körper, aber ihm erschienen die Vorgänge bei der Sektion ähnlich ungeheuerlich wie das, was die Täter zuvor mit den Opfern angestellt hatten.

Der Körper der Toten war noch straff und zeigte kaum Spuren des Alters. Er erinnerte sich, dass Clara von Yoga-Übungen am Strand erzählt hatte. Vermutlich hatte Henriette Strauss auch sonst auf ihre Gesundheit geachtet. Auffallend war das goldbraune Haar, das auch im Tod noch leuchtete.

Lehnbach hatte bereits mit der Arbeit begonnen und einen Y-förmigen Einschnitt im Oberkörper vorgenommen. Konzentriert hörte Leo sich seine Ausführungen an und versuchte, möglichst durch den Mund zu atmen. Lehnbach entnahm nacheinander die inneren Organe, wog sie und verzeichnete die Angaben in einem Register.

»Können Sie schon etwas sagen?«, erkundigte sich Leo.

Lehnbach, der gerade die Lunge untersuchte, blickte auf. »Nun, wir haben es mit einem ausgeprägten Lungenödem zu tun. Darunter versteht man eine Ansammlung von Flüssigkeit in der Lunge, die die Atemluft verdrängt und so zu akuten Atemproblemen führt.«

»Ist das ein übliches Symptom bei einer Lungenentzündung?«, fragte Leo sofort.

Der Gerichtsarzt wiegte nachdenklich den Kopf. »Es ist eher umgekehrt. Ein Patient hat Flüssigkeit in der Lunge, was wiederum zu einer Entzündung führt.«

Jakob Sonnenschein räusperte sich. »Wäre es denkbar, dass die Tote zuerst an diesem Ödem gelitten hat und dadurch an der Lungenentzündung erkrankt ist?«

Er sah Leo fragend an, der zustimmend nickte.

Der Arzt beugte sich wieder über den offenen Brustkorb und entnahm Proben des Lungengewebes. »Das halte ich für unwahrscheinlich. Wir haben es hier mit einer insgesamt gesunden Frau zu tun. Das Herz ist beispielsweise in einem ausgezeichneten Zustand, was gegen ein Ödem infolge einer Herzschwäche spricht.«

Leo spürte eine Spannung im Raum, ein leises Kribbeln, das ihn bisweilen überkam, wenn ein Fall eine wichtige Wendung nahm.

»Was könnte dann die Ursache für die Flüssigkeit in der Lunge sein?«, fragte Walther.

Lehnbach sah die drei Kriminalbeamten leicht enerviert an. »Meine Herren, ich kann Ihre Ungeduld verstehen. Dennoch möchte ich Sie bitten, mich meine Arbeit abschließen zu lassen.«

Er widmete sich wieder seiner Tätigkeit, worauf Leo zur Tür ging und in den Flur hinaustrat, um andere Luft zu atmen. Er ahnte, dass Lehnbach etwas herausgefunden hatte, auch wenn er noch nicht mit der Sprache herauswollte. Sollten Adrian Lehnhardt und Behnke mit ihrer Vermutung recht behalten?

Jakob Sonnenschein steckte den Kopf durch die Tür. »Herr Kommissar, wenn Sie bitte hereinkommen wollen?«

Leo kehrte zurück in den Sektionssaal, wo Lehnbach gerade den aufgeschnittenen Magen der Toten betrachtete.

»Die Magenschleimhaut ist angegriffen. Das sind keine alten Vernarbungen, sondern frische Läsionen.«

»Der Arzt der Toten sagte, sie habe auch unter Übelkeit und Erbrechen gelitten«, erklärte Leo.

»Hm.« Lehnbach wog den Magen und legte ihn in eine Schale. Dann wusch er sich die Hände, schob die Brille auf die Stirn und schaute die drei Kriminalbeamten ernst an. »Ich werde noch genauere Analysen durchführen, kann aber schon sagen, dass einige Punkte gegen eine gewöhnliche Lungenentzündung und damit gegen die gesicherte Annahme eines natürlichen Todes sprechen. Dazu gehören vor allem das Ödem und die Schädigung der Magenschleimhaut.«

»Mit anderen Worten, wir sollten Ermittlungen einleiten«, sagte Leo.

Lehnbach zögerte kurz. »Ich denke schon. Wir kennen das sogenannte toxische Lungenödem. Es wird durch das Einatmen giftiger Substanzen hervorgerufen. Das kann Rauchgas bei einem Brand sein, aber auch Chlor, Ammoniak oder Phosgen. Im letzten Krieg hat man bekanntermaßen Giftgas als Kampfstoff eingesetzt, was bei den Soldaten zu schweren bis tödlichen Schädigungen der Lunge führte. Verätzungen der Lunge konnte ich nicht feststellen, doch gibt es giftige Substanzen, die nicht in dieser Weise wirken. Jedenfalls kann ich nicht ausschließen, dass die Patientin an den Folgen einer Vergiftung durch Inhalation gestorben ist.«

»Die Beweislage ist ziemlich dürftig, Wechsler«, sagte Ernst Gennat in brummigem Ton. »Ganz eindeutig sind die Befunde der Sektion nicht, so ungewöhnlich das Brodeln in der Lunge auch gewesen sein mag. Wenn es sich um eine Vergiftung handelt, muss sie von irgendeiner obskuren Substanz stammen, sonst hätte Lehnbach sie erkannt. Von der Aussage des jungen Herrn bezüglich der Worte einer Sterbenden, die sie womöglich im Delirium gesprochen hat, will ich gar nicht reden.« Er sog an seiner Zigarre und schaute den Kollegen prüfend an. »Außerdem war die Frau in gewissen Kreisen wohl nicht ganz unbekannt. Wenn die Geschichte öffentlich wird, haben wir die Presse im Nacken.«

»Ich weiß, Herr Gennat. Deshalb sitze ich ja hier.«

»Sie wollen also, dass ich Ihre Ermittlungen absegne?«

»Ich hätte ein besseres Gefühl dabei.«

»Aber Sie würden es auch ohne meine Zustimmung machen?« Ein lauernder Blick.

Leo nickte, worauf Gennats massige Gestalt vor Lachen erbebte. »Sie und Ihre Ehrlichkeit, die wird Ihnen noch mal den Hals brechen. Also schön. Sie haben als Ersatz für Stahnke einen neuen Kriminalassistenten bekommen, der Sie bei den Ermittlungen unterstützen wird.«

»Sonnenschein.«

Gennat nickte. »Wie macht er sich?«

»Noch kann ich nicht viel sagen, aber er scheint sehr interessiert und lernwillig.«

»In der Tat. Der junge Mann besitzt eine außergewöhnliche Entschlossenheit, etwas aus sich zu machen, und wird uns hervorragende Dienste leisten. Ich vertraue darauf, dass Sie die Hand über ihn halten, Wechsler.«

Mit einem Augenzwinkern griff er zum nächsten Aktenordner. Leo war für heute entlassen.

Der Sophie-Charlotte-Platz in Charlottenburg war eine gute Adresse. Ein lang gestrecktes grünes Rechteck mit einem Springbrunnen in der Mitte, eingerahmt von prächtigen Bauten aus der Zeit der Jahrhundertwende. Henriette Strauss hatte Geschmack besessen. Das zeigte sich auch, als Leo und seine Kollegen die Wohnung betraten. Die beleibte Portiersfrau namens Stranzke hatte ihnen die Tür aufgeschlossen, wobei sie die Beamten mit neugierigen Blicken bedachte.

»Die arme Frau Doktor. So eine nette Dame, gar nicht von

oben herab. Ich habe auch für sie geputzt.« Sie blieb abwartend an der Wohnungstür stehen. Das ganze Treppenhaus roch nach Bohnerwachs, an den dunklen Holztüren waren hübsche Emailleschilder mit den Namen der Mieter angebracht.

Leo sagte freundlich: »Mein Kollege kommt gleich zu Ihnen hinunter und wird Ihnen einige Fragen stellen.«

Frau Stranzke stieg pikiert die Treppe hinab, und Leo wartete geduldig, bis ihre Schritte verklungen waren.

Leo gab viel auf Gerüche, weil sie etwas über die Menschen verrieten, die in einer Wohnung lebten und gelebt hatten. Hier nahm er einen zarten Duft wahr, der wie ein schwacher Nebel in den Räumen hing. Er ging langsam durch den Flur, der mit Photographien und Erinnerungsstücken geschmückt war, viele davon asiatischer Herkunft. Seidenbilder mit zarter Malerei, Masken, Fächer und Bilder von schneebedeckten Gipfeln, die mit dem Himmel zu verschmelzen schienen. Möglicherweise der Himalaya, dachte er. Clara hatte erwähnt, dass die Ärztin Indien und China bereist hatte. Auf dem Boden lag ein bunter Flickenteppich.

Das Wohnzimmer war hell dank der großen Fenster, die auf den Sophie-Charlotte-Platz hinausgingen. Auch hier gab es Photographien und Gemälde, dazu hohe Regale, in denen sich Bücher, Buddhafiguren, Schalen für Räucherstäbchen und Drachenfiguren drängten. Er warf einen Blick auf die Buchrücken – viel Medizin und soziale Fragen, aber auch Reiseberichte und Kunst.

»Sonnenschein, wonach riecht es hier?«

Sein Kollege schnupperte. »Ich bin mir nicht sicher. Etwas Blumiges, vielleicht ein Parfum.«

»Hm. Bitte gehen Sie zu Frau Stranzke, und stellen Sie die üblichen Fragen. Dauer der Bekanntschaft, wer bei der Toten ein und aus ging …«

Sonnenschein nickte und machte sich auf den Weg.

Leo öffnete eine zweiflügelige, weißlackierte Tür und trat in das Schlafzimmer der Toten. Hier war das Aroma, das er vorhin gerochen hatte, noch stärker. Rosen, ja, das war es. Vielleicht ein Parfum, auf der Frisierkommode standen schön geschliffene Flakons mit hellen und bernsteinfarbenen Flüssigkeiten, manche mit Glasstöpseln, andere mit stoffüberzogenen Ballons zum Pumpen. Daneben eine Art Vase oder Flasche aus Messing, die mit fein ziselierten Mustern bedeckt war. Am oberen Ende waren kleine Öffnungen zu erkennen.

Das Schlafzimmer war ganz in Weiß gehalten und vergleichsweise schmucklos. In einer Ecke stand ein Säulenfragment, gekrönt von einem Buddhakopf. Einige japanische Tuschezeichnungen an den Wänden, sonst keine Bilder. Er warf einen Blick auf den Nachttisch und bemerkte die Photographie.

Ein Junge von etwa acht Jahren im Matrosenanzug, der eine Geige in der Hand hielt. Adrian Lehnhardt, kein Zweifel. Ansonsten keine Bilder der Familie. Lehnhardt hatte ja gesagt, dass er der Toten besonders tief verbunden gewesen war.

Das Bett war tadellos gemacht. Keine Spuren vom Todeskampf der Ärztin, keine schmutzige Wäsche, nichts, was auf den ersten Blick Hinweise hätte liefern können. Das war verständlich, da man zunächst an einen natürlichen Tod geglaubt hatte.

Sie würden noch einmal mit den Kollegen der Spurensicherung wiederkommen und alles genauestens überprüfen. Er hatte genug gesehen, um sich eine erste Meinung zu bilden. Leo verließ die Wohnung und ging die Treppe hinunter. Vor Frau Stranzkes Tür zögerte er kurz und trat dann auf den Hof. Er würde Sonnenschein die Befragung allein durchführen lassen.

Clara blickte überrascht auf, als Leo um halb fünf die Leihbücherei betrat. Er hatte den Mantelkragen hochgeschlagen und den Hut tief in die Stirn gezogen, weil draußen ein scharfer Wind wehte, der die letzten bunten Herbstblätter in einem wilden Tanz umherwirbelte. Sie schob den Bücherstapel, den ein Kunde zurückgebracht hatte, beiseite und kam hinter der Theke hervor. Leo küsste sie, dann zog er Hut und Mantel aus und warf beides auf die Bibliotheksleiter.

»Was machst du um diese Zeit hier?«

Er setzte sich auf einen Hocker und fuhr sich mit der Hand durch die dunklen Haare. »Ich benötige eine offizielle Aussage von dir.«

Clara sah ihn fragend an. »Was ist passiert?« Dann dämmerte es ihr. »Henriette Strauss?«

Er nickte. »Ich war heute bei der Leichenschau.«

»Darum bist du so blass.« Clara wusste, dass ihm diese Termine schwerfielen.

»Hab zu wenig gegessen.«

Sie ging wortlos ins Hinterzimmer und kam mit einem Apfel zurück, den sie ihm reichte.

»Lehnbach hat mögliche Anzeichen für eine Vergiftung gefunden«, fuhr Leo kauend fort. »Wir wissen noch nicht, um welche Substanz es sich handeln könnte, aber er vermutet, dass das Gift durch Einatmen aufgenommen wurde. Das schließt natürlich eine ganze Gruppe möglicher Substanzen aus.«

»Könnte es ein Versehen gewesen sein?«

»Denkbar. Aber die Frau war Ärztin, daher halte ich es für unwahrscheinlich. Jedenfalls müssen wir der Sache nachgehen. Ich möchte, dass du dich noch mal so genau wie möglich zu erinnern versuchst, worüber ihr auf Hiddensee gesprochen habt. Du hast gesagt, ihr hättet recht vertraut miteinander geredet, obwohl ihr euch gerade erst kennengelernt hattet.«

»Ja, aber ...« Clara sah ihn zweifelnd an. »Es war doch nur diese eine Begegnung.«

»Gewiss. Aber wir müssen alle Personen ausfindig machen, mit denen sie näheren Kontakt hatte – Freunde, Kollegen, Patienten. Ich war vorhin in der Wohnung, um einen ersten Eindruck zu gewinnen.«

»Und?«

»Viel Licht, Bücher, asiatische Kunstgegenstände und Souvenirs. Und es roch nach Rosen.«

Clara nickte. »Sie machte Yoga am Strand und erwähnte Reisen nach Indien und China, das habe ich dir ja schon gesagt.«

»Was hat sie sonst noch erzählt?«

Clara überlegte. »Nun, sie sprach davon, wie schwierig es für sie gewesen sei, sich als Ärztin durchzusetzen. Wie sie gegen den Widerstand ihrer männlichen Kollegen und Vorgesetzten ankämpfen musste. Und dass es Leute gab, die es nicht schätzten, dass sie Frauen in Not beriet. Sie sagte etwas von Mauern, die sie immer wieder einreißen müsse.«

»Hat sie Namen genannt?«

»Nein, ganz bestimmt nicht, daran würde ich mich erinnern. Dann erwähnte sie noch diesen Kreis berufstätiger Frauen, mit dem sie sich traf. Schade, dass ich keine Gelegenheit hatte, mal hinzugehen.«

Leo nickte. »Ich lasse das morgen tippen, dann kannst du es unterschreiben.« Er stand auf und nahm Hut und Mantel.

»Fährst du noch einmal ins Präsidium?«, fragte Clara.

»Nein. Ich versuche, mit einem wertlosen Haufen Papier etwas zu essen zu besorgen«, erwiderte er resigniert und wandte sich zur Tür.

Clara hielt ihn zurück, drehte ihn um und küsste ihn auf die Stirn. »Sei nicht so niedergeschlagen.« Dann fiel ihr noch etwas ein. »Sie kannte Magda, das hatte ich ganz vergessen. Ich bin heute Abend mit ihr verabredet.« Magda Schott war ebenfalls Ärztin und Claras beste Freundin. »Ich könnte sie fragen, was sie über Henriette Strauss weiß und ob sie auch diesen Frauenzirkel kennt. Falls ich ihr von dem Fall erzählen darf.«

»Tu das. Frau Dr. Schott könnte in der Tat hilfreich sein. Nur bitte keine Einzelheiten erwähnen.« Er zog sie an sich und küsste sie leidenschaftlich auf den Mund. Clara blieb an der Tür stehen, bis er im herbstlichen Dämmerlicht verschwunden war.

Als Magda Schott die Tür zur Praxis abschloss, presste sie stöhnend die Hände auf den Rücken.

»Zu viel gearbeitet?«

Sie zuckte zusammen und fuhr herum. Clara stand lächelnd hinter ihr und öffnete den Regenschirm. »Komm, lass uns essen gehen. Du brauchst nicht für mich zu kochen.«

Madga nickte dankbar. »So geht es nicht weiter. Ohne Hilfe, meine ich. Ich werde mir jemanden suchen müssen, auch wenn ich es mir eigentlich nicht leisten kann.«

»Weil du zu viele Leute kostenlos behandelst«, sagte Clara in mahnendem Ton.

Magda zuckte mit den Schultern. »Du kennst das doch. Sie sitzen vor einem und brechen in Tränen aus, weil sie die Behandlung nicht bezahlen können, und dann werde ich wieder weich.«

»Ob ein Mann da anders entscheiden würde?«, fragte Clara nachdenklich.

Magda winkte müde ab. »Ach, ich weiß nicht. Kann schon sein.«

Sie gingen die dunkle, vom Regen glänzende Straße entlang. An der nächsten Kreuzung leuchteten die Fenster eines Ecklokals, in dem man günstig essen konnte. Clara deutete darauf. »Lass uns zu Bertha gehen.«

Clara öffnete die Tür, und sie traten in den warmen, verlockend nach hausgemachtem Braten riechenden Gastraum. Hinter der schlichten Holztheke stand eine kräftige Frau mit grauem Haar, die in atemberaubendem Tempo Gläser abtrocknete. Sie nickte ihnen zu, und die beiden Frauen setzten sich an einen Tisch in der Ecke. Magda zündete sich eine Zigarette an. Die Wirtin Bertha brachte ihnen zwei Gläser Weiße und nahm die Bestellung auf, zweimal Schweinebraten mit Klößen und Rotkohl.

An den Wänden des Lokals hingen alte Theaterplakate, auf denen man, wenn man genau hinschaute, eine jüngere und schlankere Bertha erkennen konnte. Sie war als Sängerin im Varieté aufgetreten und hatte sich von ihren Ersparnissen das Lokal geleistet, nachdem ihre Karriere den Zenit überschritten hatte.

Magda trank einen Schluck Bier und stützte den Kopf in die Hände. »Wenn ich wenigstens für einige Stunden in der Woche eine Hilfe hätte…«

»Du solltest dir unbedingt jemanden suchen. Und ab und zu mal nein sagen. Natürlich kannst du im Notfall Patienten umsonst behandeln, aber es darf nicht zur Gewohnheit werden. Sonst spricht es sich herum, und alle kommen nur noch zu dir.«

Magda hob ihr Glas. »Darauf trinken wir.«

Dann erinnerte sich Clara an das Gespräch mit Leo. »Sag mal, du kanntest doch Dr. Henriette Strauss.«

Magda schaute sie überrascht an. »Natürlich. Jede Ärztin in Berlin kennt sie.« Dann stutzte sie. »Warum sprichst du in der Vergangenheit von ihr?«

Clara erzählte ihr von Henriettes Tod, ohne ins Detail zu gehen. »Näheres darf ich dir nicht sagen, wegen der laufenden Ermittlungen. Leo wüsste gern mehr über sie, ihr Privatleben, ihre berufliche Tätigkeit, ob sie angesehen, beliebt oder verhasst war. Alles, was dazu beitragen kann, ihren Tod aufzuklären.«

Magda saß schweigend da und starrte auf ihre Hände, die flach auf der Tischplatte lagen. »Das ist ein furchtbarer Schock, Clara. Ich kann es noch gar nicht glauben. Begegnet bin ich ihr nur selten, aber es wurde viel über sie gesprochen. Nicht nur Gutes. Sie scheute nämlich nie davor zurück, sich männlichen Kollegen entgegenzustellen, und hat vielen Frauen zu ihrem Recht verholfen. Sie kämpfte gegen Paragraph 218, allein damit brachte sie viele gegen sich auf. Das ist ein enormer Verlust.« Sie wischte sich über die Augen.

Clara hatte nicht erwartet, dass ihre Freundin so erschüttert sein würde. Sie legte ihr tröstend die Hand auf den Arm. »Wie ich hörte, führte sie so etwas wie einen Salon. Weißt du etwas darüber?«

»Ich habe davon gehört, war aber nie dabei. Der Ausdruck Salon ist vielleicht etwas zu hochgestochen – es war eher ein Kreis berufstätiger Frauen. Eine von ihnen kenne ich sogar, Alice Vollnhals. Sie ist auch Ärztin und arbeitet für die Schwangerenfürsorge der Berliner Krankenkassen.«

»Hör zu, Magda, ich möchte, dass du Leo alles erzählst, was du weißt.«

»Reicht es nicht, wenn ich es dir sage?«

Clara schüttelte den Kopf. »Nein. Wenn deine Aussage wichtig ist, muss sie offiziell aufgenommen und von dir unterschrieben werden.«

»Na schön.« Magda schien noch etwas sagen zu wollen, zögerte aber.

Clara durchschaute die Freundin. »Du kannst die Praxis tagsüber nicht schließen. Das wird er verstehen.« Sicher könnte Leo vor oder nach dem Dienst bei Magda vorbeigehen und sie befragen.

Sie blickten hoch, als Bertha die Teller schwungvoll vor sie hinstellte. »So, und jetzt mal 'n freundlichet Jesicht, die Damen.«

6

Am nächsten Morgen versammelte Leo Robert Walther,
Jakob Sonnenschein und Otto Berns in seinem Büro und berichtete vom Besuch in der Wohnung der Toten. »Herr Sonnenschein, wenn Sie bitte die Befragung der Portiersfrau
kurz zusammenfassen möchten.«

Dieser zückte sein Notizbuch. »Sie kennt Frau Dr. Strauss
seit sieben Jahren, so lange hat die Ärztin im Haus gewohnt.
Frau Stranzke besaß einen Schlüssel und hat bei Frau Dr.
Strauss geputzt, und zwar immer, wenn diese nicht zu Hause
war. Henriette Strauss war freundlich, aber distanziert. Es
kamen öfter Damen zu Besuch, deren Namen Frau Stranzke
nicht kennt. Möglicherweise handelte es sich um berufstätige
Freundinnen, mit denen sich die Ärztin regelmäßig traf.
Diesen Hinweis verdanken wir einer Bekannten von Herrn
Wechsler. Außerdem bekam Henriette Strauss ab und zu Be-
such von ihrer Schwester Frau Rosa Lehnhardt, in den letz-
ten Jahren jedoch seltener. Ein häufiger Gast war ihr Neffe,
Herr Adrian Lehnhardt. Von der Erkrankung der Ärztin hat
Frau Stranzke keine Kenntnis gehabt. Fremde hat sie in den
Tagen vor dem Todesfall nicht im Haus bemerkt. Das wäre
alles.«

Leo nickte. »Wir haben mehrere Ansatzpunkte. Der Kollege Sonnenschein und ich werden heute zunächst mit der
Familie der Toten sprechen. Danach treffen wir uns mit einer
Ärztin, die sie persönlich kannte, in deren Praxis. Vielleicht
kann sie uns Erkenntnisse über mögliche berufliche Kon-

flikte liefern. Robert, du fährst mit Berns ins Luisenkrankenhaus und sprichst mit ihren Kollegen, Vorgesetzten, den Krankenschwestern und so weiter.«

Die Männer nickten und griffen nach Mänteln und Hüten. An der Tür drehte sich Walther noch einmal um. »Leo?«

»Ja?«

»Meinst du, ich könnte nächsten Monat ein paar Tage frei nehmen?«

Walther sah ihn mit hochzogenen Augenbrauen an. »Wir stecken mitten in einem neuen Fall, da kannst du nicht einfach Urlaub nehmen, das weißt du. Es sei denn, wir haben die Sache bis dahin aufgeklärt. Was ist denn so wichtig?«

Walther druckste etwas herum. »Du weißt ja, ich verbringe viel Zeit in meinem Schrebergarten. Im November findet eine große Tagung des Reichsverbands der Kleingartenvereine in Bremen statt. Und der Kassenwart unseres Bezirksverbands hat mich als Redner vorgeschlagen, über das Thema Kompostierung. Ich habe meinen Vortrag schon fast fertig. Es wäre mir sehr unangenehm, absagen zu müssen.«

Leo konnte nicht anders, er lachte laut heraus. »Ich wusste gar nicht, dass du es auf eine zweite Karriere als Laubenpieperfunktionär abgesehen hast! Tut mir leid, wenn ich dich um deine Lorbeeren bringe, aber es bleibt dabei. Freie Tage kannst du nur nehmen, wenn wir die Sache bis dahin aufgeklärt haben.«

Walther zuckte mit den Schultern und verließ das Büro.

»Kommen Sie, Sonnenschein.«

»Danke, dass ich Sie begleiten darf, Herr Kommissar.« Der junge Mann zögerte. »Ich möchte von Ihnen lernen. Der Anfang ist nicht immer leicht.« Er wählte seine Worte mit Bedacht, als würde er sich die Sätze sorgsam zurechtlegen. »Heutzutage haben manche etwas gegen uns Juden.«

Sie gingen durch die Flure und Treppenhäuser des gewaltigen Präsidiums, allgemein nur »rote Burg« genannt, bis sie den Lichthof erreichten, in dem die Dienstwagen geparkt waren. Als sie auf die Alexanderstraße rollten, sagte Leo: »Für mich gibt es nur fähige und unfähige Polizisten, Sonnenschein. Ob Sie in die Kirche oder in die Synagoge oder nirgendwohin gehen, interessiert mich nicht.« Es klang schroffer als beabsichtigt, doch der junge Kollege lächelte bei sich.

»Wir fahren jetzt zu den engsten Verwandten der Verstorbenen – dem Neffen, der uns auf den Fall aufmerksam gemacht hat, und seiner Mutter, der Schwester der Toten. Sie ist verwitwet.«

Sonnenschein nickte. »Gewiss, die Familie ist wichtig. Aber ...«

»Ja?«

»Henriette Strauss hat sicher viele Ärzte gekannt. Und die haben Erfahrung mit Giften und deren Wirkungsweise.«

»Da haben Sie recht. Aber eins nach dem anderen.«

Von Osten nach Westen durch die Stadt zu fahren, bedeutete nicht nur eine geographische, sondern auch eine soziale Reise: Vom besonders dicht besiedelten Osten mit seinen überfüllten Mietskasernen und den deutlichen Spuren, die Jahre des Hungers und der Inflation hinterlassen hatten, gelangten die beiden Beamten jetzt in den wohlhabenden Westen, in dem die Menschen scheinbar unberührt von den Wirren der vergangenen Jahre lebten. Natürlich wusste jeder Polizist, dass auch hinter eleganten Fassaden das Elend hauste, dass in herrschaftlichen und bürgerlichen Wohnungen private Bordelle und Spielsalons betrieben wurden. Für Leo war Berlin ein Kosmos, der eine nie endende Faszination ausübte.

Er steuerte den Wagen in Richtung Lichterfelde, wo Familie Lehnhardt in der Baseler Straße residierte. Den Ausdruck hielt Leo für durchaus angemessen, denn die Gegend war berühmt für ihre herrlichen baumbestandenen Straßen und die prachtvollen Villen mit ihren Säulen, Türmchen,

Loggien und verwunschenen Gärten. Er hatte herausgefunden, dass Gustav Lehnhardt eine gut gehende Fabrik besessen hatte und zwei Jahre zuvor verstorben war. Er war gespannt, wie Rosa Lehnhardt auf ihren Besuch reagieren würde. Hatte der Sohn ihr überhaupt von seinem Verdacht berichtet?

Leo parkte vor dem Haus, einem roten Ziegelbau mit weißen Fassadenelementen, der von wunderschönen alten Bäumen eingerahmt wurde. Es erinnerte ihn an Bilder von englischen Landsitzen, die er in Illustrierten gesehen hatte. Am kräftigen Ast einer Linde hing eine Schaukel, die leise im Wind hin- und herschwang. Die beiden Kriminalbeamten gingen über den kiesbestreuten Weg zur Haustür und klingelten.

Ein schwarz gekleidetes Hausmädchen mit weißer Schürze öffnete die Tür. Leo nannte seinen Namen. »Wir sind angemeldet.«

»Kommen Sie bitte mit.«

Die Eingangshalle war mit schwarz-weißen Fliesen ausgelegt, blank gewienert, dass man sich fast in ihnen spiegeln konnte. Das Mädchen führte die Männer zu einer Tür mit einem schönen Buntglasfenster, klopfte und kündigte die Besucher an.

Leos Blick fiel auf die Frau, die zusammengesunken auf dem Sofa saß. Sie hielt den Kopf gesenkt, sodass er nur ihre braunen Haare sehen konnte, und er fühlte sich an die Leiche auf dem kalten, stählernen Untersuchungstisch erinnert. Frau Lehnhardts Haar war etwas dunkler, die Ähnlichkeit aber unverkennbar. Er verdrängte die Erinnerung an die Sektion und stellte sich und Sonnenschein vor.

Adrian Lehnhardt, der hinter seiner Mutter stand, als wollte er ihr im Notfall zu Hilfe eilen, trat auf die Beamten zu und gab ihnen die Hand. »Meine Mutter befindet sich in einem sehr angegriffenen Zustand. Daher möchte ich Sie bitten, dieses Gespräch so kurz wie möglich zu halten.«

»Es wird nicht länger als nötig dauern.« Adrian Lehnhardt bot ihnen Stühle an, blieb selbst aber stehen, als hielte er Wache.

»Frau Lehnhardt, Ihr Hausarzt Dr. Behnke hat uns verständigt, weil er Zweifel an der Todesursache Ihrer Schwester hegt. Vor drei Tagen hat Ihr Sohn uns aufgesucht und ebenfalls die Vermutung geäußert, dass seine Tante nicht an einer Lungenentzündung gestorben sei. Wir haben eine Sektion der Leiche angeordnet. Der Gerichtsarzt hat dabei einige Anhaltspunkte gefunden, die gegen einen Tod durch Lungenentzündung sprechen.«

Nun hob Rosa Lehnhardt mit einem Ruck den Kopf. Trotz der Anzeichen des Alters war sie eine gut aussehende Frau, auch wenn die vergangenen Tage tiefe Spuren in ihr Gesicht gegraben hatten. Ihre braunen Augen waren vom Weinen verquollen. »Adrian, was hast du ihnen nur erzählt?«

Der Sohn legte ihr beruhigend die Hand auf die Schulter. »Mutter, ich habe es dir doch erklärt. Dr. Behnke hat sich an mich gewandt, weil er dich nicht beunruhigen wollte. Aber wenn jemand Tante Jette etwas angetan hat, muss derjenige zur Rechenschaft gezogen werden.«

»Angetan?« Frau Lehnhardts Stimme brach. »Wer hätte Jette etwas antun wollen? Sie hat anderen Menschen immer nur geholfen.«

Leo hob die Hand. »Verzeihung, aber ich möchte Ihnen einige Fragen stellen. Frau Lehnhardt, wie haben Sie von der Erkrankung Ihrer Schwester erfahren?«

Rosa Lehnhardt wischte sich mit einem Taschentuch über die Augen. »Kann ich Ihre Fragen nicht ein anderes Mal beantworten?«

»Bedaure, nein«, erwiderte Leo mit fester Stimme. »Es geht um einen mutmaßlichen Mord oder Totschlag. Wir dürfen keine Zeit verlieren. Frau Lehnhardt, ich frage Sie noch einmal – wie haben Sie von der Krankheit Ihrer Schwester erfahren?«

Sie atmete tief durch. »Sie wollte zum Abendessen zu uns kommen.«

»Wann genau war das?«

Sonnenschein holte ein Notizbuch aus der Tasche und klappte es auf.

Frau Lehnhardt überlegte. »Am 21. Oktober, also am Sonntag. Henriette wollte um sechs Uhr kommen. Als sie um halb sieben noch nicht da war, habe ich bei ihr angerufen. Sie ging nicht ans Telefon. Da habe ich mir Sorgen gemacht und bin zu ihr gefahren.«

»War Ihre Schwester ein pünktlicher Mensch?«

Sie nickte. »Ja, sie kam nie zu spät. Wenn sie im Krankenhaus aufgehalten wurde, rief sie immer an. Daher war ich beunruhigt. Wir hatten uns zwei Tage zuvor noch gesehen. Ich habe an der Wohnungstür geklingelt, doch sie machte nicht auf.«

»Lebte ihre Schwester allein?«

»Ja. Sie war unverheiratet.«

»Haben Sie einen Schlüssel für die Wohnung?«

»Nein. Wir hielten es nie für erforderlich.«

»Hatte sie als berufstätige Frau keine Haushaltshilfe?«, fragte Leo.

»Doch, die Portiersfrau. Sie verdiente sich etwas dazu. Henriette war der Meinung, dass die Frau es sich nicht leisten könnte, etwas zu stehlen, da sie sonst die Stellung im Haus verlieren würde. Meines Wissens war sie die Einzige, die außer meiner Tante einen Schlüssel zur Wohnung besaß.«

»Verstehe. Und was haben Sie dann getan?«

»Ich bin zur Portiersfrau gegangen, sie heißt Stranzke. Sie hat mir die Tür aufgeschlossen. Meine Schwester lag im Bett. Ich habe sofort gesehen, dass sie sehr krank war. Hohes Fieber, sie atmete schwer. Husten hatte sie auch. Immer wieder griff sie sich an die Brust, als bekäme sie keine Luft.« Rosa Lehnhardt biss sich auf die Lippen und konnte nicht weitersprechen.

Sonnenscheins Stift flog über das Papier.

Als Frau Lehnhardt sich gefasst hatte, sprach sie weiter: »Ich habe sie sanft an der Schulter gefasst. Sie kam zu sich. Ich fragte, wie lange das schon so gehe, und sie antwortete, seit knapp vier Tagen. Ich sagte, sie müsse ins Krankenhaus, doch da ergriff sie meinen Arm und flüsterte: ›Nein, ich bleibe hier. Es geht mir bald besser.‹ Ich war skeptisch, aber Henriette war auch darin eigen. Krank wurden nur andere Menschen.«

Ein schwaches Lächeln huschte über Adrian Lehnhardts Gesicht. »Das trifft es sehr gut. Gesundheit war für sie vor allem eine Frage des Willens.«

»Ich habe ihr Tee gekocht und Wadenwickel gemacht, wie ich es aus unserer Kindheit kannte. Dann bin ich kurz nach Hause gefahren und habe von meiner Köchin einen Topf Hühnersuppe geholt.«

Sie berichtete, dass sich der Zustand ihrer Schwester bis zum nächsten Morgen so verschlimmert hatte, dass sie gegen Mittag den Hausarzt Dr. Behnke verständigt hatte. »Er stellte eine Lungenentzündung fest. Auf seine Diagnose habe ich mich verlassen.«

»Sie hatten auch keinen Grund, sie anzuzweifeln«, versicherte Leo.

Rosa Lehnhardt wirkte erleichtert. »Er wollte sie sofort ins Krankenhaus schicken. Meine Schwester hat sich dagegen gewehrt, aber ich habe ihr gut zugeredet und angefangen, einen Koffer für sie zu packen. Dann stand Adrian plötzlich vor der Tür.«

Sie schwieg und sah ihren Sohn hilfesuchend an.

»Ich war einige Tage auf einer Konzertreise in Leipzig und bin am Montag nach Hause gekommen. Als mir unser

Hausmädchen mitteilte, dass Tante Jette sehr krank sei, bin ich sofort zu ihr gefahren.« Er schaute zu Boden. »Meine Mutter wollte gerade einen Krankenwagen rufen. Ich bin zu meiner Tante ins Schlafzimmer gegangen.« Ihm versagte die Stimme. »Ihr Zustand war so schlecht, dass ... Sie bekam kaum Luft. Ich habe das Ohr an ihre Brust gelegt, es war ein ganz seltsames Geräusch. Ein Rasseln, nein, ein Brodeln ...«

»Sie hatte Flüssigkeit in der Lunge«, erklärte Leo. »Das hat die Untersuchung ergeben.«

»Wir haben auf den Krankenwagen gewartet«, fuhr Frau Lehnhardt fort. »Auf einmal wurde meine Schwester ganz unruhig, wollte sich aufsetzen, rang nach Luft – ich habe versucht, sie zu stützen. Der Krankenwagen kam zu spät. Sie muss erstickt sein.« Dann brach sie in Tränen aus. »Es ist meine Schuld, ich hätte früher ...«

Adrian eilte an ihre Seite. »Meine Herren, wir müssen die Befragung verschieben. Wie Sie sehen, ist meine Mutter nicht in der Lage, weitere Fragen zu beantworten.«

Leo überlegte kurz. »Dann möchte ich gern mit Ihnen sprechen. Frau Lehnhardt kann sich zurückziehen.«

Sonnenschein warf ihm einen forschenden Blick zu.

Adrian Lehnhardt wollte etwas erwidern, schluckte es aber hinunter und geleitete seine Mutter aus dem Zimmer. Dann kam er zurück und atmete tief durch. »Herr Kommissar, wenn Sie das jetzt bitte rasch zu Ende bringen könnten – ich muss mich um meine Mutter kümmern.«

»Ich wüsste gern mehr über Ihre Familie, wie eng die Beziehung zwischen den Schwestern war, ob es regelmäßige Besuche gab. Die beiden haben ja sehr unterschiedliche Lebenswege gewählt.«

Lehnhardt sah ihn verwundert an. »Ich weiß nicht, was das mit Ihren Ermittlungen zu tun hat, aber das Verhältnis zwischen meiner Mutter und ihrer Schwester war gut. Nicht sehr eng, aber sie pflegten regelmäßigen Kontakt. Natürlich besaß jede von ihnen einen eigenen Freundeskreis, was durch die jeweiligen, wie soll ich sagen, Lebenssphären bedingt war.«

»Gab es auch Konflikte?«

»Nicht dass ich wüsste. Sie waren sehr unterschiedliche Charaktere, aber von Auseinandersetzungen habe ich nie etwas mitbekommen.«

Leo schaute den jungen Mann prüfend an: »Wie eng war Ihr Verhältnis zu Frau Dr. Strauss? Sie wirkten tief erschüttert, als Sie mich im Präsidium aufgesucht haben.«

Adrian Lehnhardts Antwort war ebenso schlicht wie berührend. »Neben meiner Mutter war Tante Jette der wichtigste Mensch in meinem Leben.«

»Ich mag keine Krankenhäuser«, sagte Robert Walther, »dieser Geruch nach Kohl und Karbolsäure, einfach widerlich.«

»Wenn du in mein Alter kommst, wirst du für Krankenhäuser dankbar sein«, bemerkte Kriminalassistent Otto Berns trocken. Er war neunundfünfzig, sein um weniges älterer Kollege Stahnke war bereits vor zwei Monaten in Pension gegangen. Obwohl Berns nie Karriere gemacht hatte, erledigte er seine Arbeit gründlich, pflichtbewusst und ohne Groll.

»Mit wem sprechen wir zuerst?«

Walther warf einen Blick in sein Notizbuch. »Dr. Rudolf Stratow, er war ihr unmittelbarer Vorgesetzter.«

Sie erkundigten sich am Empfang nach der Abteilung für Frauenheilkunde und Geburtshilfe. »Die Treppe hoch und dann links.«

Für ein Krankenhaus war das Gebäude recht hell und freundlich, es hingen Bilder an den Wänden, man bemühte sich um eine angenehme Atmosphäre. Im ersten Stock gelangten sie zu einer Glastür, auf der in Goldbuchstaben der Name der Abteilung stand. Irgendwo im Hintergrund erklang Säuglingsschrei. Sie traten in den Flur und fragten eine vorübereilende Krankenschwester nach Dr. Stratows Dienstzimmer. »Dritte Tür links. Er muss aber gleich zur Visite.«

»Das werden wir sehen«, murmelte Berns. In den langen Jahren bei der Kriminalpolizei hatte er jeglichen Respekt vor Ärzten, hohen Beamten und anderen angeblich wichtigen Personen verloren, die sich gern im Glauben wiegten, ihre Arbeit sei bedeutender als jede polizeiliche Ermittlung.

Walther grinste und klopfte an die Tür.

»Herein.«

Sie traten in das Büro und sahen sich einem unerwartet jungen Mann gegenüber. Dr. Stratow konnte nicht älter als Mitte dreißig sein. Blondes Haar, Hornbrille, glattrasiertes, gut geschnittenes Gesicht. »Was kann ich für Sie tun, meine Herren? Ich muss zur Visite.«

Er wollte einen Schritt in Richtung Tür machen, worauf Walther sich kaum merklich nach links bewegte und ihm dadurch den Weg versperrte.

»Was soll das bitte?« Stratow klang leicht gereizt.

Walther stellte sich und den Kollegen vor. »Es geht um Ihre verstorbene Mitarbeiterin, Frau Dr. Strauss.«

Der Arzt hielt inne und lehnte sich gegen den Schreibtisch. »Ein großer Verlust für unsere Abteilung und das gesamte Krankenhaus. Nur ist mir nicht klar, weshalb die Kriminalpolizei damit befasst sein sollte. Wie ich hörte, starb die Kollegin an einer Lungenentzündung, die leider nicht rechtzeitig behandelt wurde.«

»Nehmen Sie doch Platz, Herr Dr. Stratow. Im Sitzen spricht es sich besser.« Walther und Berns ließen sich auf den Holzstühlen gegenüber vom Schreibtisch nieder. Der Arzt trat widerwillig zurück, lehnte sich aber demonstrativ an ein Regal, statt sich zu setzen.

»Wir haben Grund zu der Annahme, dass Frau Dr. Strauss nicht an einer Lungenentzündung gestorben ist, sondern infolge des Einatmens einer bisher unbekannten Substanz«, erklärte Walther in betont gewähltem Ton. »Bei der Sektion der Leiche ergaben sich Befunde, die nicht mit den Symptomen einer Lungenentzündung übereinstimmen.«

»Es wurde bereits eine gerichtsmedizinische Untersuchung durchgeführt?«, fragte Stratow ungläubig.

»In der Tat. Sie bildet die Grundlage für unsere Ermittlungen.«

»Darf ich fragen, wie dieser Verdacht überhaupt aufgekommen ist? Gab es denn keinen offiziellen Totenschein?«

Walther nickte. »Doch. Aber der fragliche Arzt hat es sich anders überlegt. Seine Hinweise ließen eine Sektion als geraten erscheinen.«

Stratow hob die Hand, um Walther zu unterbrechen. »Kurz gesagt, Sie wollen andeuten, dass die Kollegin keines natürlichen Todes gestorben ist. Woran dann? War es ein Unfall?«

Als die Beamten schwiegen, stieß er hervor: »Sie hätte sich niemals etwas angetan, darauf gebe ich Ihnen mein Wort. Sie war eine überaus lebenslustige Frau …« Nun wirkte er aufrichtig erschüttert, und Walther fragte sich, ob ihr Verhältnis rein kollegialer Natur gewesen war. Natürlich gab es einen gewissen Altersunterschied, aber der musste bei einer interessanten Frau keine Rolle spielen.

»Möglicherweise Fremdeinwirkung«, warf Berns ein. »Sie sind also der Ansicht, dass es keine Gründe für einen Selbstmord gegeben hat?«

Stratow schüttelte entschieden den Kopf. »Kann ich mir nicht vorstellen.«

»Dann bleiben nur Unfall oder Mord«, stellte Walther fest.

»Das ist nicht Ihr Ernst.«

»Können Sie uns sagen, ob Frau Dr. Strauss in Konflikt mit jemandem stand – mit Kollegen, Vorgesetzten, Patienten? Gab es private Probleme? Beruflichen Neid? Eifersucht?«

»Nein, nein, nein, das ist... völliger Unsinn. Sie war mit Leib und Seele Ärztin, wollte den einfachen Menschen helfen, darum hat sie auch vor einigen Jahren eine gut dotierte wissenschaftliche Stelle an der Charité abgelehnt. Sie wollte lieber unmittelbar mit den Menschen arbeiten, statt Forschung zu betreiben. Ich habe versucht, ihr begreiflich zu machen, dass auch die Forschung den Menschen hilft, aber da blieb sie stur. Sie konnte sehr stur sein.«

Walther schaute den Arzt prüfend an. »Wir würden gern mit den übrigen Ärzten der Station und den Schwestern sprechen. Sie können jetzt Ihre Visite durchführen, aber halten Sie sich bitte für weitere Fragen bereit.«

Stratow begab sich zur Tür. »Sie können sich umschauen und mit den Kollegen und Krankenschwestern sprechen. Ich verlasse mich jedoch auf Ihre Diskretion. Es könnte die Patienten beunruhigen, wenn sie erfahren, dass die Kriminalpolizei im Haus ermittelt.« Er zögerte. »Es tut mir leid um meine Kollegin. Sie hätte noch viel erreichen können. Die Arbeit hat ihr alles bedeutet.«

»Sie ging noch einer anderen Tätigkeit nach, nicht wahr?«

Stratow zog eine Augenbraue hoch. »Sie denken an ihre... Frauenberatung?«

Berns nickte. »Angeblich hat sie sich damit nicht nur Freunde gemacht.«

»Selbstverständlich nicht. Wer die Abschaffung des Paragraphen 218 fordert, nimmt Schwierigkeiten in Kauf. Aber solange es ihre Arbeit nicht beeinträchtigte – und das war nicht der Fall –, habe ich mich aus dieser Sache herausgehalten.«

Schwierigkeiten war wohl gelinde ausgedrückt, dachte Walther. Gut möglich, dass diese »Schwierigkeiten« ihren Tod bedeutet hatten.

Alice Vollnhals eilte die Straße entlang, den Mantelkragen gegen die feuchte Kälte hochgeklappt. Ihre Strümpfe waren nass, weil sie beim Aussteigen aus der Straßenbahn in eine Pfütze getreten war, doch das konnte sie nicht aufhalten. Sie drängte sich durch die Passanten auf der belebten Straße, stolperte beinahe über den Fuß eines blinden Bettlers, auf dessen Schild »Kriegsversehrt und ohne Obdach« zu lesen war, und stürzte in den Hausflur. Sie lief die Treppen hinauf, wobei sie immer zwei Stufen auf einmal nahm.

»Ich weiß, wir treffen uns nie am Sonnabend«, erklärte sie atemlos, als Grete ihr öffnete. Alice stürmte an ihr vorbei ins Wohnzimmer. Die Freundin blickte ihr verdutzt nach und schloss die Tür.

Im bescheiden eingerichteten Wohnraum warf Alice den Mantel über eine Stuhllehne, ließ sich in einen Sessel fallen und klappte ihre Zigarettendose auf. Sie nahm erst einen tiefen Zug, bevor sie Grete anschaute. »Jette ist tot.«

Grete wich einen Schritt zurück und tastete nach der Tischkante. »Was redest du da? Wir haben uns doch am 15. noch gesehen, da war sie bei bester Gesundheit. Woher weißt du das überhaupt?«

Alice atmete tief durch. »Du erinnerst dich sicher an Magda Schott? Wir haben sie mal eingeladen, aber sie hat es nie geschafft zu kommen. Sie hat eine Praxis in Moabit, die sie ganz allein führt.«

Grete nickte.

»Nun, Magda hat mich angerufen und es mir erzählt.«

»Und was hatte sie mit Jette zu tun?«

»Magda hat eine Freundin, die Jette im Urlaub auf Hiddensee kennengelernt hat, du weißt schon, im vergangenen Sommer. Und die ist mit einem Kriminalpolizisten befreundet.«

»Was? Kriminalpolizei? Aber woran ist Henriette denn gestorben?«

»Ich kann dir nicht viel sagen, aber die Polizei ermittelt wegen ihres Todes, das hat Magda mir erzählt. Wir müssen damit rechnen, dass man uns auch befragen wird.«

Grete starrte sie an. »Jette hat sich nicht umgebracht, niemals! Doch nicht Jette –«

Alice blickte ihr eindringlich in die Augen. »Von Selbstmord war keine Rede.«

»Soll das heißen, sie ist … ermordet worden?« Gretes Hand umklammerte die Tischkante so fest, dass ihre Knöchel ganz weiß wurden.

Alice zuckte mit den Schultern. »Ich kann es auch nicht glauben. Aber wenn sie an einer Krankheit gestorben wäre, würde sich die Polizei nicht dafür interessieren. Außerdem war sie die Gesündeste von uns allen.«

Grete ließ sich wortlos auf einen Stuhl fallen. Sie stützte die Hände flach auf die Oberschenkel, senkte den Kopf und weinte.

Alice stand auf und legte ihr die Hand auf die Schulter. »Tut mir leid, ich hätte es dir schonender beibringen sollen. Aber ich bin selbst völlig durcheinander.«

»Wer tut denn so etwas?«, schluchzte Grete. »Und was können wir der Polizei schon sagen?«

»Vermutlich wollen sie wissen, mit wem sie Umgang pflegte, wer ihre Freunde und Feinde waren, wie sie über ihre Arbeit und die Kollegen gesprochen hat, ob sie einen Freund oder Männerbekanntschaften hatte –«

»Hör auf!«, rief Grete aufgebracht. »Sie werden ihr ganzes Leben ausbreiten, ihre Sachen durchwühlen, die Leute ausfragen …«

»Das ist normal. Wenn ihr jemand etwas angetan hat, soll er dafür bezahlen.«

»Er? Meinst du, es muss ein Mann gewesen sein?«

Alice hob die Arme. »Ich meine gar nichts, solange ich nichts Genaueres über ihren Tod weiß.«

»Wann ist die Beerdigung?« Grete wischte sich über die Augen. »Ich möchte gern hingehen.«

Alice, die als Ärztin über derartige Vorgänge Bescheid wusste, wog ihre Antwort ab. »Sobald die Leiche freigegeben wird.«

Gretes Kopf schoss in die Höhe. »Freigegeben? Du meinst, sie ist noch im – im Leichenschauhaus und wird dort –«

»Ja, das ist üblich.« Mehr brauchte Alice nicht zu sagen.

Grete fasste sich an den Hals, als könnte sie nicht schlucken. »Wenn uns die Polizei fragt, sollen wir ihnen dann alles sagen?«

Alice schaute sie stirnrunzelnd an. »Alles?«

Gretes Stimme sank zu einem eindringlichen Flüstern herab. »Ich meine die Sache mit Stratow.«

7

Leo hatte sich mit einem Stapel Bücher im Wohnzimmer vergraben, als Ilse den Kopf zur Tür hereinsteckte. »Ich mache einen Spaziergang. Kannst du so lange nach den Kindern sehen?«

Er blickte hoch. »Ich arbeite.«

Ilse zog sich nicht wie erwartet zurück, sondern schaute ihn eindringlich an. »Leo, ich möchte am Sonntag auch mal ein bisschen für mich sein, nachdem ich gekocht, gebügelt und abgewaschen habe.«

Er klappte das Buch, in dem er gerade las, hörbar zu. »Ilse, ich bin an jedem Sonntag für die Kinder da, nur heute muss ich mich um etwas Berufliches kümmern, für das ich im Büro keine Ruhe finde.«

»Gut, die beiden sind groß genug, um sich allein zu beschäftigen«, erklärte Ilse. »Ich sage ihnen, dass sie in ihrem Zimmer spielen sollen.«

Mit diesen Worten zog sie die Tür zu, und kurz darauf hörte er, wie die Wohnungstür ins Schloss fiel.

Leo fuhr sich durch die Haare und seufzte. Er hatte alle Fachbücher, in denen etwas über Gifte stand, aus dem Regal geholt und die entsprechenden Kapitel herausgesucht, bislang aber keinerlei Hinweise auf eine Substanz gefunden, die Symptome wie im Fall Henriette Strauss hervorrief. Die bekannten Gifte – Arsen, Strychnin, Blausäure, Digitalis – wurden gewöhnlich oral verabreicht, was zu völlig anderen Symptomen führte. Die Befunde im Magen der Toten deuteten auf keines dieser Gifte hin, ganz zu schweigen von der Wasseransammlung in der Lunge, dem Fieber und dem Husten.

Nach wie vor hatten sie kaum etwas Greifbares vorzuweisen. Die ersten Befragungen im Krankenhaus hatten wenig ergeben – Dr. Strauss war beliebt und kollegial gewesen, wobei die Krankenschwestern sie mehr zu schätzen schienen als die Ärzte. Clara gegenüber hatte sie davon gesprochen, wie schwer die anderen Mediziner es ihr als Frau gemacht hatten. Ihre fachlichen Kenntnisse und ihre Zuverlässigkeit waren aber offenbar über jeden Zweifel erhaben. Alle Befragten schienen völlig überrascht, dass die Kriminalpolizei ermittelte.

Leo schob die Bücher beiseite und griff zu der Fallakte, um noch einmal das Protokoll von Walther und Berns zu lesen.

Dr. Stratow, der unmittelbare Vorgesetzte der Toten, zeigt sich überrascht. Er bedauert den Verlust einer ausgezeichneten Ärztin und wirkt persönlich erschüttert (private Beziehung?). Erwähnt ihren Kampf gegen § 218, womit sie Schwierigkeiten herausgefordert habe. Bittet um Diskretion, lässt aber Befragung aller Mitarbeiter zu.

Hatte Dr. Strauss sich mit mächtigen Vertretern von Justiz und Medizin angelegt, die keine Lockerung des Abtreibungsparagraphen zulassen wollten? Leo verstand nicht viel von der Materie und machte sich eine Notiz. Der Fall war vielschichtig, auch ein solches Motiv nicht auszuschließen. Interessant war die folgende Bemerkung:

Eine Krankenschwester, Gertrud Pollack, wirkt bei ihrer Aussage leicht gehemmt. Sie schaut sich um, als hätte sie Angst, belauscht zu werden. Dann gibt sie zu Protokoll,

dass Dr. Strauss eine fachkundige und freundliche Vor-
gesetzte gewesen sei. Ihr seien keine ungewöhnlichen
Vorkommnisse aufgefallen.

Leo beschloss, die Frau allein zu befragen – entweder in der Klinik oder zu Hause.

In diesem Augenblick flog die Tür auf, und Marie kam mit ihrem Steckenpferd herein. »Vati, sollen wir spielen gehen? Tante Ilse ist nicht da und ...«

»Marie, ich arbeite.« Es klang schärfer als beabsichtigt. »Könnt ihr euch einmal allein beschäftigen?«

Seine Tochter blieb abrupt stehen und biss sich auf die Unterlippe. »Wie lange musst du denn arbeiten? Heute ist doch Sonntag.«

»Es kommt ab und zu mal vor, dass ich im Büro nicht alles schaffe. Lass mich jetzt bitte.«

Während Marie mit hängendem Kopf aus dem Zimmer trottete, das Steckenpferd am Zügel hinter sich her schleifend, musste er den Impuls unterdrücken, ihr nachzugehen.

Die Arbeit wollte ihm danach nicht mehr gelingen.

Als Clara eine halbe Stunde später kam, stand Leo am Wohnzimmerfenster und rauchte eine Zigarette. Sie wollte ihn küssen, bemerkte aber seinen Gesichtsausdruck und wich zurück.

»Was hast du denn?«, fragte sie und legte einige Bücher, die sie für die Kinder aus ihrer Leihbücherei mitgebracht hatte, auf die Anrichte.

»Ach, nichts.« Er drückte die Zigarette aus.

»Du arbeitest?«

»Nicht mehr.« Seine Stimme klang unwillig.

»Hast du Schwierigkeiten?«

»Das ist es nicht.«

Clara wartete ab, doch als er nichts weiter sagte, griff sie nach ihrem Mantel.

Er machte einen Schritt auf sie zu. »Bleib.«

»Wenn dir nicht nach Reden zumute ist, gehe ich lieber.«

»Nein, es ist nur ...«

»Leo.« Sie legte ihm die Hände auf die Schultern. »Es ist immer das Gleiche. Wenn du Rat in beruflichen Dingen brauchst, redest du bereitwillig darüber. Geht es um etwas Persönliches, muss ich es mühsam aus dir herausholen. Das ist anstrengend.«

Leo seufzte. »Zwei Frauen an einem Nachmittag.«

»Was soll das nun wieder heißen?« Clara setzte sich in einen Sessel, schlug die Beine übereinander und wartete ab.

Nachdem er ihr von Ilse erzählt hatte und davon, wie er Marie aus dem Zimmer geschickt hatte, lächelte sie zu seinem Erstaunen. »Ilse wird selbstständig.«

»Sie ist doch eine erwachsene Frau.«

»Gewiss, aber sie muss ein eigenständiges Leben führen, ohne dich und die Kinder. Der erste Schritt war die Bekanntschaft mit Herrn Schneider, eine bittere Enttäuschung, aber immerhin. Nun beansprucht sie am Sonntag ein bisschen Zeit für sich. Das ist doch ihr gutes Recht.«

Leo ballte instinktiv die Fäuste. »Ja, aber –«

»Nein, Leo, kein Aber. Ihr müsst endlich aus diesem Dilemma herausfinden.«

»Das geht nicht ohne dich«, entgegnete er, trat wieder ans Fenster und sah hinaus »Du musst wissen, wo dein Platz in unserer Familie sein soll. Willst du eine Besucherin sein, die in diese Wohnung kommt und nach ein paar Stunden wieder geht, die mit mir in die Ferien fährt, solange Ilse auf die Kinder aufpasst, oder ... meine Frau?« Jetzt war es heraus. Er hörte, wie sie leise aufstand und ihren Mantel nahm. Dann fiel die Wohnungstür ins Schloss.

Tante Jette muss als Kind sehr wild gewesen sein. Sie spielte Klavier, besaß aber nicht die Disziplin, um es darin zur Meisterschaft zu bringen. Meiner Mutter, die gern musizierte, mangelte es hingegen an Talent. Das Schicksal kann bisweilen ungerecht sein.

Tante Jette brachte häufig kranke Tiere mit nach Hause – Igel, Vögel, Maulwürfe, einmal sogar einen Fuchs. Der Zorn meiner Großmutter war ihr sicher, doch das hielt sie nicht davon ab, sich bald auch kranken Menschen zuzuwenden.

Die Entschlossenheit, mit der sie schon als Mädchen allen Widerständen begegnete, trug sicher dazu bei, dass sie sich später im Studium und Beruf durchzusetzen wusste. Dabei brachte sie bisweilen wenig Verständnis für Menschen auf, die nicht so entschlussfreudig und stark waren wie sie, doch habe ich dies nie als Charakterfehler empfunden. Vielleicht liegt es daran, dass ich so sehr an meiner Musik festhalte wie sie an ihrem Traum, Ärztin zu werden.

Als Junge habe ich Mutter stets bestürmt, sie solle mir von Tante Jette erzählen. Von meinem achten bis elften Lebensjahr habe ich sie nicht gesehen, weil sie auf Reisen im fernen Osten war.

Was hatte sie nach ihrer Rückkehr nicht alles zu berichten! Sie sprach von Elefanten und Tigern; von Frauen, die mit ihren verstorbenen Ehemännern verbrannt wurden; von Palästen und Menschen, die in unvorstellbarer Armut lebten. Sie beschwor die exotischen Gerichte, die sie gegessen hatte, so eindringlich herauf, dass ich die Gewürze wie Safran, Curry und Kardamom zu riechen meinte. Sie hatte die Chinesische Mauer mit eigenen Augen gesehen und war mit einem Boot über den Gelben Fluss gefahren, der bei den Chinesen Huang He heißt.

In Thailand hatte sie den Buddhismus näher kennengelernt und erste Erfahrungen im Meditieren gemacht. Ich hatte sie immer wieder bestürmt, es mir zu erklären, doch sie sagte nur, ich müsse irgendwann einfach damit beginnen, und zwar dann, wenn ich es wirklich wolle. Erklären könne man hier nichts. Sie war sehr zurückhaltend, was diesen Glauben anging, und wollte niemanden bekehren.

Allerdings zeigte sie mir ein paar Yoga-Übungen, die sie Asanas nannte, und ich verblüffte sie mit meiner jugendlichen Gelenkigkeit. Als ich ihr mühelos die sogenannte »Krähe« vorführte, eine für die meisten Menschen recht komplizierte Stellung, schenkte sie mir einen kleinen Anhänger mit einer stilisierten Lotosblume, den ich seither immer bei mir trage.

Ich muss den Stift beiseite legen, da mich die Erinnerungen überwältigen. Ein anderes Mal mehr.

8

Leo hatte schlecht geschlafen und stieg zwei Haltestellen früher aus der Stadtbahn. Vielleicht würde er einen klaren Kopf bekommen, wenn er das letzte Stück zu Fuß ging.

Er hatte lange wachgelegen und an das Gespräch mit Clara gedacht. Besser gesagt, an ihren abrupten Aufbruch. Wollte sie nicht über eine Heirat sprechen, weil sie in ihrer geschiedenen Ehe so unglücklich gewesen war? Oder war sie enttäuscht, weil er die Frage eher beiläufig und wenig romantisch ausgesprochen hatte? Inzwischen bereute er, dass er so achtlos vorgegangen war.

Es half nichts, er musste in Ruhe mit ihr sprechen, gleich heute Abend nach der Arbeit, nahm er sich vor.

An einem Straßenstand am Hackeschen Markt kaufte er eine Schrippe, die er im Gehen aß, und eine Zeitung. Eigentlich brauchte er sie gar nicht zu lesen, es war eine stete Wiederholung der Schlagzeilen des Vortags, nur zunehmend dramatischer und verzweifelter. Arbeiteraufstände, Straßenkämpfe, Hunger und Elend, ins Utopische wachsende Lebensmittelpreise, eine düstere Spirale ohne Ende…

An der Ecke Kaiser-Wilhelm- und Dircksenstraße sprach ihn jemand von hinten an. »Guten Morgen, Herr Kommissar. Darf ich mich Ihnen anschließen?«

Es war Sonnenschein.

»Natürlich. Guten Morgen auch.« Nach einigen Schritten fragte Leo vorsichtig: »Sagen Sie, Sonnenschein, am Sonnabend haben Sie wie alle anderen gearbeitet, nicht wahr?«

»Ja, Herr Kommissar.«

»Das ist Ihnen eigentlich nicht gestattet, oder?« Er sah den Kollegen prüfend von der Seite an.

»Nein.« Kurzes Schweigen. »Am Freitagabend gehe ich zu meinen Eltern, und wir essen gemeinsam, wie es die Tradition verlangt. Nur stehe ich am nächsten Morgen auf und gehe ins Präsidium, wenn ich Dienst habe.«

Leo setzte gerade zu einer Antwort an, doch Sonnenschein schien das Gespräch über religiöse Bräuche unangenehm zu sein, denn er fragte übergangslos: »Besitzen Sie einen Rundfunkempfänger?«

»Von meinem Gehalt?«, fragte Leo mit einem kurzen Auflachen, während sie beim Gehen unbewusst in den gleichen Rhythmus fielen. »Der Dollar steht heute bei 4,2 Billionen Papiermark.«

»Ich selbst habe auch keinen solchen Apparat, aber ein Onkel von mir arbeitet in einer Werkstatt, in der es einen gibt. Heute Abend wird ein Konzert gesendet, das man in diesem Apparat hören kann. Ist das nicht erstaunlich?«

»Ein Konzert?«

»Ja, es soll eine ganze Stunde dauern. Und das ist erst der Anfang. Im Vox-Haus gibt es jetzt einen Sender, so nennt man das wohl, und es werden demnächst regelmäßig Musikprogramme angeboten.« Er hielt inne. »Wenn das alles irgendwann vorbei ist«, er zog die prall gefüllte Brieftasche aus dem Mantel, »dann kaufe ich mir ein solches Gerät.«

»Sie lieben Musik?«, fragte Leo.

Sonnenschein nickte. »Ich habe ein Abonnement für die Oper. Stehplatz«, fügte er hinzu.

»Meinen Sie, dieser Rundfunk hat Zukunft? Es gibt doch Grammophone, Konzerte, Tanzkapellen, die überall zu hören sind …«, meinte Leo skeptisch.

»Eine Zeitung schreibt, es sei eine Modetorheit, aber das sehe ich anders«, sagte Sonnenschein und blieb abrupt stehen.

Seine schüchterne Art war plötzlich verflogen, er sah Leo mit glänzenden Augen an und gestikulierte leidenschaftlich. »Stellen Sie sich vor, man kann damit ja nicht nur Musik senden. Nachrichten aus aller Welt wären sekundenschnell verbreitet. Oder wir – die Polizei – könnten den Rundfunk nutzen, wenn wir die Bevölkerung zur Mithilfe aufrufen wollen oder wenn irgendeine Gefahr droht, beispielsweise durch einen entflohenen Strafgefangenen.«

Leo war überrascht. Hinter Sonnenscheins unscheinbarem Äußeren verbarg sich ein kühner Geist. Gut, das alles klang nach Zukunftsroman, aber wer hätte vor hundert Jahren geglaubt, dass einmal Wagen ohne Pferde fahren würden?

»Sie sind ein Visionär, Sonnenschein. Die ersten Rundfunksendungen, und Sie denken schon an einen großen Siegeszug dieser Technik. Sie werden es weit bringen.«

Sie waren derart ins Gespräch vertieft, dass der gewaltige rote Bau der Burg ganz unvermittelt vor ihnen auftauchte.

In der Eingangshalle eilte ihnen ein gut gekleideter Beamter mit Monokel entgegen, den Leo flüchtig kannte, und stieß in seiner Hast mit Sonnenschein zusammen. Dieser trat rasch beiseite und entschuldigte sich.

Leo wusste von Clara, dass Magda Schott die Praxis mittags für eine Stunde schloss. Entsprechend hatte er seinen Besuch in die Mittagsstunde gelegt. Die Ärztin öffnete ihm die Tür, den Kittel aufgeknöpft, in der Hand einen Löffel.

»Herr Wechsler, treten Sie ein. Ich hoffe, Sie erlauben, dass ich meinen Eintopf esse, sonst komme ich vor heute Abend nicht dazu.«

Sein Blick fiel auf ein Schild: »Die Patienten werden gebeten, bei jedem Besuch ein Brikett mitzubringen.«

»Es ist mir schwergefallen, das Schild aufzuhängen, aber es geht nicht anders. Sonst kann ich die Praxis nicht mehr beheizen.«

Magda Schott führte Leo in ein kleines Zimmer hinter dem Behandlungsraum, wo ein Henkelmann mit geöffnetem Deckel stand. Sie bot Leo einen Platz an und tauchte den Löffel in den Eintopf. »Nur zu, fragen Sie. Wann immer ich den Mund leer habe, werde ich antworten. Clara hat Sie schon angekündigt.«

Leo lächelte. Er mochte die unkonventionelle Ärztin, die ihm vor einem Jahr geholfen hatte, einen in Gefahr geratenen Jungen aus dem Wedding zu retten. »Es geht um Dr. Henriette Strauss.«

»Sie ermitteln in diesem Fall. Wurde sie ermordet?«, fragte Magda Schott unverblümt.

»Leider kann ich nicht viel dazu sagen, aber die Umstände ihres Todes sind zumindest fragwürdig. Clara sagte mir, dass Sie wüssten, wer zum Freundeskreis der Toten gehörte, zu diesem Frauenzirkel oder wie man es nennen soll.«

Magda nickte. »Ja, da wäre Alice Vollnhals, sie ist ebenfalls Ärztin. Außerdem gehört Grete Meyer dazu, eine Rechtsanwältin. Ich glaube, eine Journalistin ist auch dabei, der Name ist mir entfallen. Alice kann es Ihnen genauer sagen.« Sie notierte die Adresse ihrer Bekannten und reichte ihm den Zettel. In diesem Augenblick klingelte es an der Tür. Magda Schott seufzte. »Die Leute begreifen es einfach nicht.«

Leo blickte über die Schulter zum Behandlungszimmer. »Es ist viel Arbeit für Sie allein.«

Dr. Schott zuckte mit den Schultern. »Was soll ich machen? Eine Hilfe für ganze Tage einzustellen, kann ich mir nicht leisten. Also versuche ich, irgendwie zurechtzukommen. Aber die Mittagspause ist mir eigentlich heilig.« Sie entschuldigte sich und stand auf. Während sie zur Tür ging, schaute Leo sich nachdenklich im Zimmer um.

Nach einigen Minuten kam sie zurück. »Es ging um ein Rezept. Aber jetzt bleibt die Tür zu.« Sie setzte sich und griff wieder zum Löffel.

»Clara sagt, Sie seien Frau Dr. Strauss persönlich begegnet.«

»Das stimmt, auch wenn wir uns nicht näher kannten. Sie war äußerst dynamisch, geradezu mitreißend, möchte ich sagen. Voller Ideen, ein Mensch, der sich von Hindernissen nicht abschrecken ließ. Manchmal vielleicht zu anspruchsvoll, wenn es um andere ging, die nicht so stark und entschlussfreudig waren wie sie selbst.«

Leo gefiel es, wenn Zeugen ehrlich waren und auch die Schwächen der Opfer erwähnten.

»Ich habe gehört, dass sie als Ärztin zu kämpfen hatte.«

»Das haben wir alle. Ich habe meine eigene Praxis und bin daher ungebundener, aber wer im Krankenhaus arbeitet, zusammen mit Männern«, fügte sie vielsagend hinzu, »hat es oft schwer. Ärztinnen müssen doppelt so gut sein, um ernstgenommen zu werden. Henriette Strauss war gut, aber es ging ihr gegen den Strich, sich immer wieder beweisen zu müssen.«

»Wissen Sie, ob sie Gegner oder Neider im Krankenhaus hatte?«

Magda Schott schüttelte den Kopf. »So genau kannte ich sie nicht. Fragen Sie Alice und Grete, die können Ihnen mehr darüber sagen.«

»Und ihre Frauenberatung? Hat sie sich damit vielleicht Feinde gemacht?«

Magda Schott schob den leeren Henkelmann beiseite und wischte sich an einem Tuch den Mund ab. Dann verschränkte sie die Hände auf der Tischplatte und beugte sich vor. »Mein lieber Herr Wechsler, haben Sie eine Vorstellung davon, unter welchen Bedingungen Frauen in Berlin eine Familie unterhalten? Kinder gebären? Sie großziehen? Die Männer schwängern sie, die Frauen gehen in die Fabrik, kochen und putzen am Abend und versorgen die Kinder. So sieht der Alltag vieler Frauen aus.«

Leo schaute sie nachdenklich an. »Ich dachte immer, durch den Krieg hätte sich vieles geändert. Sie haben eine eigene Praxis, Clara hat die Bücherei, überall sieht man Frauen in Berufen, die früher nur Männern vorbehalten waren. Sogar bei der Kriminalpolizei gibt es inzwischen einige Frauen.«

Magda Schott lachte leise. »Sicher. Aber das sind Frauen ohne Kinder, so wie ich und Clara. Überhaupt: Keine der Frauen in Henriettes Kreis hat Kinder, dessen bin ich mir sicher.«

»Sie haben meine Frage noch nicht beantwortet. Glauben Sie, Dr. Strauss hat sich mit ihrer Beratung Feinde gemacht? Was ist mit dem Abtreibungsparagraphen?«

Die Ärztin zog die Augenbrauen hoch. »Ach, in diese Richtung denken Sie?«

»Ich denke in alle Richtungen.«

»Henriette Strauss war für die Abschaffung, so viel weiß ich.« Sie zögerte. »Was glauben Sie, wie oft sich Frauen in meine Praxis schleppen, die unter den Folgen einer verpfuschten Abtreibung leiden? Oder selbst Hand an sich gelegt haben? Viele sterben zu Hause, ohne einen Arzt gesehen zu haben, von denen erfahre ich meist gar nicht.«

»Ich muss gestehen, dass ich mich nie damit beschäftigt habe«, sagte Leo.

»Warum auch? Menschen aus Ihren Kreisen passiert so etwas gewöhnlich nicht.«

Ihre Stimme klang beinahe vorwurfsvoll, was ihn ärgerte.

»Frau Dr. Schott, ich stelle diese Fragen im Zuge meiner Ermittlungen. Das hat mit meinen persönlichen Ansichten gar nichts zu tun.«

»Natürlich, Herr Wechsler. Aber Polizei, Justiz und Politiker sind es doch, die wirkliche Veränderungen verhindern. Der Staat braucht Nachkommen, so sieht es aus. Vor allem nach dem Krieg. Arbeitskräfte müssen her.«

»Und neue Soldaten?«

»Das auch.« Dann hielt sie inne. »Verzeihen Sie, wenn ich ungerecht war. Clara hat mir erzählt, dass Sie sehr, wie soll ich sagen, liberal denken. Aber oft steht man einer Mauer gegenüber, einer Mauer aus Männern, die auf dem Althergebrachten beharren.«

»Wenn ich wieder zum eigentlichen Thema kommen dürfte – könnte der Kampf gegen Paragraph 218 ein Grund gewesen sein, Frau Dr. Strauss etwas anzutun?«

»Das klingt sehr unwahrscheinlich«, sagte die Ärztin. »Ganz ausschließen kann man es natürlich nicht.« Sie sah auf die Uhr. »Tut mir leid, gleich geht die Sprechstunde weiter.«

Als Leo aufstand und nach seinem Hut griff, fiel ihm noch etwas ein. »Sie sagten vorhin, Sie könnten keine Hilfe für ganze Tage einstellen. Wie wäre es denn mit einigen Stunden in der Woche?«

Nathan Sonenszajn schloss die Ladentür ab und schaute in beide Richtungen die Gormannstraße hinunter. Im koscheren Restaurant nebenan begann der Abendbetrieb. Er hatte seine Fleischwaren schon vor Stunden dort abgeliefert. Eigentlich wollte Kuba zum Essen kommen, doch war von ihm noch nichts zu sehen. Also ging Sonenszajn wieder hinein, schrieb einen Zettel und befestigte ihn mit einem Reißnagel von außen am Türrahmen. »Bin bei Moische, Vater.«

Sonenszajn setzte den Hut auf und begab sich in die Buchhandlung einige Häuser weiter, in der der alte Moische kaum sichtbar hinter Bücherstapeln an einem Schreibtisch hockte, dessen wacklige Beine jeden Augenblick unter der Last zusammenzubrechen drohten.

»Was machst du um diese Zeit hier, mein Freund?«, fragte der Buchhändler auf Jiddisch, als er den Fleischer erblickte. In dieser Gegend hörte man Jiddisch, Russisch und Polnisch; hier sprach niemand Deutsch.

»Ich warte auf meinen Jungen. Wollte sehen, was du Neues hereinbekommen hast.«

Moische zog eine Augenbraue hoch. »Hat dich dein Junge versetzt?«

»Ach was, er kommt gleich. Ich habe einen Zettel an die Tür gehängt.«

Moische stand auf und kramte in einem großen Pappkarton, der aufgeklappt auf einem Stuhl stand. »Neue Lieferung, heute angekommen.«

Sonenszajn fragte sich, wie sein Freund überhaupt noch etwas wiederfinden konnte. Das Durcheinander im Laden war unbeschreiblich. In ihrem Viertel gab es ein geflügeltes Wort, wenn jemand einen verlorenen Gegenstand suchte: »Wenn es nirgendwo ist, ist es bei Moische.«

Der alte Mann hielt ein in Leinen gebundenes Buch in die Höhe. »Alejchem, eine Sammlung lustiger Geschichten. Eine wunderbare Lektüre nach einem anstrengenden Arbeitstag.«

»Was soll das kosten?«, fragte Sonenszajn vorsichtig. Wenn man kaum das Brot bezahlen konnte, woher dann Geld für Bücher nehmen?

»Ich mache dir ein Angebot, mein Freund. Nur für dich.« Moische streckte ihm das Buch entgegen wie eine verlockende Frucht. »Achthundert Milliarden, ein anständiger Preis.«

Der Fleischer wiegte den Kopf. »Muss ich überlegen. Mava darf auf keinen Fall davon erfahren.«

Moische grinste, da er die energische Frau Sonenszajn nur zu gut kannte. Als er sah, wie sein Freund einen Blick zur Tür warf, sagte er aufmunternd: »Er wird schon kommen.«

Die Türglocke bimmelte und Kuba kam tatsächlich herein, mit gerötetem Gesicht, Schal um den Hals, den Hut tief in die Stirn gezogen. Er umarmte seinen Vater und begrüßte Moische respektvoll, wie es sich gehörte.

»Tut mir leid, ich wurde aufgehalten.«

Sein Vater nickte. »Das dachte ich mir. Wie geht es bei der Arbeit?«

»Das erzähle ich dir unterwegs, Vater. Wir wollen Mutter nicht länger warten lassen.«

»Soll ich dir das Buch beiseitelegen, Sonenszajn?«, fragte Moische, als sich die beiden Männer zum Gehen wandten.

Dieser zwinkerte ihm zu. »Wenn Nussbaum das Fleisch für die Hochzeit seiner Tochter bei mir bestellt, können wir darüber reden.«

Dann verabschiedeten sich Vater und Sohn und ließen den Buchhändler in seinem papierenen Chaos allein.

Als es klingelte, sah Clara überrascht von ihrem Buch auf. Sie erwartete niemanden. Auf dem Weg zur Tür verspürte sie ein seltsames Gefühl im Magen.

»Leo!« Sie sah ihn überrascht an. »Komm herein.«

Er schloss die Wohnungstür hinter sich.

»Möchtest du etwas essen?«, fragte sie, während sie ins Wohnzimmer gingen, einen gemütlichen Raum mit Schriftstellerporträts an den Wänden und einem großen Gummibaum.

Leo schüttelte den Kopf. »Ich muss mit dir sprechen.« Er hielt inne. »Du bist gestern sehr plötzlich gegangen.«

Sie nickte, sagte aber nichts.

Leo schaute ihr in die Augen. »Wenn ich etwas falsch gemacht habe, muss ich es wissen. Sag es mir, bitte.«

Clara schluckte. »Es ... es hatte gar nichts mit dir zu tun. Ich meine, natürlich hatte es das, aber du hast nichts falsch gemacht.«

Auf einmal überkam ihn ein ungutes Gefühl, das er nicht benennen konnte. »Was ist los, Clara?«

Sie blickte zu Boden. »Als du ... als du auf einmal von Heirat gesprochen hast, da wurde mir klar, dass ich gar nicht so recht weiß, wie ich mir die Zukunft vorstelle.«

Seine Kehle war wie zugeschnürt. Er hatte befürchtet, nicht romantisch genug gewesen zu sein, aber dass Clara eine Heirat grundsätzlich ablehnen könnte –

»Versteh mich nicht falsch, ich liebe dich sehr«, sagte sie rasch und legte ihm die Hand auf den Arm. Leo rührte sich nicht.

»Wenn es wegen Ilse ist …«

»Nein. Lass mich versuchen, es dir zu erklären, auch wenn es mir schwerfällt. Ich habe Angst, dir wehzutun.« Sie holte tief Luft. »Ich lebe seit Jahren allein und habe mir etwas Eigenes aufgebaut. Es ist nichts Großes, aber die Bücherei bedeutet mir sehr viel.«

»Das weiß ich doch.«

»Ich kann sie nicht aufgeben.« Der Satz war so schnell heraus, als drängte er seit langem an die Oberfläche.

Leo schwieg. Auch er hatte kein detailliertes Bild, wenn er an die Zukunft dachte, vor allem, weil er nach wie vor nicht wusste, was aus seiner Schwester werden sollte. Eins aber war für ihn gewiss gewesen: dass er und Clara eine gemeinsame Zukunft haben würden.

»Du weißt, es war eine schwere Zeit mit Ulrich. Als wir uns getrennt haben, war ich ein Nichts, ohne jedes Selbstvertrauen. Meine eigene Familie wollte nichts mit mir zu tun haben, ich war ganz allein. Damals habe ich mir vorgenommen, mich nie wieder einem Mann völlig auszuliefern.«

»Ich bin nicht Ulrich!«, warf Leo ungehalten ein. »Das solltest du inzwischen gemerkt haben.«

Tränen schimmerten in Claras Augen, doch sie beherrschte sich. »Bitte lass mich ausreden. Ich möchte nie wieder ganz und gar von jemandem abhängig sein, auch wenn ich ihn noch so gern habe. Das heißt nicht, dass ich dich nicht liebe. Aber ich darf mich selbst nicht verlieren.«

»Das musst du auch nicht. Du kannst deine Bücherei doch behalten.«

Sie hob beschwörend die Hand. »So einfach ist es nicht. Wenn wir heiraten, ist Ilse nicht mehr da. Jemand muss den Haushalt besorgen und sich um die Kinder kümmern. Du arbeitest tagsüber und ich auch. Solange aber Ilse da ist, kann ich nicht bei euch leben. Manchmal kommt es mir vor, als hätte man uns eine unlösbare Rechenaufgabe gestellt. Was immer wir versuchen, nie steht auf beiden Seiten das gleiche Ergebnis. Einer muss verzichten. Und das will ich nicht.«

Leo schwieg. Das alles traf ihn völlig unerwartet. Er musste in Ruhe nachdenken, sonst würde er etwas sagen, was er später vielleicht bereute.

Clara drückte seinen Arm. »Es tut mir leid, ich wollte dich nicht verletzen. Aber wir sind nun mal nicht mehr auf Hiddensee. Wenn wir im Alltag glücklich sein wollen, müssen wir zumindest ungefähr wissen, wie dieses Glück aussehen soll, wie die Bedingungen dafür sein werden.«

Er konnte ihr nicht ins Gesicht sehen. »Ich muss jetzt allein sein, Clara. Über alles nachdenken. Das... ich hatte nicht damit gerechnet.«

»Darf ich dich trotzdem küssen?«

Er nickte.

9

Rosa Lehnhardt hatte die Bilder aus dem Album genommen und auf dem Bett ausgebreitet. Das Haar fiel ihr unfrisiert und wirr auf die Schultern. Sie trug noch den Morgenmantel, obwohl es schon elf Uhr war.

Sie nahm eine der sepiabraunen Photographien mit dem gezackten Schmuckrand in die Hand und strich vorsichtig mit dem Zeigefinger darüber. Es war das älteste Bild von ihr und Jette. Ihre kleine Schwester lag in einem weißen Kleidchen bäuchlings auf einem Fell, sie selbst saß mit untergeschlagenen Beinen in Knöpfstiefelchen daneben und hatte eine Hand sanft auf Jettes Rücken gelegt. Sie blickte ernst und schien sich der Verantwortung für die Kleine bewusst zu sein.

Ein anderes Bild zeigte sie selbst im Alter von etwa zehn Jahren am Klavier. Jette lehnte mit der Schulter dagegen. Aus Jettes Haltung sprach Ungeduld, als wollte sie sagen, lass mich doch an die Tasten, ich kann es besser als du. Was natürlich stimmte, obwohl Jettes Herz nie so sehr daran gehangen hatte wie Rosas. Doch die musikalischen Eltern verlangten, dass beide Töchter Klavier spielen lernten, wenngleich es der Älteren an Talent fehlte. Rosa war immer froh gewesen, dass wenigstens Adrian die musikalische Begabung seiner Großeltern geerbt hatte, während ihr verstorbener Mann sich von seinem Sohn mehr Geschäftssinn gewünscht hätte. Keinen Nachfolger für die Firma zu haben, war ein schwerer Schlag für ihn gewesen.

Rosa nahm alle Photographien nacheinander in die Hand, betrachtete sie still und steckte sie wieder in die vorgestanzten Schlitze der Pappseiten. Sie wollte das Album gerade schließen und wegräumen, als ihr ein vergilbter Umschlag entgegenrutschte, der auf der letzten Seite in einem Schlitz gesteckt hatte. Sie öffnete ihn und zog eine alte Ansichtskarte heraus. Ein Ort in den Bergen, am Ende des weiten Tals waren schneebedeckte Gipfel zu erkennen. Rechts im Vordergrund ein von Bäumen gesäumter Weg. »Blick auf Davos« stand in geschwungener Schrift auf der Karte zu lesen.

Mit einer abrupten Bewegung schob sie die Karte zurück in den Umschlag, warf einen Blick auf den Papierkorb und zögerte. Schließlich stand sie auf und legte das Kuvert in die linke Schublade des Sekretärs. Dann verstaute sie das Album im obersten Fach und verschloss den Sekretär.

In der Strauss'schen Wohnung in Charlottenburg streiften Leo Wechsler, Robert Walther, Otto Berns und Jakob Sonnenschein Handschuhe über und nahmen sich jeder einen Raum vor. Frau Stranzke war missbilligend an der Tür stehengeblieben, worauf Berns diese höflich, aber entschieden geschlossen hatte. So wertvoll Portiers auch sein mochten, so neugierig und lästig konnten sie bisweilen werden.

Leo untersuchte das Schlafzimmer. Er öffnete nacheinander die Schubladen der Frisierkommode. Die Tote war eine ordentliche Frau gewesen. Hier herrschte nicht das übliche Durcheinander aus Schmuckstücken, Taschentüchern, Kosmetika, Andenken, Seife und anderem Kram, sondern es gab kleine Schachteln und Körbchen, gewiss Reiseandenken, in denen die Utensilien verstaut waren. Wenige Schminksachen, diese aber von guter Qualität. Ein kleiner, mit Spiegelscherben besetzter Gegenstand, dessen Funktion er erst erkannte, als er daneben ein Bündel schwach duftender Räucherstäbchen entdeckte. Eine Schachtel mit fremdländischen Münzen.

Die Reisen nach Asien, die schon lange zurücklagen, schienen ein wichtiger Teil von Henriette Strauss' Leben gewesen zu sein. Er suchte weiter. Taschentücher mit Monogramm, vielleicht Teil einer Aussteuer, die Henriette Strauss nie gebraucht hatte. Hornkämme, eine hochwertige Haarbürste, Haarklammern. Er erinnerte sich, dass die Ärztin die Haare lang getragen hatte.

Mehr gaben die Schubladen nicht her. Leo betrachtete die Parfumflaschen, die auf der Ablage vor dem Frisierspiegel standen. Er roch an einigen, auch sie waren von erlesener Qualität. »L'Heure Bleue« und »Mitsouko« von Guerlain waren darunter, und ein kleiner Flakon mit der Aufschrift »No. 5 Chanel«. Entweder hatte Dr. Strauss einen großzügigen Liebhaber gehabt oder sich selbst gern etwas Besonderes gegönnt. Leo hielt einen Augenblick inne und roch noch einmal an den drei Flakons. Ob Clara sich wohl auch über ein edles Parfum freuen würde?

Die altmodischen Pumpflakons waren leer, vielleicht eine Erinnerung. Daneben stand die schön gearbeitete messingfarbene Flasche oder Vase, die ihm schon beim ersten Besuch aufgefallen war. Er nahm sie und schüttelte sie vorsichtig. Sie war leer. Oben waren kleine Öffnungen zu sehen. Leo roch daran. Rosen.

Jetzt öffnete sich die Tür, und Robert Walther kam herein, der das Wohnzimmer übernommen hatte. Er hielt ihm einen Briefumschlag an einer Ecke entgegen. »Ich habe etwas gefunden, Leo.«

Der Umschlag war nicht adressiert und enthielt nur ein einzelnes Blatt, auf dem wenige Zeilen geschrieben waren. Ein Datum gab es nicht.

Ich muss dich sehen. Warum hast du nicht angerufen? Habe ich dich irgendwie gekränkt? Dann verzeih mir, bitte. Dein Schweigen kann ich nicht ertragen.

»Eine Männerhandschrift, würde ich sagen. In großer Eile oder Aufgewühltheit geschrieben.«

»Der Umschlag ist aus einem Buch gefallen, das auf dem Sofa lag. Es sah aus, als hätte sie zuletzt darin gelesen«, sagte Walther und schaute Leo erwartungsvoll an.

»Es kann nicht schaden, das Papier auf Fingerabdrücke zu untersuchen. Außerdem zeigen wir den Brief der Familie. Vielleicht gibt es einen Geliebten, von dem wir noch nichts wissen.«

Walther schob den Brief behutsam zurück in den Umschlag. »Hast du schon etwas gefunden?«

Leo hielt ihm die Flasche hin. »Riech mal.«

»Rosen. Meinst du, der Geruch kommt daher?«

»Nicht nur, aber auch. Wir nehmen die Flasche mit und lassen den Inhalt untersuchen.«

Als Walther gegangen war, öffnete Leo den Kleiderschrank. Auch hier überwog gute, dezente Qualität. Hinter einem Mantel lugte etwas Buntes hervor. Es war ein prachtvoller indischer Sari aus glänzender Seide. Er schaute wieder zu der Flasche mit dem Rosenduft. Diese exotischen Mitbringsel, zarte Pinselstriche auf dem Bild der tüchtigen, emanzipierten Ärztin, brachten ihn ins Grübeln.

Im Büro der Mordkommission stapelten sich die Unterlagen, die sie aus der Wohnung der Toten mitgenommen hatten. Fräulein Meinelt hatte eine detaillierte Liste erstellt, damit sie den Überblick behielten. Leo studierte Dr. Lehnbachs ausführlichen Obduktionsbericht, der soeben eingetroffen war.

»Er bestätigt, was er uns schon gesagt hat«, erklärte Leo den Kollegen. »Einige Symptome sind untypisch für eine Lungenentzündung. Außerdem stellte er eine Hämolyse fest, einen krankhaften Abbau der roten Blutkörperchen, der verschiedene Gründe haben kann. Er kann durch eine Infektion wie eine Lungenentzündung hervorgerufen werden, doch fanden sich im Körper keine entsprechenden Erreger. Er kann aber auch auf eine Vergiftung hinweisen. Insgesamt hält Dr. Lehnbach die Anzeichen einer Vergiftung für ausreichend, um Ermittlungen zu rechtfertigen. Allerdings hat er keine Vorschläge, um welche Substanz es sich handeln könnte, und verweist uns an das Pharmakologische Institut der Charité. Daher wird die Leiche auch noch nicht freigegeben.«

»Gesichert ist das alles nicht«, sagte Robert Walther zweifelnd. »Hoffentlich machen wir uns nicht die ganze Mühe umsonst, und am Ende stellt sich heraus, dass sie sich im Krankenhaus eine seltene Infektion eingefangen hat.«

Leo sah ihn an. »Leider liegt nicht jedes Mordopfer mit einem Messer im Rücken da oder hängt am Fensterkreuz. Lieber ermittle ich und stelle letztlich fest, dass es ein natürlicher Tod war, als wenn ein Mord ungesühnt bleibt.«

Walther senkte den Blick. »Du hast ja recht.«

Jakob Sonnenschein blätterte in einem Aktenordner. »Hier sind einige Unterlagen aus der Beratungsstelle. Da sind wir noch nicht gewesen.«

Leo nickte. »Richtig. Können Sie das übernehmen, Sonnenschein?«

Er bemerkte, dass Robert Walther ihm einen seltsamen Blick zuwarf. Seit der neue Kollege da war, erschien Robert manchmal sehr kurz angebunden. Nahm er Leo immer noch das Urlaubsverbot übel?

»Walther, du fährst bitte in die Dorotheenstraße und sprichst mit den Toxikologen. Nimm Lehnbachs Bericht mit. Sie können gern eine Abschrift anfertigen. Ich will eine Liste aller Gifte haben, die derartige Symptome verursachen können.«

Walther nickte. Er war sichtlich froh, aus dem Büro herauszukommen, und steckte außer dem Bericht noch rasch den Sportteil der Zeitung in die Aktentasche.

Als Walther gegangen war, fragte Sonnenschein: »Jetzt gleich, Herr Kommissar? Die Beratungsstelle, meine ich.«

Leo sah auf die Uhr. »Stehen die Öffnungszeiten irgendwo in den Unterlagen?«

Sonnenschein blätterte. »Ja, hier. Montags, dienstags und donnerstags von achtzehn bis zwanzig Uhr. Das passt.«

»Vermutlich öffnen sie so spät, damit die Frauen nach der Arbeit dorthin gehen können und sich nicht freinehmen müssen«, meinte Leo. »Vielleicht sollte ich Ihnen noch jemanden mitgeben, Sonnenschein?« Für einen Mann war es eine heikle Mission, und der Kollege hatte wenig Erfahrung.

»Nicht nötig. Ich erledige das schon.«

»Gut. Dann sehen wir uns morgen«, sagte Leo, und Sonnenschein nahm Hut und Mantel und verließ das Büro.

»Sie vertrauen ihm sehr, Chef«, bemerkte Berns.

»In der Tat. Und er hat mich bis jetzt nicht enttäuscht«, entgegnete Leo entschieden.

Die Beratungsstelle war in einem großen Mietshaus im Wedding untergebracht. Das ehemalige Ladenlokal, über dem noch ein verblichenes Schild mit der Aufschrift »Milchhandlung« hing, hatte nur ein Fenster, das mit einer Gardine verhängt war. Daneben an der Wand war ein kleines Messingschild angebracht, auf dem ein Pfeil nach rechts in die Durchfahrt wies.

Sonnenschein folgte dem Pfeil. Die Eingangstür lag in der Durchfahrt, daneben hing in einer Nische ein Waschbecken. Im Hinterhof spielten einige Kinder, die ihm einen kurzen Blick zuwarfen und sich wieder ihrem Lumpenball zuwandten. Eine hochschwangere Frau hängte mit langsamen Bewegungen Wäsche auf.

Er klingelte, worauf Schritte erklangen und eine ältere Frau mit strenger Frisur die Tür öffnete. »Sie wünschen?«, fragte sie argwöhnisch. Vermutlich hatte sie nicht allzu viele männliche Besucher.

Er zeigte seinen Dienstausweis vor. »Kriminalassistent Sonnenschein. Es geht um den Tod von Frau Dr. Strauss. Darf ich eintreten?«

Die Frau holte tief Luft und öffnete die Tür ein Stück weiter, um ihn vorbeizulassen.

Das Innere der Beratungsstelle war überraschend freundlich eingerichtet. Bunte Bilder, einige Topfpflanzen, auf einem Schrank sogar ein Buddha, den vermutlich Dr. Strauss beigesteuert hatte. Ein Raum, der Frauen die Scheu nehmen sollte, dachte er.

»Bitte setzen Sie sich. Mein Name ist Lisbeth Schröder. Ich habe Frau Dr. Strauss die Verwaltungsarbeit abgenommen.« Sie wirkte streng, aber nicht unfreundlich. »Darf ich fragen, was Sie herführt? Natürlich bin ich sehr bestürzt über den unerwarteten Tod von Frau Dr. Strauss, aber man sagte mir, sie sei an einer Lungenentzündung gestorben.«

Sonnenschein räusperte sich. »Es gibt Hinweise, die auf eine unnatürliche Todesursache hindeuten. Daher hat die Kriminalpolizei Ermittlungen eingeleitet. In diesem Zusammenhang befragen wir alle Personen, die mit der Toten verwandt oder bekannt waren.«

Frau Schröder hob die Hand. »Verzeihung, wenn ich Sie unterbreche, aber ich möchte Sie nicht missverstehen. Sprechen Sie von einem Unfall oder …?«

»Möglicherweise handelt es sich um ein Verbrechen. Mehr kann ich Ihnen dazu jedoch nicht sagen.« Er holte sein Notizbuch heraus. »Haben hier nur Sie und Frau Dr. Strauss gearbeitet?«

»Ja, aber nicht immer gleichzeitig. Der Raum ist beengt, wie Sie sehen. Wenn sie Gespräche hatte, war ich meist nicht zugegen, sondern bin gekommen, wenn sie fertig war. So konnten wir beide in Ruhe unsere Arbeit tun.«

»Verstehe. Aber Sie haben sich miteinander ausgetauscht?«

»Selbstverständlich. An einem Tag in der Woche trafen wir uns hier, um laufende Angelegenheiten zu besprechen.«

»Bei der Beratung ging es häufig um Fragen«, er spürte, wie er errötete, »der Empfängnisverhütung und um ungewollte Schwangerschaften. Ist das richtig?«

»In der Tat. Frau Dr. Strauss hat so manche Frau gerettet, die sonst zu einer Kurpfuscherin gegangen wäre.«

»Und wie genau hat sie sie gerettet? Meinen Sie durch medizinische Hilfe?«

Frau Schröder schüttelte entschieden den Kopf. »Nein, das hätte sie sich nicht erlauben können, da sie auch im Krankenhaus angestellt war. Aber sie hat den Frauen Namen genannt. Mehr darf ich dazu nicht sagen.«

»Gut, dann nicken Sie nur«, entgegnete Sonnenschein. »Sie hat ihnen Namen von Ärzten genannt, die unerlaubte Schwangerschaftsabbrüche durchführen.«

Ein kaum merkliches Nicken.

»War das nicht auch riskant?«

»Die Frauen waren so dankbar für die Hilfe, dass sie nie etwas verraten hätten. Außerdem hätte sie es jederzeit abstreiten können.« Sie lächelte schief. »Die meisten Frauen, die hierherkommen, könnten vor Gericht nicht gegen die Aussage einer Ärztin bestehen.«

»Hat Frau Dr. Strauss jemals Schwierigkeiten wegen ihrer Tätigkeit gehabt?«

»Mit den Behörden? Keineswegs, diese Beratungsstelle ist eine offizielle Einrichtung der Stadt Berlin. Wir tun hier nichts Ungesetzliches.«

»Wie sieht es mit Leuten aus, denen Dr. Strauss' Tätigkeit nicht passte? Politikern oder Vertretern der Kirche?«

Sie schüttelte erneut den Kopf. »Politiker und Kirchenleute verirren sich selten in den Wedding. Die wettern höchstens im Reichstag oder in den Zeitungen. Und die Roten sind auf unserer Seite.«

»Können Sie mir sonst noch etwas über die Tote erzählen?«

»Ich kann nur Gutes über Frau Dr. Strauss sagen. Sie war gerecht und verlangte von niemandem etwas, was sie selbst nicht auch zu geben bereit gewesen wäre.«

Das erinnerte Sonnenschein an eine Äußerung ihres Neffen, die er im Vernehmungsprotokoll gelesen hatte: *Manchmal hat sie es anderen nicht leicht gemacht, weil sie an andere die gleichen hohen Ansprüche stellte wie an sich selbst.*

Frau Schröder klang etwas distanziert, aber das konnte auch in ihrem Wesen begründet sein.

»Sie sind also gut mit ihr ausgekommen.«

»Ja, das bin ich.«

Keine Freundin großer Worte, dachte Sonnenschein. Er machte Anstalten, sich zu erheben. »Falls Ihnen sonst nichts weiter einfällt ...«

Sie überlegte und sagte dann zögernd: »Da war etwas, doch es ist schon lange her. Es muss im Mai gewesen sein.«

Er setzte sich wieder.

»Sie hat mir erzählt, dass ein Mann ihr abends aufgelauert hat, als sie die Tür abgeschlossen hat. Es war spät geworden, weil ich krank war und sie die Büroarbeit selbst erledigen musste.«

»Aufgelauert?«

»Ja, er hat sie bedroht und gegen das Waschbecken draußen gestoßen. Anscheinend war es der Ehemann einer Frau, die an einer verpfuschten Abtreibung gestorben ist.«

»Was hatte denn Frau Dr. Strauss damit zu tun?«

»Die Frau war bei ihr in der Beratung gewesen, und Dr. Strauss hatte ihr wohl auch den Namen eines Arztes genannt. Aus irgendeinem Grund ist die arme Frau trotzdem zu einer Kurpfuscherin gegangen und wenig später im Krankenhaus gestorben.«

Sonnenschein spürte ein Kribbeln. »Ist der Mann noch einmal hier erschienen?«

»Nein. Dr. Strauss hat es mir erzählt, damit ich gewarnt

war, falls er sich noch einmal blicken ließ, aber das hat er nicht getan.«

»Das ist sehr wichtig, Frau Schröder. Sie führen doch sicher Buch über die Beratungen. Wissen Sie, wie die Frau hieß?«

»Das hat Frau Dr. Strauss leider nicht gesagt. Aber ich könnte Ihnen die Unterlagen des fraglichen Zeitraums heraussuchen. Vielleicht hat sie einen Vermerk gemacht, dass die Frau verstorben ist.«

»Dafür wäre ich Ihnen sehr dankbar.« Er beobachtete gespannt, wie Frau Schröder sich vor ein Regal kniete und einen Aktenordner herauszog.

Robert Walther sah auf die Uhr, als er den gewaltigen Bau des Pharmakologischen Instituts in der Dorotheenstraße betrat. Für den Weg hatte er länger gebraucht als erwartet; hoffentlich traf er noch jemanden an.

Im Treppenhaus begegneten ihm nur wenige Leute. Er sprach einen Mann an, der einen Hausmeisterkittel trug, und erkundigte sich nach dem Geschäftszimmer. Der Mann wies ihm den Weg.

Zum Glück saß die Sekretärin noch hinter der Schreibmaschine. Walther stellte sich vor. »Ich habe vorhin angerufen. Wir benötigen einen Toxikologen als Experten in einer laufenden Ermittlung.«

»Die meisten Herren sind leider schon nach Hause gegangen«, erklärte die Sekretärin. »Nur Professor Heffter ist noch da.«

Arthur Heffter leitete das Institut und war gleichzeitig Rektor der Universität. Walther hatte gelinde Zweifel, dass er sich kurz vor Feierabend noch Zeit für einen Kriminalsekretär nehmen würde.

In diesem Augenblick öffnete sich eine imposante Tür in der hinteren Ecke des Raums, die Walther nicht bemerkt hatte, und ein weißhaariger Herr mit gepflegtem Vollbart trat

heraus. Er trug Hut und Mantel und wollte gerade Lederhandschuhe überstreifen.

»Herr Professor, das ist Kriminalsekretär Walther vom
Morddezernat der Kriminalpolizei«, erklärte die Sekretärin.
»Man benötigt dort einen Toxikologen.«

Der alte Herr sah Walther aufmerksam an. »Worum geht
es?«

Walther räusperte sich. »Um einen Todesfall, dessen Symptome Ähnlichkeit mit einer Lungenentzündung aufweisen.
Sowohl der Hausarzt als auch der Gerichtsarzt haben jedoch
befunden, dass einige untypische Krankheitszeichen für eine
Vergiftung sprechen.«

»Sie denken an Inhalation«, sagte der Professor und nahm
den Hut ab.

»Ja, die Frau hat die Substanz vermutlich eingeatmet.«

Nun knöpfte Heffter den Mantel auf und warf ihn über
eine Stuhllehne. Auf den fragenden Blick der Sekretärin sagte
er nur: »Rufen Sie meine Frau an. Ich komme später zum
Essen.«

10

Als Leo am Vormittag den Dienstwagen in der Ackerstraße abstellte, erinnerte er sich an den Fall Arnold Wegner, den er im vergangenen Jahr aufgeklärt hatte. Der Maler war in seinem Atelier in den nahegelegenen Rehbergen ermordet worden.

Wie so oft fragte sich Leo, was aus den Beteiligten geworden sein mochte – aus der Witwe des Malers, die ein kleines Mädchen hatte adoptieren wollen, und vor allem aus dem Jungen Paul, der in trostlosen Verhältnissen gelebt hatte und von einem Gastwirt aus der Nachbarschaft als Pflegesohn angenommen worden war. Hier bestand wenigstens die Hoffnung, dass diese Menschen nach all den schrecklichen Ereignissen etwas Glück gefunden hatten.

Leo war schon einmal in Meyer's Hof gewesen, doch die gewaltige Wohnanlage erstaunte ihn immer aufs Neue. Ein Vorderhaus und sechs Quergebäude, dazwischen Hinterhöfe mit Toilettenanlagen und Gewerbebetrieben. Aus einem ganz bestimmten Winkel blickte man durch alle Toreinfahrten auf eine große Uhr, die an der Wand des letzten Hauses angebracht war. Leo, der sich für Kunst interessierte, erinnerte das an die Komposition alter Gemälde, die den Blick durch Portale oder Torbögen auf antike Landschaften oder prächtige Säle freigaben. Damit hörte die Ähnlichkeit allerdings auf.

Über den Torbögen waren die Höfe durchnummeriert, an den Mauern drängten sich die Schilder der kleinen Läden und Werkstätten, es gab Handwerker, Händler, Kleinfabrikanten und sogar eine Badeanstalt. Vor dem Krieg hatten hier über zweitausend Menschen gelebt, jetzt waren es noch immer knappe tausend. Im Grunde war es eine Kleinstadt, in der es von barfüßigen Kindern wimmelte, die jetzt auf die Straße liefen und neugierig seinen Wagen musterten. In dieser Gegend waren Automobile eine Seltenheit.

»Reicher Mann, wa?«, fragte ein Knirps mit kurzgeschorenem Haar.

»Das nun nicht gerade.«

»Aber die schnieke Karosse, janz schön fein.«

Leo lachte und holte etwas Geld aus der Tasche. »Wo finde ich die Wohnung von Familie Bäumer?«

»Bäumers? Dritter Hof, zweeter Stock. Mutta is jestorben. Vatta is jetzt mit die Jören alleene.«

Leo gab ihm das Geld, das der Junge argwöhnisch beäugte, als zweifelte er dessen Wert an. Nicht ohne Grund, dachte Leo.

In den Höfen herrschte das übliche Gedränge, Kinder, Mütter, alte Leute mit Krücken, die sich mühsam mit Körben und Kiepen auf dem Rücken dahinschleppten. Ein beinloser Veteran in zerschlissener Uniform bot bunte Postkarten an, die keiner haben wollte.

Im dritten Hof warf Leo einen Blick auf den Stummen Portier und entdeckte tatsächlich den Namen Bäumer. Das war nicht unbedingt zu erwarten gewesen. Meist wurden die Schilder nur alle paar Jahre erneuert und wiesen auch Personen aus, die längst tot oder verzogen waren.

Der Gestank, der ihm im engen Treppenaufgang entgegenschlug, war atemberaubend, aber nicht ungewohnt. Als Polizist ermittelte er oft genug in derartigen Mietskasernen. Immerhin waren es die Gerüche lebender Menschen, die zog er denen im Leichenschauhaus allemal vor.

Im zweiten Stock erkundigte er sich bei einer Frau nach der Familie, worauf sie wortlos auf die letzte Tür rechts zeigte.

Leo klopfte. Zuerst rührte sich nichts, dann ertönten schwere Schritte. Etwas prallte von innen gegen die Tür.

»Wer is da?«

»Kommissar Wechsler, Kriminalpolizei. Ich möchte nur kurz mit Ihnen sprechen.«

Schweigen.

Leo klopfte noch einmal.

»Ja, ick mach ja schon.« Ein untersetzter Mann in Unterhemd und Hosenträgern, der offenbar gerade aus dem Bett kam, öffnete die Tür. »Ick bin 'n ehrlicher Arbeiter, der jerade von der Schicht jekommen is. Und jetzt holen Se mich schon wieder raus.«

»Bedaure, Herr Bäumer, aber es ist wichtig. Darf ich eintreten?«

Der Mann wich widerwillig beiseite, führte ihn durch einen engen, dunklen Flur in die Küche und bot ihm einen wackligen Stuhl an. Alles war mit dem Notwendigsten eingerichtet. Von irgendwo ertönte Kindergeschrei.

»Ist es richtig, dass Ihre Frau vor einigen Monaten in Folge einer unsachgemäß ausgeführten Abtreibung verstorben ist?«, fragte Leo. Hier musste er nicht lange um den heißen Brei herumreden, der Mann wollte weiterschlafen.

»Det stimmt. Na und? Wolln Se ihr dafür bestrafen?«

»Natürlich nicht. Vor einigen Tagen ist Frau Dr. Strauss gestorben, zu der Ihre Frau damals wegen einer Beratung ging. War Ihnen die Dame bekannt?«

Bäumer kniff die Augen zusammen, als blickte er in die Sonne, und schüttelte den Kopf. »Nie jehört.«

»Das glaube ich Ihnen nicht, Herr Bäumer. Frau Schröder, die Mitarbeiterin von Frau Dr. Strauss, hat gegenüber der Polizei ausgesagt, dass Sie Frau Dr. Strauss im Mai überfallen und bedroht haben.«

Als erneut lautes Kindergeschrei ertönte, trat Bäumer in den Flur und brüllte: »Ruhe da drüben! Ick versohl euch jleich!« Er wandte sich zu Leo. »Alleene mit vieren, det is keen Vajnujen.«

»Das kann ich mir vorstellen«, sagte Leo und meinte es auch so. »Noch einmal, Herr Bäumer: Sind Sie Frau Dr. Strauss jemals begegnet? Und wenn ja, haben Sie sie bedroht und ihr vorgeworfen, den Tod Ihrer Frau mitverschuldet zu haben?«

Als wieder Geschrei ertönte, stürmte der Vater aus der Küche. Leo hörte ein lautes Klatschen, eine Tür wurde zugeschlagen, dann herrschte Stille.

»Jetz is Feierabend.« Bäumer trank einen Schluck Milch aus der Flasche und wischte sich mit dem Handrücken den Mund ab. »Jut, ick bin da jewesen. Hatt ick vajessen, is schon so lange her.«

Leo ließ sich nicht gerne für dumm verkaufen. »Soso. Und?«

»Ick wollt ihr 'n bisschen Angst machen, verstehn Se? Det Aas hat meene Stine zur Engelmacherin jeschickt. Daran isse verblutet, und ick steh mit die Jören da.«

»Den Unterlagen zufolge hat Frau Dr. Strauss ihr einen Arzt empfohlen, der trotz gesetzlichen Verbotes Schwangerschaftsabbrüche durchführt, und zwar unter medizinisch einwandfreien Bedingungen. Anscheinend hat Ihre Frau das Angebot nicht wahrgenommen.«

»Bestimmt hat sie sich nich jetraut, wegen det Jeld und weil er 'n feiner Pinkel war«, stieß Bäumer hervor. Dann hielt er inne und sah Leo misstrauisch an. »Warum sind Se eijentlich zu mir jekommen? Doch nich wegen Stine. Um uns schert sich keener da oben.« Er machte eine ausholende Handbewegung, die wohl Polizei, Politik und die übrigen Vertreter des Staates umfassen sollte.

»Frau Dr. Strauss ist tot. Sie wurde vermutlich ermordet.«

Der Mann brach in raues Gelächter aus. »Und ick soll ihr abjemurkst haben? Mit die Hände oder wie?« Er streckte seine groben Pranken vor sich aus. »Nee, nich mit mir. Det hängen Se mir nich an. Ick hab ihr det eene Mal jesehn und danach nie wieder. Die Stine is tot, und keener bringt se mir zurück.«

Leo glaubte ihm. Weshalb hätte Bäumer monatelang warten sollen, wenn er Henriette Strauss hätte töten wollen? Eine solche Tat wäre höchstens im Affekt denkbar gewesen. Eigentlich war er hergekommen, um noch ein wenig über die Tote zu erfahren, ein kleines Stück zum Bild hinzuzufügen.

»Beantworten Sie mir noch eine Frage, Herr Bäumer: Wie hat sich Frau Dr. Strauss verhalten, als Sie sie bedroht haben?«

Er zuckte mit den Schultern. »Janz ruhig, als hättse keene Angst. Die war nich ohne.«

Das bestätigte, was Leo schon von anderen gehört hatte. Eine eindrucksvolle Frau.

Er verabschiedete sich und hörte im Treppenhaus, wie der Vater aufs Neue die Kinder anbrüllte. »Raus mit euch, ick will schlafen. Muss jleich wieder auf Schicht!«

Während er die Höfe durchquerte, fühlte sich Leo flüchtig an seine eigene Lage erinnert, nur hatte er mehr Glück gehabt als Bäumer.

Als er den Wagen in Richtung Burg steuerte, versuchte er, die Gedanken an Clara zu verdrängen. Sie hatten seit vorgestern nicht miteinander gesprochen. Er wollte in Ruhe nachdenken, doch blieb ihm während der Arbeit keine Zeit dafür. Gestern Abend hatte er Georg bei den Hausaufgaben geholfen und noch in den Nachschlagewerken über Gifte gelesen. Danach war er so müde gewesen, dass er gleich eingeschlafen war.

Er hätte gern mit jemandem geredet. Ob er Robert zum Mittagessen einladen sollte? Gewiss, es hatte Unstimmigkeiten zwischen ihnen gegeben, aber Robert war immer sein bester Freund gewesen, auch wenn sie so verschieden waren. Er würde ihn im Büro fragen.

Robert Walther wartete schon mit den Neuigkeiten von seinem Besuch bei Professor Heffter.

»Er will sich persönlich darum kümmern?«, fragte Leo erstaunt. »Gute Arbeit. Ich hatte immer nur mit seinen Assistenten zu tun.«

»Es war Zufall«, erwiderte Walther bescheiden. »Die anderen waren schon gegangen.«

»Egal, jedenfalls haben wir den Besten seines Fachs. Wann will er sich melden?«

»Sobald er etwas gefunden hat. Mehr konnte er auf die Schnelle nicht sagen.«

Leo nickte. »Gut. Wie wär's heute Mittag mit einer Erbsensuppe bei Aschinger? Ich lade dich ein.« Dort war es zwar laut und voll, aber die Leute gingen nur wegen des billigen Essens und der kostenlosen Brötchen hin. Da konnten sie ungestört reden.

»Gern«, sagte Walther. »Wo warst du heute Morgen?«

Leo berichtete von der Befragung Bäumers. »Der Mann hat gewiss nichts mit dem Fall zu tun. Wenn er Henriette Strauss etwas hätte antun wollen, wäre er nicht so subtil vorgegangen. Das ist einer, der zuschlägt oder würgt, kein Giftmörder. Und warum hätte er von Mai bis Oktober warten sollen? Nein, wir müssen uns auf andere Bereiche konzentrieren – Privatleben einschließlich Familie, das Luisenkrankenhaus, die Freundinnen.«

Als sie später an einem Stehtisch in der Ecke des hallenartigen Lokals standen und Erbsensuppe löffelten, sagte Leo: »Wenn wir erst einmal das Gift kennen, könnte uns das einiges über den Täter sagen.«

»Oder die Täterin«, warf Walther ein.

»Du denkst an die klassische Theorie, dass vor allem Frauen mit Gift töten? Die ist nicht wissenschaftlich erwiesen.«

Walther trank einen Schluck Fassbrause. Bier im Dienst war nicht erlaubt, Aschinger hin oder her. »Tja, die Giftmorde, von denen ich gelesen habe, wurden allesamt von Frauen begangen.«

Leo schaute nachdenklich in seinen Suppenteller. »Sie war eine Frau, die alles getan hat, um anderen Frauen zu helfen. Da passt es eigentlich nicht, dass sie von einer Frau getötet worden sein soll.«

»Dennoch kann es einen Grund gegeben haben, von dem wir noch nichts wissen. Eifersucht, Neid, Habgier, du kennst doch die Motive. Wir sollten der Sache mit dem Brief nachgehen, den ich in ihrer Wohnung gefunden habe. Er könnte von einem Liebhaber stammen. Vielleicht gab es da eine eifersüchtige Frau?«

Leo nickte. »Wir müssen noch mal mit der Familie sprechen. Da haben wir bislang zu wenig erfahren.« Er zog ein Blatt Papier aus der Manteltasche und entfaltete es. »Ich habe einige Atemgifte herausgeschrieben. Die meisten können wir ausschließen. Vielleicht nützt die Liste aber als Vergleich zu dem, was Heffter uns liefert.«

Walther warf einen Blick auf das Blatt. »Phosgen? Das ist doch das Giftgas, das im Krieg eingesetzt wurde.«

Leo nickte. »Kommt aber nicht in Frage. Es hat einen charakteristischen Geruch, den man sofort bemerkt hätte. Das Gleiche gilt übrigens auch für Ammoniak.«

»Cyanwasserstoff oder Blausäure?«

Leo schüttelte den Kopf. »Die Symptome stimmen nicht überein.«

»Also warten wir auf Heffters Bericht.« Walther zögerte und schob den leeren Teller beiseite. »Danke für die Einladung.«

»Keine Ursache. Ich wollte ohnehin mit dir reden.«

»Wegen der Urlaubstage?«, fragte Walther sofort.

Leo sah ihn erstaunt an. »Denkst du immer noch darüber

nach? Wenn ich dich entbehren kann, bekommst du frei, wenn nicht, dann nicht. Aber darum geht es nicht.«

Er erzählte von seinem Gespräch mit Clara.

»Hm, klingt fast, als hätte sie beim Thema Heirat kalte Füße bekommen«, sagte Walther gedankenlos. Als er Leos betretenen Blick sah, fügte er rasch hinzu: »Vermutlich war sie nur überrascht. Immerhin ist deine häusliche Lage, nun ja, heikel.«

Leo winkte ab. »Es kann nicht ewig so weitergehen. Das weiß Ilse auch. Als ich bei Frau Dr. Schott war, habe ich gefragt, ob sie Hilfe in der Praxis gebrauchen kann. Einige Stunden in der Woche, hat sie gesagt, mehr könne sie nicht bezahlen.«

»Du meinst, das wäre etwas für Ilse?«

Leo nickte, bemerkte aber Walthers skeptischen Blick.

»Natürlich reicht es nicht, um davon zu leben, aber es wäre ein Anfang.«

Walther trank sein Glas aus. »Meinst du nicht, sie muss das selbst in die Hand nehmen?«

Leo seufzte. »Vielleicht hast du recht.«

»Nicht nur vielleicht. Du kannst ihr kein fertiges Leben vorsetzen, Leo. Du brauchst gar nicht viel zu tun, außer geduldig zu sein. Sie ist nicht dumm. Über kurz oder lang wird sie begreifen, dass sie ausziehen muss. So einfach ist das. Und dann kannst du mit Clara etwas planen. Vorher nicht.«

Leo war sich nicht sicher, ob er auf diesen Rat gehofft hatte. Er sah auf die Uhr. »Wir müssen los.«

Am Nachmittag fanden sich Dr. Alice Vollnhals und Grete Meyer zu einer Befragung im Morddezernat ein. Beide Frauen waren dunkelhaarig, doch die Anwältin fiel durch ihre strenge Hornbrille auf, die ihr hübsches Gesicht ein wenig zu sehr beherrschte. Sie trug das Haar modisch kurz, während ihre Freundin es im Nacken zusammengesteckt hatte.

Leo hatte ein Besprechungszimmer reservieren lassen, weil sein Büro zu beengt war. Auch Walther saß mit am Tisch, Sonnenschein protokollierte.

Die beiden Frauen wirkten ruhig und gefasst, verliehen aber ihrer Trauer und ihrem Entsetzen über den Tod der Freundin Ausdruck.

»Wir stehen Ihnen selbstverständlich bei allen Fragen zur Verfügung«, erklärte Dr. Vollnhals. »Doch vorher wüsste ich gern, wie Henriette zu Tode gekommen ist.«

Leo überlegte kurz und entschied sich dann für die Wahrheit. »Wir warten auf die Untersuchungsergebnisse eines Fachmanns. Vermutlich wurde sie vergiftet, aber wir kennen die Substanz noch nicht. Mehr kann ich Ihnen zurzeit leider nicht sagen. Nun zu meinen Fragen. Wie lange kannten Sie Frau Dr. Strauss?«

»Seit Kriegsanfang«, antwortete Dr. Vollnhals. »Damals hatte ich gerade meine Approbation erhalten.«

»Ich habe sie kurz nach dem Krieg kennengelernt, über Alice«, erklärte Grete Meyer.

Die Frauen bestätigten im Wesentlichen, was Adrian Lehnhardt, Dr. Stratow und Lisbeth Schröder bereits ausgesagt hatten: Henriette Strauss war begeisterungsfähig, engagiert, fordernd und an vielen Dingen interessiert gewesen. Doch Leo wollte mehr hören.

»Wie stand es mit dem Privatleben der Verstorbenen? Mit Männern, um genau zu sein? Oder auch Frauen.«

Die beiden sahen einander an. »Männer, wenn schon«, erklärte Grete Meyer. »Aber Henriette war vor allem an ihrer Arbeit interessiert.«

»Sie war auch ein Mensch mit Gefühlen«, erwiderte Leo. »Darüber wüsste ich gern mehr.«

»Nun, sie war kurze Zeit mit einem Arzt aus dem Krankenhaus liiert, aber das ist schon einige Jahre her.«

»Den Namen, bitte«, sagte Leo.

»Stratow«, erklärte Dr. Vollnhals. »Ihr Vorgesetzer. Er war einige Jahre jünger, doch das kümmerte Henriette nicht.«

Walther blickte auf. »Ich hatte so ein Gefühl«, sagte er leise zu Leo.

»Die Affäre dauerte nicht sehr lange«, erklärte Grete Meyer. »Henriette sagte, es habe Gerede gegeben, und so sehr habe sie ihn nun auch wieder nicht geliebt.«

Ihre Freundin lächelte. »Das war typisch für sie. Wenn sie zwischen ihrer Stelle und einem Mann hätte wählen müssen, wäre ihr die Stelle immer wichtiger gewesen.«

Leo schlug eine Aktenmappe auf und nahm den kurzen Brief heraus, den Walther in der Wohnung der Toten gefunden hatte. »Können Sie sich vorstellen, woher das stammt?«

»›Ich muss dich sehen. Warum hast du nicht angerufen? Habe ich dich irgendwie gekränkt? Dann verzeih mir, bitte. Dein Schweigen kann ich nicht ertragen‹«, las Dr. Vollnhals vor. »Woher haben Sie das?«

»Aus der Wohnung der Toten«, erklärte Walther. »Auf dem Sofa lag ein Buch. Als ich es aufhob, fiel dieses Schreiben heraus. Es ist nicht datiert, doch wenn sie unmittelbar vor ihrem Tod darin gelesen hat, könnte der Brief aus jüngerer Zeit stammen.«

Die Frauen schüttelten wie auf Kommando den Kopf.

»Ich habe keine Ahnung, wer das geschrieben haben könnte. Die Handschrift sieht eher männlich aus, aber der Inhalt könnte ebenso gut von einer Frau stammen«, sagte Grete Meyer.

»Es muss sich nicht zwangsläufig um eine Liebesbeziehung handeln«, gab die Ärztin zu bedenken. »Freunde oder Verwandte könnten so etwas auch schreiben.«

Leo nickte. Dann bemerkte er, wie die beiden Frauen einen Blick wechselten. Dr. Vollnhals räusperte sich.

»Da wäre noch etwas.« Sie zögerte. »Wir waren uns nicht sicher, ob wir es Ihnen sagen sollen, wegen der Schweigepflicht und so weiter. Aber wir sind zu der Überzeugung gelangt, dass es nicht darunter fällt.«

Leo beugte sich gespannt vor. »Ich höre.«

»Henriette hat uns erzählt – es ist schon einige Jahre her –, dass sie sich in einem Gewissenskonflikt befand. Auf ihrer Station, und nicht nur auf dieser, gibt es Mediziner, die ihre Patienten für, wie soll ich sagen, gewisse Zwecke einsetzen.«

Die Beamten schauten einander an.

»Ja?«, fragte Leo auffordernd.

»Es wurden Versuche durchgeführt.«

»Versuche welcher Art?«

»Infektionen mit Hautpilzen, beispielsweise. Zur Erprobung von neuen Medikamenten. Patienten wurden mit Krankheitserregern infiziert.«

»Sind Sie sicher?«, fragte Leo.

»Natürlich. Henriette hat uns eingehend darüber berichtet«, erwiderte Grete Meyer leicht ungehalten. »Zuerst wollte sie sich an die Krankenhausleitung wenden, doch dann wurde ihr klar, dass diese Vorgänge allgemein üblich waren. Nicht nur im Luisenkrankenhaus, auch in anderen Kliniken. Auf ihrer Station war übrigens Dr. Stratow dafür verantwortlich.«

»War das der Grund für ihre Trennung?«

»Das weiß ich nicht.«

Sonnenschein hob die Hand. »Wie genau müssen wir uns das vorstellen? Können Ärzte einen Patienten ohne Weiteres für solche Versuche benutzen?«

Dr. Vollnhals lachte bitter. »Nun, bei einem wohlhabenden männlichen Patienten würden sie es gewiss nicht wagen. Die Probanden sind in der Regel Frauen, meist aus der Unterschicht, und Kinder aus armen Verhältnissen, in manchen Fällen auch geistig zurückgeblieben.«

Sonnenschein stellte die Frage, die ebenso einfach wie naheliegend war: »Ist das nicht verboten?«

Grete Meyer wiegte den Kopf und holte einen Schreibblock aus der Tasche. »Ich habe mir einige Notizen gemacht, weil ich damals die rechtlichen Hintergründe für Henriette überprüft habe.« Sie blätterte kurz. »Im Jahr 1900 erging in Preußen ein Erlass über Menschenversuche. Demnach sind alle medizinischen Eingriffe verboten, die nicht der Diagnose, Heilung oder Immunisierung gegen Krankheiten dienen.«

»Das heißt, man dürfte so etwas nicht einfach nur zu Forschungszwecken durchführen?«, erkundigte sich Walther.

»Genau. Und an Minderjährigen und Personen, die nicht voll geschäftsfähig sind, schon gar nicht. So muss auch bei Minderjährigen, die operiert werden sollen, die Einwilligung der Erziehungsberechtigten eingeholt werden. Wenn das nicht geschieht, verstoßen die Ärzte gegen das Gesetz.«

Die drei Männer sahen einander an. Das gab dem Fall nun möglicherweise eine neue Wendung.

Leo lehnte sich auf seinem Stuhl zurück. »Hätte Frau Dr. Strauss nichts dagegen unternehmen müssen?«

»Sie hat Material gesammelt, das ich für sie aufbewahre habe«, entgegnete Grete Meyer in scharfem Ton, als wollte sie die tote Freundin in Schutz nehmen. »Aber wie Sie vielleicht wissen, gilt unter Medizinern ein ganz besonderer Ehrenkodex. Man hält zusammen, vor allem, wenn Druck von außen entsteht. Hätte Henriette ihre Kollegen angezeigt, wäre sie für das Krankenhaus untragbar geworden. Zudem hätte sie ihnen die widerrechtlichen Versuche erst einmal nachweisen müssen, was nicht einfach gewesen wäre. Im schlimmsten Fall hätte man ihr nicht geglaubt, und sie hätte ihre berufliche Laufbahn umsonst riskiert.«

»Ich will ihren Charakter überhaupt nicht in Frage stellen«, entgegnete Leo ruhig. »Nach allem, was ich über sie gehört habe, war sie ein zutiefst moralischer Mensch. Mir geht es eher um die Frage, ob wir hier ein Motiv für den Mord an Dr. Strauss finden können.«

Walther deutete auf die Akten, die Leo vor sich liegen hatte. »Gib mir bitte mal den Bericht, den Berns und ich nach dem Besuch im Krankenhaus verfasst haben.«

Leo holte einige zusammengeheftete Blätter heraus, und Walther las vor. »Eine Krankenschwester, Gertrud Pollack, wirkt bei ihrer Aussage leicht gehemmt. Sie schaut sich um, als hätte sie Angst, belauscht zu werden. Dann gibt sie zu Protokoll, dass Dr. Strauss eine fachkundige und freundliche Vorgesetzte gewesen sei. Ihr seien keine ungewöhnlichen Vorkommnisse aufgefallen. – Mit der Krankenschwester sollten wir noch einmal sprechen. Es war nichts Bestimmtes, worauf wir sie hätten festnageln können, aber ihr Verhalten war merkwürdig.«

»Gut. Erkundigen Sie sich, wann die Frau Dienst hat. Sonnenschein soll mit ihr sprechen.« Manchmal war es nützlich, bei der zweiten Befragung einen anderen Kollegen zu schicken, vor allem, wenn dieser so harmlos und vertrauenerweckend auftrat wie Sonnenschein.

Leo bedankte sich bei den Frauen. »Wir kommen bestimmt noch einmal auf Sie zurück. Sollte Ihnen noch etwas einfallen, können Sie sich jederzeit hier im Dezernat melden.« Er gab ihnen seine Karte. »Eine letzte Frage noch: Hat Dr. Strauss eigentlich oft über ihre Familie gesprochen?«

»Kaum. Nur über den Neffen«, sagte Grete Meyer, »an dem hing sie sehr.«

Ihre Freundin nickte. »Adrian, der Geiger. Ja, er hat ihr viel bedeutet. Ich war einmal mit ihr in einem Konzert, da wirkte sie richtig stolz, als er die Bühne betrat. Er spielt wirklich ausgezeichnet.«

»Danke«, sagte Leo. Nichts Neues in dieser Hinsicht. Aber die Geschichte mit den medizinischen Versuchen klang vielversprechend.

11

Ich mag zehn oder elf Jahre alt gewesen sein, als ich herausfand, dass ich in Davos geboren bin. Der Ort erschien mir geheimnisvoll, mit seinem fremdartigen Namen musste er weit weg von Berlin liegen. Er stand auf einem Dokument, das der Schule vorgelegt wurde, und halb hoffte, halb fürchtete ich, etwas entdeckt zu haben, das mir eigentlich verborgen bleiben sollte. Ich stellte mir dieses Davos vor, malte es mir in Gedanken zunehmend phantastisch aus, als einsame Insel in der Südsee oder einen Ort inmitten des undurchdringlichen Dschungels. Damals glaubte ich mich meinen Schulkameraden überlegen, die aus Berlin oder Potsdam stammten und auf keine solch exotische Herkunft zurückblicken konnten.

Dann aber kam der Geographieunterricht auf dem Gymnasium, und ich wurde eines Besseren belehrt. Gewiss, die Schweiz war ein fremdes Land, aber bei weitem nicht so ausgefallen wie Afrika oder Polynesien. Natürlich wunderte ich mich immer noch, welcher Tatsache ich diesen Geburtsort verdankte, und fand mich nun alt genug, um meine Eltern darauf anzusprechen.

Meine Mutter sah mich verwundert an, als sie meine zaghafte Frage hörte, und lachte dann. »Dafür gibt es einen einfachen Grund, Adrian. Als ich dich erwartete, wurde ich ziemlich krank. Niemand konnte feststellen, woran ich litt, aber ich wurde von Tag zu Tag schwächer, und man fürchtete um dein und mein Leben. Der

Arzt empfahl mir einen längeren Aufenthalt in den Bergen.« Da mein Vater im Geschäft nicht abkömmlich war, hatte Tante Jette meine Mutter nach Davos begleitet, wo sie sich im Sommer 1901 mehrere Monate aufhielten. Als sich meine Mutter zunehmend erholte, man ihr die weite Reise im fortgeschrittenen Zustand der Schwangerschaft jedoch nicht zumuten wollte, entschieden meine Eltern, die Geburt solle im dortigen Sanatorium stattfinden.

Wenngleich die Schweiz nicht gar so exotisch ist, hat mich diese Geschichte immer fasziniert – die beiden Schwestern beim Spaziergang vor dem gewaltigen Alpenpanorama oder auf der Terrasse eines Cafés mit Blick auf die Berge. Sie habe in Davos glückliche Wochen mit Jette verlebt, erzählte mir meine Mutter.

Leider gibt es keine Photographien von diesem Aufenthalt, nur eine Ansichtskarte, die Mutter in einem Album aufbewahrt. Sie zeigt einen Spazierweg mit Blick auf den Ort und ist mit ›Blick auf Davos‹ betitelt. Als Junge habe ich mir die Karte oft angeschaut und im Geiste meine Mutter und Tante Jette dort entlangschlendern sehen, Arm in Arm, die Köpfe einander zugeneigt, voller Vorfreude auf das Kind. Meine Mutter strich mir dann über den Kopf und sagte, es sei eine wunderbare Zeit gewesen.

Leo hatte lange überlegt, ob er Ilse von seinem Gespräch mit Magda Schott und ihrer Suche nach einer Hilfe in der Praxis erzählen sollte. Clara gegenüber hatte er nichts erwähnt, weil sein Besuch bei ihr eine so sonderbare Wendung genommen hatte, und Robert hatte ihm auch nicht weitergeholfen. Leo bezweifelte, ob Ilse wirklich den ersten Schritt tun würde.

Als er nach Hause kam und die Aktentasche im Flur abstellte, war es seltsam still in der Wohnung. Keine Marie, die ihm fröhlich entgegenlief, keine Geräusche aus der Küche. Verwundert öffnete Leo die Tür des Kinderzimmers. Georg saß am Schreibtisch, den Kopf in die Hand gestützt, den Füllfederhalter in der anderen. Als er seinen Vater eintreten hörte, zuckte er zusammen.

»Hallo, Vati, ich …«

»Hast du geschlafen?«, fragte Leo und trat näher. In Georgs Rechenheft war eine leere Seite aufgeschlagen.

»Du hast noch gar nichts geschrieben?«

Sein Sohn schüttelte den Kopf. »Ich war so müde.«

Leo legte ihm die Finger unters Kinn und hob seinen Kopf behutsam an. »Was ist los?« Er zog sich einen Stuhl heran. »Erzähl mal.«

Georg schluckte. »Der Hans ist tot.«

»Hans?«

»Ja, der Hans Willumeit aus der Bremer Straße. Wir haben immer zusammen draußen gespielt.«

Leo erinnerte sich an den Jungen, ein schmaler Kerl mit Segelohren, der von allen am schnellsten rennen konnte. »Was ist passiert?«, fragte er sanft.

Georg zuckte mit den Schultern. »Er war ein paar Tage nicht in der Schule. In letzter Zeit war er oft krank, beim Wettlauf hat er immer verloren, ganz anders als früher. Und dünn war er geworden. Der Lehrer hat was von Auszehrung gesagt.«

Wer redet denn heutzutage noch von »Auszehrung«, lag es Leo auf der Zunge, doch er schwieg. Das Wort mochte veraltet sein, der Zustand war leider nur zu verbreitet. Er musste wieder an die Broschüre über die ›Not in Berlin‹ denken, die er Robert gezeigt hatte.

»Das ist schlimm.« Er legte seinem Sohn die Hand auf die Schulter. »Warst du schon bei seinen Eltern?«

Georg nickte. »Bin nach der Schule hingegangen.« Er zog

die Schultern hoch, als wollte er sich verstecken. »Der ... der Sarg stand noch da, und Hans lag drin.« Er wandte sich ab.

Als Leos Frau Dorothea starb, war sein Sohn zu jung gewesen, um das Geschehen wirklich zu erfassen, doch nun konnte er begreifen, was Sterben bedeutete.

»Der Hans sah ganz fremd aus, blass, und die Nase war ganz spitz, als wäre sie länger geworden. Und er hatte so ein komisches weißes Hemd an.«

Leo zog Georg an sich. Der Junge leistete keinen Widerstand und ließ sich gegen seinen Vater sinken. »Warum muss das so sein?«

»Was meinst du?«

»Na, alles. Mit dem Geld und dem Hunger und den vielen Eltern, die keine Arbeit haben.«

Leo seufzte innerlich. Wie sollte er einem Kind die Ungerechtigkeit der Welt erklären, die er selbst nicht verstand?

»Das weiß ich auch nicht«, antwortete er aufrichtig. »Viele Leute machen Fehler, und wenn Politiker Fehler begehen, kommt so etwas dabei heraus. Wir können nur hoffen, dass sie aus den Fehlern lernen und es demnächst besser machen.« Dann erinnerte er sich, wie still die Wohnung vorhin gewesen war. »Wo sind eigentlich Tante Ilse und Marie?«

Georg zog die Nase hoch. »Tante Ilse wollte Schrippen kaufen, bei Kellermann in der Beusselstraße. Marie ist mitgegangen.«

»Ach so.« Er überlegte. »Komm, wir decken schon mal den Tisch. Die Rechenaufgaben kannst du nach dem Essen machen. Vielleicht fallen sie dir dann leichter.«

Georg folgte ihm in die Küche und holte Teller und Besteck aus dem Schrank. Leo fand Kräutertee und stellte den Wasserkessel auf den Herd, wobei er Georg unauffällig beobachtete. Was sollte er seinem Sohn sagen? Er konnte ihm nicht erklären, weshalb die Welt so war, wie sie war, und schon gar nicht, weshalb es ihm selbst noch halbwegs gut ging, während manche Klassenkameraden nicht genug zu essen hatten. Andererseits wollte er nicht, dass Georg mit der Überzeugung aufwuchs, dass es keine Gerechtigkeit im Leben gab. Dann riss ihn die Stimme seines Sohnes aus seinen Grübeleien.

»Die Eltern vom Hans müssen noch Geld ans Krankenhaus bezahlen. Stell dir vor, er ist tot, und sie müssen trotzdem dafür bezahlen.«

»Ich dachte, er sei zu Hause gestorben«, sagte Leo und holte die Teekanne aus dem Schrank.

Georg wischte sich mit dem Handrücken die Nase ab. Normalerweise hätte Leo ihn ermahnt, schwieg nun aber.

»Ist er auch. Aber er war vorher im Luisenkrankenhaus, die konnten ihm wohl nicht helfen.«

Leo runzelte die Stirn. Er nahm sich vor, nach dem Essen noch einen Kondolenzbesuch bei Willumeits zu machen.

In der Bäckerei standen die Leute bis vor die Tür, allmählich machte sich Unmut breit. Gewöhnlich musste man selbst in diesen schweren Tagen nicht so lange warten.

Ilse und Marie Wechsler warteten auch, und das kleine Mädchen vertrieb sich die Zeit damit, durch die Pfützen zu springen. Ihre Tante war in Gedanken und achtete gar nicht auf sie, was Marie fröhlich ausnutzte.

»Clara war schon lange nicht mehr da«, sagte sie, als sie mit patschnassen Schuhen wieder neben ihrer Tante auftauchte.

Ilse zuckte zusammen und nickte dann. »Vielleicht hat sie viel in der Bücherei zu tun«, murmelte sie.

Marie hatte recht, Clara war seit mehreren Tagen nicht bei ihnen gewesen. Als sie am Sonntag von ihrem Spaziergang zurückgekommen war, hatte Leo allein im Wohnzimmer über seinen Büchern gesessen, obwohl er eigentlich Clara erwartet hatte. Ilse hütete sich, ihn darauf anzusprechen; es gab Themen, die sie beide sorgsam umschifften.

Allmählich rückten sie bis in den Laden vor. Viele Leute hatten Taschen und Beutel dabei, die bis zum Rand mit Geldscheinen gefüllt waren – der Lohn eines einzigen Tages. Was man dafür kaufen konnte, reichte nur bis zum nächsten Morgen.

»Der Georg war eben traurig«, sagte Marie. »Ich weiß aber nicht, warum. Ich habe ihn gefragt, aber er wollte nicht mit mir reden.«

»Vielleicht gab es Streit in der Schule. Oder er hat eine schlechte Note bekommen.« Das kam selten vor, Georg Wechsler war einer der besten Schüler seiner Klasse.

»Glaub ich nicht«, sagte Marie und spähte an der Warteschlange vorbei zur Theke. »Herr Kellermann ist allein im Laden«, sagte sie.

Ilse reckte den Hals. Tatsächlich stand der Bäckermeister mit hochrotem Kopf selbst hinter dem Verkaufstresen, wo sonst seine Frau bediente. Gerade eben wandte er sich um und rief dem Lehrling in der Backstube etwas zu. »Mach schneller, Ferdi, die Leute rennen mir die Bude ein!«

Ilse fragte die Frau, die vor ihr stand, wo denn die Bäckersfrau sei.

»Haben Sie nicht davon gehört? Sie hatte einen schlimmen Unfall. Ist von der Straßenbahn angefahren worden. Hat Verletzungen am Rücken und wird so bald nicht wieder im Laden stehen.«

»Und Herr Kellermann macht jetzt alles allein?«

»Sie sehen ja ...« Die Frau deutete auf die Wartenden. »Er muss gleichzeitig verkaufen und backen, das geht nicht lange gut.«

Als Ilse endlich an der Reihe war, kaufte sie sechs Schrippen. Der Bäcker wischte sich mit dem Ärmel über die Stirn. Aus der offenen Tür der Backstube drang warme Luft in den Laden. Auf einmal verspürte sie eine nie gekannte Entschlossenheit. Sie reichte ihm die Geldscheine über die Theke und fragte, bevor sie es sich anders überlegen konnte: »Brauchen Sie Hilfe im Laden?«

Jakob Sonnenschein war länger im Büro geblieben, um noch einige der Unterlagen durchzusehen, die sie aus der Wohnung von Henriette Strauss mitgenommen hatten. Tagebücher, Briefe, Gehaltsabrechnungen, Fallberichte aus ihrer Beratungspraxis. Irgendwo in diesen Papieren musste sich ein Hinweis verbergen, ein mögliches Motiv, eine Spur, die zum Täter – oder der Täterin – führte.

Er war nach wie vor davon überzeugt, dass sie sich die Ärzte des Luisenkrankenhauses näher ansehen mussten. Das Gift, mit dem Henriette Strauss getötet worden war, schien nicht zu den verbreiteten Mitteln wie Blausäure oder Strychnin zu gehören, sonst hätte der Gerichtsarzt es gewiss erkannt. Wenn es sich um ein seltenes, wenig bekanntes Gift handelte, war es zumindest naheliegend, einen Mediziner oder eine Person, die in einem Krankenhaus arbeitete, zu verdächtigen.

Er saß im Schein der Schreibtischlampe, während das übrige Büro im Dunkeln lag. Die Tür zum Korridor war halb geöffnet, da um diese Tageszeit nur noch wenige Kollegen im Haus waren. Er blätterte, machte sich Notizen und war so in seine Lektüre vertieft, dass er den Mann, der herbeigeschlendert kam und sich lässig an den Türrahmen lehnte, gar nicht bemerkte.

»So spät noch im Dienst?«

Sonnenschein blickte überrascht auf. »Wie bitte?«

»Es kommt nicht oft vor, dass in diesem Büro so spät noch gearbeitet wird«, sagte der Mann, den er im Dämmerlicht nur als Schatten erkennen konnte. »Sind Sie neu hier?«

»Ja, Sonnenschein, Jakob. Ich … ich lese nur noch diese Unterlagen durch«, erklärte der Kriminalassistent leicht verunsichert.

»Machen Sie nur, Herr Sonnenschein, das wird Ihnen gewiss Kommissar Wechslers Wertschätzung einbringen. Sehr lobenswert, wenn die Untergebenen länger bleiben als der Chef.«

Der Mann sprach von oben herab, ein Ton, der Sonnenschein nicht gefiel. Ein Ton, den er nur zu gut kannte.

»Soll ich ihm etwas ausrichten?«

»Nein, nein. Ich kam nur zufällig vorbei. Einen wohlklingenden Namen haben Sie übrigens«, fügte er hinzu und ging pfeifend davon.

Sonnenschein sah ihm nach. Ein unangenehmer Mensch. Er ahnte, dass er nicht zufällig vorbeigekommen war. Der junge Beamte schüttelte den Kopf und wandte sich wieder seinen Unterlagen zu.

Eine Stunde später lehnte er sich zurück und rieb sich die müden Augen. Es wurde langsam Zeit, nach Hause zu gehen. Andererseits wartete dort nur ein leeres Zimmer auf ihn. Er warf einen Blick auf die Mappe mit Briefen, die er gerade durchsah, es waren nicht mehr viele. Die würde er noch erledigen, danach wäre endgültig Schluss für heute.

Als er den Namen las, stutzte er. Dahlke, Dr. Paul Dahlke, den hatte er im Zusammenhang mit dem Fall Strauss schon einmal gehört. Er massierte sich mit den Fingerspitzen die Stirn, als könnte er sein Erinnerungsvermögen dadurch anregen. Vielleicht ein Kollege aus dem Krankenhaus? Nein, das war es nicht.

Dahlke … Dahlke … In irgendeinem Gesprächsprotokoll tauchte der Name auf. Richtig: der Bekannte von Henriette Strauss, der in Frohnau ein buddhistisches Haus baute.

Rasch sah Sonnenschein die Briefe durch. Natürlich fehlte eine Hälfte der Korrespondenz, Henriette Strauss hatte nicht, wie es manche Menschen machten, Kopien ihrer eigenen Briefe behalten. Meist konnte er jedoch aus Dahlkes Antworten schließen, was sie zuvor geschrieben hatte. Es waren

Briefe, in denen sie sich über gemeinsame Freunde, Erinnerungen an Asienreisen und den Buddhismus austauschten. Sie zeugten zwar von einer herzlichen Verbundenheit, doch gab es wenig Persönliches darin – bis auf den letzten Brief, den Dr. Strauss von Dahlke erhalten hatte. Er war zwei Wochen vor ihrem Tod geschrieben worden.

Meine liebe Henriette,

Sie drücken sich sehr vage aus. Das macht es nicht leicht, Ihnen zu helfen. Ihre Ausführungen klingen sehr theoretisch, eher wie ein philosophisches Spiel als wie die Sorgen echter Menschen. Daher kann ich Ihnen auch keinen einfachen Rat geben.

Lassen Sie mich als Buddhist antworten: Sie müssen das Leben voll und ganz annehmen, mit all seinen guten und schlechten Seiten. Es ist nie zu spät, um etwas gutzumachen, das in der Vergangenheit wurzelt und in der Gegenwart Leid verursacht. Suchen Sie nach einem Weg, um dieses Leiden zu beenden, doch welchen Weg Sie einschlagen sollen, können Sie nur selbst erkennen. Hören Sie auf Ihr Herz, es wird Ihnen den rechten Pfad weisen. Meditieren Sie darüber, und horchen Sie in sich hinein.

Und vergessen Sie nicht – bisweilen kann die Unwahrheit gnädiger sein als die Wahrheit, die Güte kostbarer als Aufrichtigkeit um jeden Preis.

In tiefer Verbundenheit,

Ihr Dahlke

Sonnenschein rieb sich in einer spontanen Geste die Hände. Also hatte Henriette Strauss kurz vor ihrem Tod etwas auf der Seele gelegen. Hatte sie Dahlke von den Versuchen im

Krankenhaus berichtet und um Rat gebeten, wie sie sich verhalten sollte? Oder hatte es mit den Zeilen zu tun, die sie in ihrer Wohnung gefunden hatten und die von einem Menschen stammten, der sehnsüchtig auf Nachricht von ihr gewartet hatte?

Was immer ihre Sorge gewesen sein mochte, bei diesem Mann hatte sie Rat gesucht. Sonnenschein konnte es kaum erwarten, Leo Wechsler den Brief zu zeigen.

Die Bremer Straße glich der Emdener Straße – große Miethäuser, in vielen davon Ladenlokale und kleine Gewerbebetriebe im Hinterhof. Das Haus, in dem Willumeits eine Wohnung im Seitenflügel bewohnten, lag gegenüber der Arminius-Markthalle, die um diese Zeit längst ihre Tore geschlossen hatte. Leo zögerte kurz, bevor er die Durchfahrt betrat. Er fühlte sich nicht ganz wohl in seiner Haut, immerhin hatte die Familie gerade ein Kind verloren. Andererseits konnte er nicht einfach darüber hinwegsehen, dass der Junge in eben dem Krankenhaus gewesen war, in dem Henriette Strauss gearbeitet hatte.

Rasch ging er auf den Hof und betrachtete die Namen auf dem Stummen Portier. Zweiter Stock im linken Seitenflügel. Das Haus wirkte ärmlich, aber halbwegs gepflegt. Er stieg die Treppe hinauf, wo er einer älteren Frau begegnete.

»Entschuldigen Sie, wo wohnt bitte Familie Willumeit?«

»Letzte Tür links.« Sie musterte ihn. »So spät wollen Sie da noch hin?«

»Ich möchte kondolieren«, sagte er förmlich. »Mein Sohn war mit Hans in einer Klasse.«

Sie zog die Nase hoch und schüttelte den Kopf. »Schlimm, ganz schlimm, wenn die Jungen vor den Alten sterben. So sollte es nicht sein ...« Ihr versagte die Stimme, und sie schüttelte wieder den Kopf, bevor sie wortlos weiterging.

Vor der Tür nahm Leo den Hut ab und klopfte. Zuerst

war es still, dann erklangen schwere Schritte. Ein gedrungener Mann in Hemd und Weste öffnete ihm die Tür. »Ja?«, fragte er kurz.

Leo stellte sich vor. »Ich möchte Ihnen mein Beileid aussprechen, Herr Willumeit.«

»Danke. Sonst noch etwas?« Hinter dem Mann erschien eine Frau mit schmalem Gesicht und verweinten Augen, die den späten Besucher fragend ansah.

»Dürfte ich kurz hereinkommen?«

»Wer sind Sie denn?«, fragte sie.

»Leo Wechsler. Mein Sohn Georg war bei Hans in der Klasse.«

Die Frau atmete tief durch und stieß ihren Mann vorsichtig an. »Lass ihn doch herein, Franz. Es ist nett, dass er sich herbemüht hat.«

Der Mann wich gerade so weit beiseite, dass Leo in den Flur treten konnte. Der Grundriss war typisch für die Seitenflügel – ein langer, schmaler Flur, von dem die Türen abgingen. Es war schwierig, diese Wohnungen zu lüften, da sie nur auf einer Seite Fenster besaßen, und auch hier hing ein muffiger Geruch in der Luft.

»Ihr Georg war heute hier«, sagte Frau Willumeit mit leiser Stimme. »Ein guter Junge.«

Sie führte ihn in die Stube, wo tatsächlich der Sarg stand.

»Er wird morgen abgeholt«, sagte der Mann tonlos.

Leo war froh, dass der Deckel geschlossen war. Im Laufe der Jahre hatte er sich an den Anblick von Toten gewöhnt, doch Kinderleichen machten ihm noch immer zu schaffen.

Frau Willumeit wollte ihm einen Platz anbieten, er lehnte aber dankend ab. »Ich will Sie nicht länger als nötig in Ihrer Trauer belästigen. Nur etwas fragen möchte ich Sie.«

»Ja?«

»Mein Sohn hat erwähnt, dass Hans im Krankenhaus behandelt wurde. Ist das richtig?«

»Da konnten sie ihm auch nicht helfen«, stieß Willumeit hervor. »Wozu sind die großen Herren im weißen Kittel da, wenn sie einem Kind nicht helfen können?«

»Sei doch ruhig«, sagte seine Frau und schluckte schwer. »Sie haben sich bemüht, aber es war zu spät.«

»In welchem Krankenhaus ist er denn gewesen?«

In diesem Augenblick stahl sich ein kleines Mädchen um die Ecke und schaute mit großen Augen auf den Sarg. Ihre Mutter ging zu ihr und schob sie sanft aus dem Zimmer.

»Er war im Luisenkrankenhaus.«

Leo räusperte sich. »Ich wüsste gern, ob Ihnen dort irgendetwas aufgefallen ist. Hat man eine Behandlung ausprobiert, die Ihnen ungewöhnlich vorkam? Oder mussten Sie etwas unterschreiben, um einer Behandlung zuzustimmen?«

Die Willumeits sahen ihn an. »Was sollen die Fragen?«, knurrte der Mann. »Wir haben gerade unseren Jungen verloren, und da kommen Sie daher und wollen solchen Unsinn wissen.«

»Sie haben ihn nur untersucht und gesagt, dass sie nichts mehr für ihn tun können.« Die Stimme seiner Frau zitterte. »Unterschreiben mussten wir nichts.«

Leo wandte sich zur Tür. »Ich danke Ihnen. Noch einmal mein tief empfundenes Beileid.«

»Einen Augenblick«, sagte nun Herr Willumeit. »Erinnerst du dich an die Sache, von der die Trude Müller erzählt hat? Mit dem Hautausschlag?«

Leo hielt inne.

»Ja, du hast recht.« Frau Willumeit putzte sich die Nase und holte tief Luft. »Also, die Trude Müller aus dem dritten Stock im Vorderhaus hatte letztes Jahr ihre Kleine in dem Krankenhaus. Wegen Mumps, glaube ich. Als das Mädchen nach Hause kam, hatte es wunde Stellen am Rücken. Die konnte Trude sich nicht erklären. Sie hat die Kleine gefragt, woher das käme. Das Mädchen hat gesagt, die Ärzte hätten sie in den Rücken gepiekt und etwas auf die Haut gepinselt. Danach hätte es wehgetan. Die Mutter ist damit zum Hausarzt gegangen, und der hat gesagt, es wäre ein Hautpilz. Nichts Schlimmes.«

»Aber schmerzhaft?«

»Ja, es hat ihr wochenlang wehgetan. Sie musste immer wieder Salbe drauftun, bis es irgendwann weggegangen ist.«

Leo notierte sich Namen und Adresse. »Sie haben mir sehr geholfen.« Dann gab er beiden die Hand und verließ die dunkle Wohnung.

12

Clara Bleibtreu ließ die Leihbücherei an diesem Morgen geschlossen. Seit dem letzten Gespräch mit Leo hatte sie keine Ruhe mehr gefunden, weder für die Arbeit noch für irgendeine andere Tätigkeit. Sie hatte keine Lust auszugehen, konnte ihre Gedanken nicht auf ein Buch richten und wusste nichts Rechtes mit sich anzufangen. All die Dinge, die sie an ihrem unabhängigen Leben so schätzte, machten ihr plötzlich keine Freude mehr.

Natürlich durchschaute sie sich. Seit Wochen hielt sie angeregt Zwiesprache mit sich selbst, wog das Für und Wider einer Ehe mit Leo ab und neigte bald zu der einen, dann wieder zur anderen Seite. Das grenzte schon an Verrücktheit. Warum war sie so unentschlossen, während es ihr damals gar nicht schwergefallen war, sich von Ulrich zu trennen? Und das, obwohl sie damit ihre gesellschaftliche Stellung und die Achtung ihrer Familie aufs Spiel gesetzt hatte?

Die Antwort war einfach: weil sie damals gelitten hatte, und das tat sie jetzt nicht. Sie lebte angenehm, es mangelte ihr an nichts, niemand fügte ihr Leid zu. Es schien ganz einfach. Kein Leo – keine Gefahr, verletzt zu werden. Keine Gefahr, sich zu verlieren.

Aber Leo war nicht Ulrich.

Clara ärgerte sich über sich selbst. Sie hatte das letzte Jahr so genossen, die unbeschwerten Tage auf Hiddensee, jede Minute, die sie mit Leo und den Kindern verbrachte. Auf einmal war alles anders. Und nur, weil er von Heirat gesprochen hatte? Das war beinahe lächerlich.

Clara beschloss, nach draußen zu gehen, um einen klaren Kopf zu bekommen. Sie zog Mantel und Hut an und verließ die Wohnung. Auf der Treppe blieb sie plötzlich stehen, weil ihr ein Gedanke gekommen war. Henriette Strauss, es hatte mit ihr zu tun. Seit sie von dem Tod der Ärztin erfahren hatte, dachte Clara oft an sie, an ihre Unabhängigkeit, ihr lebendiges Wesen. Wie vertraut sie sich am Strand unterhalten, wie schnell sie über private Dinge gesprochen hatten – vielleicht hätte daraus eine Freundschaft entstehen können. Aber wäre Henriettes Weg auch der richtige für sie?

Sie warf einen Blick in den Briefkasten. Er war leer. Auf der Straße peitschte ihr ein kalter Wind entgegen, doch sie zog die Schultern hoch und stemmte sich gegen die Böen.

Zu gern hätte sie sich von Leo mehr über den Fall erzählen lassen. Gewiss hatten er und seine Kollegen viel über Henriette Strauss' Leben erfahren, vielleicht waren sie dem Täter schon auf der Spur. Clara vermisste die Gespräche mit ihm ebenso wie seine körperliche Nähe. Vor einem Geschäft blieb sie stehen und schaute gedankenverloren in die Auslage. Sie würde ihn anrufen, nahm sie sich vor. Heute Abend würde sie ihn anrufen, bis dahin blieb ihr genügend Zeit, um noch einmal über alles nachzudenken.

Erst als sie weitergehen wollte, bemerkte Clara, dass sie vor der Bäckerei Kellermann stand. Sie hatte nicht gefrühstückt, eine frische Schrippe wäre jetzt genau das Richtige. Als sie die Tür öffnete und in den Laden treten wollte, blieb sie abrupt stehen. Hinter der Theke stand Ilse Wechsler in einer weißen Schürze und reichte einer Kundin ein Weißbrot.

Leo, Walther, Sonnenschein und Berns trafen sich zur morgendlichen Besprechung im Büro. Leo und Sonnnenschein berichteten von ihren jüngsten Erkenntnissen, und alle verspürten ein Kribbeln, wie immer, wenn es eine neue Spur gab. Leo nickte in die Runde. »Robert und Berns, ihr kümmert euch um die Familie Müller, deren Kind im Luisenkrankenhaus behandelt wurde.« Er reichte ihnen ein Blatt, auf dem er Namen, Anschrift und die weiteren Angaben der Willumeits notiert hatte. »Sonnenschein und ich fahren zu Dr. Dahlke. Das war gute Arbeit, Sonnenschein.«

»Hm, da wäre noch etwas, Herr Kommissar.« Sonnenschein räusperte sich. »Gestern Abend kam ein Herr hier vorbei, der sich nach Ihnen erkundigt hat.«

»Ja, und?«, fragte Leo.

»Er wirkte, wie soll ich sagen, ein bisschen feindselig.« Eine leichte Röte überzog Sonnenscheins runde Wangen. »Er war nicht unfreundlich zu mir, eher erschien es mir, als wollte er Ihnen, hm … Er deutete an, Sie hätten zu früh Feierabend gemacht, während Ihre Untergebenen noch arbeiteten. Das war mir peinlich.« Er schaute verlegen zu Boden.

Leo lachte. »Also wirklich. Das kann nur der Kollege von Malchow gewesen sein. Unser Verhältnis ist, nun ja, etwas unterkühlt. Machen Sie sich seinetwegen keine Gedanken, er sät gern Zwietracht.«

Die seltsame Bemerkung über seinen Namen verschwieg Sonnenschein.

Walther und Berns hielten vor dem Haus in der Bremer Straße.

»Der Neue ist ein heller Kopf«, sagte Berns, als sie ausstiegen.

Walther nickte unwillig. Natürlich war es lächerlich, etwas wie Eifersucht zu empfinden, doch störte ihn der Gedanke, dass Leo mit Sonnenschein zu dem buddhistischen Arzt fuhr, während er selbst die Familie befragen musste, die bei Leo um die Ecke wohnte. Es gab nichts, aber auch gar nichts, was er Sonnenschein hätte vorwerfen können, und doch spürte er jedes Mal einen leisen Stich, wenn sich der Neue mit etwas hervortat. Selbst das war nicht der richtige Ausdruck, da er in allem so bescheiden blieb. Er drängte sich nicht in den Vordergrund und verrichtete seine Arbeit im Stillen, dafür aber umso besser. Er bot keine Angriffsfläche für Spott und keinen Grund zur Kritik. Gestern war er länger geblieben als sie alle, ohne es vorher anzukündigen und nachher um Lob zu betteln. Und doch war etwas an ihm, das Walther auf die Nerven ging. War es seine mangelnde Offenheit? Er war Jude, das verriet der Name. Nun, da war er nicht der Einzige in der Burg. Walther schämte sich ein wenig für sein Misstrauen.

Er schüttelte den Kopf, wie um die lästigen Gedanken zu vertreiben, und ging mit Berns zur Haustür.

Sie studierten die Namen auf dem Stummen Portier. Da stand es: Müller, 3. Stock. Wie bei den meisten Mietshäusern war das Vorderhaus komfortabler als Hinterhaus und Seitenflügel, wenngleich eine hochherrschaftliche Beletage in dieser Gegend nirgendwo zu finden war. Das Treppenhaus war schlicht, aber sauber, und es roch nach Bohnerwachs statt nach Kohl und feuchter Wäsche.

Im dritten Stock öffnete ihnen eine einfach gekleidete Frau die Tür. »Ja, bitte?«

Robert Walther stellte sich und den Kollegen vor, worauf die Frau ihn erschrocken ansah. Dann blickte sie sich unsicher um. »Mein Mann ist nicht zu Hause.«

»Keine Sorge«, sagte Walther beschwichtigend. »Sie haben sich nichts zuschulden kommen lassen. Wir möchten Sie nur wegen der Krankenhausbehandlung Ihrer Tochter befragen.«

»Ach so. Kommen Sie rein«, sagte die Frau und führte die Beamten in die Stube. Die Möbel sahen aus wie Erbstücke, schwer und dunkel, aber von guter Qualität. Sie bot ihnen einen Platz auf dem Sofa an, blieb selbst aber stehen.

»Sie können sich gern setzen, Frau Müller«, sagte Berns und holte sein Notizbuch heraus.

»Gut.« Sie sah von einem zum anderen. »Es ist aber schon eine Weile her, dass die Franzi im Krankenhaus war. Zum Glück ist sie wieder ganz gesund.«

»Familie Willumeit hat einem Kollegen erzählt, dass Ihre Tochter im Luisenkrankenhaus war. Ist das richtig?«

Frau Müller nickte traurig. »Haben Sie das mit dem Hans gehört? Es ist so schlimm, ein Kind zu verlieren. Da fühlt man einfach mit, auch wenn das eigene gesund ist.«

»Ja, das ist sehr traurig. Erzählen Sie uns bitte, weshalb Ihre Tochter ins Krankenhaus musste.«

»Sie hatte Mumps. Zuerst habe ich sie hier zu Hause gepflegt, aber dann wurde es schlimmer. Hirnhautentzündung, hat der Arzt gesagt. Sie musste also ins Krankenhaus. Dort haben sie gut für die Franzi gesorgt, nach einer Woche ging es ihr besser. Auf einem Ohr hört sie seitdem nicht mehr so richtig, aber sonst ist sie ganz wie früher.«

Walther nickte freundlich. »Die Willumeits erwähnten etwas von wunden Stellen am Rücken, unter denen sie nach der Entlassung aus dem Krankenhaus gelitten habe.«

Frau Müller nickte. »Ja, das war komisch. Ich habe gedacht, sie hätte sich wundgelegen, Sie wissen schon, wenn man schwitzt und viel liegen muss ... Aber die Franzi hat erzählt, man hätte ihr etwas auf den Rücken gepinselt, und danach hätte es angefangen.«

»Haben Sie es einem Arzt gezeigt?«

»Ja, unserem Hausarzt. Er hat es sich lange angesehen und gemeint, es könnte ein Pilz sein.«

»Und was ist dann geschehen?«

»Sie wurde dagegen behandelt. Es hat furchtbar gejuckt, das war am schlimmsten. Nachts konnte die Kleine kaum schlafen.«

Walther hob die Hand. »Was genau hat der Arzt gesagt?«

»Na, dass sie sich vielleicht bei einem anderen Kind angesteckt hätte«, erwiderte die Mutter. »Das kann ja vorkommen. Er hat gemeint, mit dem Aufpinseln hätte das nichts zu tun gehabt, das wäre gegen das Wundliegen gewesen.«

»Könnten Sie uns bitte die Namen der Ärzte und Schwestern im Krankenhaus nennen, an die Sie sich erinnern?«

Frau Müller biss sich auf die Lippen. »Bekommen die jetzt Schwierigkeiten? Sie haben doch meine Kleine gerettet.«

»Nein. Sie bekommen sicher keine Schwierigkeiten. Der Fall, in dem wir ermitteln, hat nur am Rande mit dieser Geschichte zu tun.«

Die Frau zählte einige Namen auf, die Berns notierte. Dann klappte er das Notizbuch zu, und sie erhoben sich.

»Vielen Dank, Sie haben uns sehr geholfen.«

Im Flur trafen sie auf ein Mädchen von etwa sechs Jahren. »Das ist meine Franzi«, sagte Frau Müller. Sie knöpfte rasch das Kleid des Mädchens auf und zeigte ihnen den Rücken. »Sehen Sie, nur diese hellen Flecken sind geblieben. Sie ist ganz gesund.«

Die beiden Beamten sahen einander wortlos an. Dann verabschiedeten sie sich und verließen die Wohnung.

Der Stadtteil Frohnau im Norden Berlins war noch keine fünfzehn Jahre alt. Zwei Architekten hatten ihn als Gartenstadt geplant, und im Frühling und Sommer besaß das Viertel mit seinem üppigen Grün gewiss einen besonderen Reiz. Jetzt im November wirkten die kahlen Bäume, Hecken und Sträucher aber genauso unansehnlich wie die übrige Stadt.

Am Telefon hatte Dr. Dahlke ihnen nur erzählt, er beaufsichtige die Arbeiten auf seinem Grundstück am Kaiserpark, wo er unter anderem einen buddhistischen Tempel zu errichten gedenke.

Leo war gespannt, da er so gut wie nichts über Buddhismus wusste.

»Kennen Sie sich damit aus, Herr Kommissar? Mit dieser Religion, meine ich«, fragte Sonnenschein.

Leo schüttelte den Kopf. »Überhaupt nicht. Ich bin aber auch kein sehr religiöser Mensch. Ich könnte nicht behaupten, dass ich im Christentum genau Bescheid wüsste.«

Sonnenschein schwieg eine Weile, bevor er sagte: »Ich stelle ihn mir jedenfalls ganz anders vor als unseren Glauben.« Er ließ offen, ob er nur sich selbst oder auch Leo einschloss. »Ich habe mal gehört, sie hätten keinen Gott.«

Leo sah ihn fragend an. »Keinen Gott?«

»Nein. Vielleicht haben wir ja Gelegenheit, den Doktor danach zu fragen.«

Leo bezweifelte, dass ihnen genügend Zeit für eine Diskussion über die Unterschiede zwischen den einzelnen Religionen bleiben würde. Dr. Dahlke musste allerdings sehr daran gelegen sein, den Buddhismus zu verbreiten, wenn er in Berlin einen Tempel errichtete.

»Wir sollten unser Anliegen darüber nicht aus den Augen verlieren«, sagte Leo, klang aber weniger streng als seine Worte.

»Natürlich, Herr Kommissar.«

Sie hielten vor dem weitläufigen Grundstück. Arbeiter liefen geschäftig umher, Steine und anderes Baumaterial waren aufgestapelt, unter einer Plane war eine steinerne Buddha-Statue zu erkennen. Ein älterer Herr mit Hut und Spitzbart kam ihnen mit einem Regenschirm entgegen.

»Dahlke.« Er reichte ihnen die Hand und deutete auf das Grundstück hinter sich. »Und hier entsteht unser Haus.«

Leo stellte sich und Sonnenschein vor. Der Arzt führte sie durch ein improvisiertes Eingangstor und klappte den Schirm ein, als er bemerkte, dass der Regen aufgehört hatte.

»Hier wird eine lange Treppe entstehen, die zum Hauptgebäude dort oben führt.« Er deutete auf eine Baustelle, wo weitläufige Mauern aus der Erde wuchsen. »Außerdem planen wir einen Tempel, eine Meditationsklause und weitere Gebäude. Wir möchten europäischen Buddhisten eine Heimstätte geben. Die Reisen nach Asien sind mit großen Strapazen verbunden, die man nicht jedem Schüler zumuten kann, vor allem nicht im Alter.«

Leo und Sonnenschein sahen sich interessiert um.

Als sie unter einem Baum mit ausladender Krone standen, unter dem man im Sommer sicher herrlich sitzen konnte, schaute Dahlke sie aufmerksam an. »Meine Herren, so gern ich Ihnen mehr über mein Vorhaben erzählen würde – Sie sind gewiss nicht deswegen gekommen. Am Telefon haben Sie nur gesagt, es ginge um eine Bekannte?«

Die Nachricht von Henriette Strauss' Tod und dem Mordverdacht schockierte ihn sichtlich. »Aber wie …?«

»Ich kann Ihnen leider keine nähere Auskunft geben.«

»Ich kann es nicht glauben. Sie ist – sie war ein Mensch, der immer nach dem Guten gesucht hat, in sich und in anderen. In allem, was sie tat, war sie bestrebt, dem Edlen Achtfachen Pfad zu folgen.«

Er bemerkte den fragenden Blick der beiden Kriminalbeamten. »Verzeihung, Sie sind nicht mit unseren Grundsätzen vertraut. Der Edle Achtfache Pfad bezeichnet die wichtigsten Elemente unserer Lehre: die rechte Sicht, das rechte Denken, die rechte Sprache, das rechte Handeln, die rechte Lebensweise, die rechte Hingabe, die rechte Achtsamkeit und die rechte Versenkung. Aber ich möchte nicht ablenken.«

Leo hätte gern mehr darüber erfahren, fragte aber nur: »Woher kannten Sie die Verstorbene?«

Dahlke lächelte wehmütig. »Es klingt seltsam, wenn Sie so von ihr sprechen. Wir haben uns hier in Berlin kennengelernt. Ich hielt einen Vortrag über den ceylonesischen Buddhismus, und Henriette kam danach zu mir und stellte kluge Fragen. Gesehen haben wir uns selten, aber häufig korrespondiert.« Er ließ seinen Blick über das Grundstück schweifen und seufzte. »Ich hatte gehofft, sie bei der Eröffnung hier begrüßen zu können.«

»Was wissen Sie über ihre persönlichen Verhältnisse? Gab es Menschen, mit denen sie Schwierigkeiten hatte oder die ihr feindlich gesinnt waren? Privat oder beruflich?«

Der Arzt lächelte milde. »Über solche Dinge haben wir uns nicht ausgetauscht. Meist ging es um geistige Fragen.«

Leo zog den Brief, den Sonnenschein in Henriettes Unterlagen gefunden hatte, aus der Manteltasche, strich ihn glatt und reichte ihn Dahlke. »Und das hier?«

Er las ihn. »Ach so, das hatte ich ganz vergessen. Ja, das klingt geheimnisvoll, in der Tat.«

»Worum ging es in Henriettes Brief?«, fragte Leo eindringlich. »Haben Sie ihn aufbewahrt?«

»Leider nicht.« Er warf einen Blick auf das Blatt in seiner Hand. »Wie Sie sehen, konnte ich ihr keinen Rat geben, da sie nur Andeutungen machte. Von einer Schuld, die sie auf sich geladen habe, von einer Entscheidung, die sie nun zu treffen habe, von Menschen, die dadurch verletzt werden könnten.«

»Und sie erwähnte nicht, um wen oder was es dabei ging?«

Dahlke schüttelte den Kopf. »Nein. Sie wollte weder Namen nennen noch ihre Verbindung zu den fraglichen Personen näher erklären. Ihre Frage lautete in etwa so: Wenn ein Mensch eine Entscheidung getroffen und damit Schuld auf sich geladen habe, die er zwar wiedergutmachen könne, damit aber wiederum anderen Leid zufügen werde, wie solle derjenige handeln? Sie sehen, es war alles sehr vage. Ich habe versucht, es aus meinem Empfinden als Buddhist zu erklären. Anders als im Christentum denken wir nicht in Kategorien wie Schuld und Sünde. Der Buddhismus hält mehr von Herzensgüte.«

Leo nickte und deutete auf den letzten Absatz.

Und vergessen Sie nicht – bisweilen kann die Unwahrheit gnädiger sein als die Wahrheit, die Güte kostbarer als Aufrichtigkeit um jeden Preis.

Der Arzt nickte. »Damit wollte ich ihr, ohne die Hintergründe zu kennen, einfach sagen, dass eine Lüge, die schon lange besteht, den Menschen möglicherweise weniger schadet als das plötzliche Aufdecken der Wahrheit. Aber das ist ein solcher Allgemeinplatz, dass ich mich beinahe dafür schäme. Außerdem ist die Wahrheit ein hohes Gut, das man nicht leichtfertig aufgeben sollte.« Er zuckte mit den Schultern. »Was hätte ich ihr sonst schreiben sollen?«

Sonnenschein räusperte sich, worauf Leo ihm auffordernd zunickte.

»Herr Dr. Dahlke, der Neffe der Verstorbenen hat ausgesagt, dass sie unmittelbar vor ihrem Tod etwas geäußert habe, das wie ›Paternoster‹ klang. Können Sie sich vorstellen, dass sie in dieser ausweglosen Lage gebetet hat?«

Dahlke sah ihn überrascht an und schien seine Antwort gründlich zu erwägen. »Das kann ich mir nicht vorstellen. Henriette war eine zutiefst moralische Frau, aber keinesfalls gläubig, jedenfalls nicht im christlichen Sinn. Dass sie das Vaterunser gebetet haben soll, halte ich für äußerst unwahrscheinlich.«

»Wir danken Ihnen, Herr Dr. Dahlke«, sagte Leo. »Sollte Ihnen noch etwas einfallen, das zur Aufklärung des Falles beitragen kann, melden Sie sich bitte bei mir.« Er reichte dem Arzt seine Visitenkarte.

»Ich werde Henriette in meine Gedanken einschließen«, sagte der Arzt mit belegter Stimme. »Ich hoffe, sie war mit sich im Reinen, als sie starb.«

Als sich Leo und Sonnenschein zum Gehen wandten, rief er ihnen nach: »Ich würde mich freuen, Sie bei der Einweihung unseres Tempels begrüßen zu dürfen!«

13

»Das kann doch nicht wahr sein!«, rief Leo und klappte die Mappe ungehalten zu. »Wir warten dringend auf den Bericht, und dann zählt der Professor erst einmal auf, welche Gifte es *nicht* sein können.«

Sie hatten große Hoffnung in Heffters Bericht gesetzt, der nun zwar überraschend schnell eingetroffen war, ihnen aber keine eindeutigen Hinweise lieferte.

Natürlich gebe es Atemgifte, die die Lunge schädigten, schrieb Heffter, darunter Kohlenmonoxid, Blausäure und verschiedene Alkohole. Die bei der Sektion festgestellten Tatbestände passten jedoch nicht zur Wirkungsweise dieser Substanzen.

Außerdem sei zu bedenken, dass nur die Tote selbst Schaden genommen habe, bei den Personen, die sich während ihrer Erkrankung in der Wohnung aufgehalten hätten, jedoch keine Beschwerden aufgetreten seien. Dies weise entweder auf ein sehr flüchtiges Gift oder aber eine Substanz hin, die direkt inhaliert werden müsse.

»Heffter schreibt aber auch, dass sein Bericht nur vorläufig ist«, gab Robert Walther zu bedenken. »Immerhin hat er mehrere Studenten an die Recherchen gesetzt.«

»Du hast recht. Aber es stört mich, dass wir immer noch im Trüben fischen. Wenn wir die Methode kennen, erfahren wir vermutlich etwas über den Täter. Doch wenn nicht einmal Fachleute wissen, um welches Gift es sich handeln könnte ... Wir sollten nicht einfach abwarten, bis er mehr für uns hat. Sonnenschein, Sie fahren noch einmal ins Krankenhaus und sprechen mit Gertrud Pollack, der Krankenschwester. Deuten Sie ruhig an, dass wir von möglichen Versuchen an Menschen wissen. Ich erkundige mich auf der Kinderstation nach der früheren Patientin Franziska Müller, und dann gehen wir zu Liesegang, dem Direktor. Robert, du setzt dich bitte mit Familie Lehnhardt in Verbindung und zeigst ihnen den Brief an Dr. Dahlke. Vielleicht haben sie eine Ahnung, unter welchem Gewissenskonflikt Henriette Strauss gelitten hat.«

Zu Walthers Überraschung war Rosa Lehnhardt an diesem Tag nicht nur sehr gefasst, sondern geradezu lebhaft. Er hatte von Leo gehört, dass sie bei der ersten Befragung völlig erstarrt gewirkt hatte, doch nun trat sie ihm sehr energisch gegenüber.

»Herr Kommissar, ich wüsste gern, wann ich meine Schwester endlich in Würde bestatten kann«, sagte sie und schaute ihn herausfordernd an, nachdem sie ihm einen Platz im elegant eingerichteten Salon angeboten hatte. »Es ist schlimm genug, was die Ärzte … ihr angetan haben.«

Eine sonderbare Formulierung, dachte Walther bei sich. »Frau Lehnhardt, am schlimmsten dürfte wohl sein, was der Mörder ihr angetan hat.« Die Bemerkung konnte er sich nicht verkneifen.

Sie schaute etwas pikiert, fing sich aber. »Nun gut, natürlich. Ich habe mich unglücklich ausgedrückt. Dennoch möchte ich Sie bitten, ihren Leichnam so bald wie möglich freizugeben.«

»Selbstverständlich. Nur ist es so, dass immer noch nicht ermittelt werden konnte, welche Substanz es war, die zum Tod Ihrer Schwester geführt hat. Es scheint sich um ein seltenes Gift zu handeln, das selbst für Experten auf diesem Gebiet nicht sofort erkennbar ist.«

»Erstaunlich.« Sie schüttelte den Kopf. »Ich kann einfach nicht verstehen, wer ihr so etwas antun würde.«

»Wir versuchen, genau das herauszufinden, Frau Lehnhardt, und sind dabei auf Ihre Mithilfe angewiesen.« Er holte zwei Briefumschläge aus der Tasche. Der erste enthielt das kurze Schreiben, das sie in der Wohnung der Toten gefunden hatten. Es wies Fingerabdrücke der Toten und einer weiteren unidentifizierten Person auf. Walther legte ihr das Blatt hin.

»Können Sie sich vorstellen, von wem das stammt?«

Sie überflog die Zeilen und sah ihn ausdruckslos an.

»Haben Sie das bei Jette gefunden?«

»Ja. Wir dachten an einen Liebhaber. Leider ist das Schreiben nicht datiert.«

»Ich habe wirklich keine Ahnung, von wem das stammen könnte. Vor einigen Jahren war Jette kurz mit einem Arzt aus ihrem Krankenhaus liiert, aber ich glaube nicht, dass sie einen Brief von ihm aufgehoben hätte.«

»Er lag in einem Buch, das wir auf dem Sofa fanden. Daher dachten wir, er könnte aus jüngerer Zeit stammen«, erklärte Walther.

»Meines Wissens hat sie danach keine Beziehung mehr zu einem Mann gehabt«, sagte Frau Lehnhardt. »Natürlich hat sie mir nicht alles erzählt, aber ich halte es für unwahrscheinlich.«

»Ich danke Ihnen. Dann wäre da noch etwas.« Er öffnete den zweiten Umschlag, reichte ihr Dr. Dahlkes Brief und erklärte die Hintergründe.

Er meinte, einen flüchtigen Ausdruck in ihren Augen zu lesen – Überraschung, Furcht, etwas anderes? –, doch er verschwand, bevor Walther ihn einordnen konnte.

»Sie hat sich zwei Wochen vor ihrem Tod an ihn gewandt?«

»Ja. Ich frage mich, ob die beiden Briefe in irgendeiner Verbindung zueinander stehen.«

»Sie meinen, ob das Problem, von dem sie diesem Dr. Dahlke geschrieben hat, etwas mit dem Verfasser des anderen Briefes zu tun hat?«

Walther nickte. »Ist Ihr Sohn zu Hause? Ich würde ihm die Briefe auch gern zeigen.«

»Adrian kommt gleich von der Probe.«

Wie aufs Stichwort hörte man die Haustür schlagen, und der junge Mann trat noch im Mantel ins Zimmer. Er küsste seine Mutter auf die Wange und gab Walther die Hand.

»Der Herr möchte dir etwas von Jette zeigen.«

Adrian Lehnhardt las den Brief Dahlkes rasch durch und schüttelte den Kopf. »Das sagt mir leider nichts.«

Walther reichte ihm das andere Schreiben. Der junge Mann verneinte auch diesmal und gab ihm mit einem bedauernden Blick das Blatt zurück. Doch dabei zitterten seine Hände. Walther registrierte es mit Interesse.

Gertrud Pollack war eine kräftige Frau mittleren Alters, deren Auftreten von vielen Jahren Erfahrung in ihrem Beruf zeugte. Sie sprach gerade in freundlichem, aber energischem Ton mit einer Patientin, die sich partout nicht an die verordnete Bettruhe halten wollte.

»Dann muss ich einen Arzt rufen, Frau Eder. Das schaffen wir doch auch so, oder?«

Die Patientin gab nach und ging schleppenden Schrittes in ihr Zimmer zurück. Schwester Gertrud drehte sich um und sah Sonnenschein fragend an. »Ja, bitte? Die Besuchszeit ist morgen wieder von elf bis zwölf.«

Sonnenschein zeigte seinen Dienstausweis vor. »Wenn Sie ein paar Minuten Zeit hätten – es geht noch einmal um Frau Dr. Strauss.«

Er sah, wie ihre geröteten Wangen merklich blasser wurden. »Muss das sein?«

»Ja, es muss«, erwiderte er entschieden.

Sie schaute den Flur hinauf und hinunter und sagte zögernd: »Gut, ich gebe im Schwesternzimmer Bescheid.«

Sie verschwand hinter einer Tür. Sonnenschein blickte sich

um und bemerkte eine junge Frau am Ende des Flurs, die sich an der Wand abstützte. Sie war hochschwanger und hielt eine Hand an den Bauch gepresst. Nach den jüngsten Erfahrungen fragte er sich unwillkürlich, ob es ein gewolltes Kind war oder die junge Frau vergeblich irgendwo Hilfe gesucht hatte.

»Gehen wir auf den Hof«, sagte Schwester Gertrud, die wie aus dem Nichts wieder neben ihm aufgetaucht war.

Schweigend verließen sie die Frauenstation und traten auf den Hof hinaus. Es dämmerte schon, auf dem Pflaster lag nasses, braunes Laub, und der Regen tropfte von den Bäumen. Nicht der Ort, den er für ein Gespräch gewählt hätte, aber es schien, als wollte die Krankenschwester keinesfalls innerhalb des Gebäudes mit ihm sprechen.

»Was wollen Sie denn noch wissen?«, fragte sie mit abgewandtem Blick.

Sonnenschein holte sein Notizbuch heraus. »Meine Kollegen haben den Eindruck gewonnen, dass Sie uns vielleicht noch etwas über die Tote erzählen könnten.«

Sie schaute ihn scharf an. »Wie kommen die darauf? Glauben Sie, ich würde etwas verschweigen?«

»Wenn ein Mensch getötet wird, verhält man sich oft anders als sonst, das ist ganz normal«, sagte er behutsam. »Sie kommen in Ihrem Beruf ständig mit dem Tod in Berührung. Ein Mord ist aber etwas völlig anderes«, fuhr er fort und behielt sie genau im Blick.

Die Frau schluckte krampfhaft. »Gerade deshalb will ich niemanden in Schwierigkeiten bringen.«

Er zog den Mantel enger um sich. Allmählich wurde es wirklich ungemütlich hier draußen. »Das sollen Sie auch nicht. Wenn Sie aber wissen, mit wem Frau Dr. Strauss Auseinandersetzungen hatte oder wer ihr nicht wohlgesinnt war, müssen Sie es uns sagen.«

»Es hat nichts mit Feindschaft zu tun«, sagte die Krankenschwester leise. »Sie hatte etwas gegen die Versuche.«

Sonnenscheins Herz schlug schneller. »Versuche?«

»Ja. Ärzte müssen forschen, um die Wissenschaft voranzubringen«, sagte sie, doch es klang nicht ganz überzeugend. »Das wird in vielen Krankenhäusern so gehandhabt. Aber Frau Dr. Strauss wollte nicht mitmachen. Sie hat gesagt, sie sei dazu da, um die Patienten gesund zu machen, nicht um sie als Versuchstiere zu missbrauchen.«

»Das hat sie wörtlich gesagt?« Er kritzelte fieberhaft mit.

»Ja, das habe ich mir gemerkt. Sie hat es zu Dr. Stratow gesagt, als ich auf dem Flur stand. Ich habe nicht gelauscht«, sagte sie rasch. »Frau Dr. Strauss sprach laut genug, und die Tür war offen.«

»Was hat man denn mit den Patientinnen gemacht?«

Gertrud Pollack schaute sich um, als fürchte sie, auch hier draußen beobachtet zu werden. »Es wurden Medikamente ausprobiert. Manche waren gefährlich, weil sie Wehen auslösen können. Sonst weiß ich nichts Genaues. Es bestand wohl keine Lebensgefahr, aber die Behandlung war unangenehm und manchmal auch bedenklich für die ungeborenen Kinder.«

»Gibt es derartige Vorgänge auch auf anderen Stationen?«, fragte Sonnenschein.

Sie nickte und sagte hastig: »Es ist nicht ungesetzlich. Ich bin nur vorsichtig, weil es nicht gern gesehen wird, wenn Außenstehende davon erfahren. Die Ärzte wollen in Ruhe arbeiten. Es gibt Leute, die gegen wissenschaftliche Versuche hetzen und die Ärzte öffentlich anklagen. Wenn meine Vorgesetzten erfahren, dass ich Ihnen davon erzählt habe ...«

Sie verstummte. Sonnenschein hatte verstanden. Wer in diesen Zeiten Arbeit hatte, wollte sie auch behalten.

»Hat Frau Dr. Strauss jemals versucht, die Versuche zu unterbinden?«

»Nein. Sie wusste ja, dass sie nicht verboten waren. Aber sie hat sich geweigert, dabei mitzumachen.«

»Könnte es sein, dass einer der Ärzte Frau Dr. Strauss dennoch als Gefahr betrachtet hat?«

Sie schüttelte entschieden den Kopf. »Nein, das kann ich nicht glauben.«

»Sie halten es für ausgeschlossen, dass man sie deswegen zum Schweigen bringen wollte?«

»Ja. Dass man sie eingeschüchtert oder ihr mit Entlassung gedroht hat, wäre vielleicht denkbar. Doch dann hätte sie längst nicht mehr hier gearbeitet, so etwas hätte sie sich nicht gefallen lassen. Aber sie zu töten – nein, niemals.«

Sonnenschein stellte eine letzte Frage. »Soweit ich weiß, dürfen derartige Versuche nicht einfach ins Blaue hinein durchgeführt werden. Es muss immer auch um die Heilung und Linderung von Beschwerden gehen. Ist das richtig?«

Sie hob die Schultern. »So gut kenne ich mich nicht aus. Aber das hört sich vernünftig an.«

»Sollte man nicht davon ausgehen, dass die Patienten vorher gefragt werden, ob sie an einem solchen Versuch teilnehmen wollen?«, hakte er weiter nach.

»Sicher.« Gertrud Pollack schien sich zunehmend unwohl zu fühlen, schaute immer wieder über die Schulter und trat von einem Fuß auf den anderen.

»Wenn man nun eine Behandlungsmethode an einem Kind ausprobierte, müsste man vorher die Eltern fragen. Stimmen Sie mir zu?«

Sie hob abwehrend die Hand. »Ich muss jetzt gehen, man wird mich auf der Station vermissen. Mit Kindern habe ich nichts zu tun.«

Sonnenschein sah ihr nach. Das reichte ihm als Antwort.

Sonnenschein hatte sich mit Leo vor dem Gebäude verabredet, in dem sich das Büro des Direktors befand. Er setzte seinen Chef kurz über das Gespräch mit Schwester Gertrud in Kenntnis.

Leo runzelte die Stirn. »Das gefällt mir nicht. Ich war auf der Kinderstation. Man sagte mir, das Kind habe sich die Pilzinfektion im Krankenhaus zugezogen und daher behandelt werden müssen. Es sei ein Irrtum, dass der Pilz erst durch das Bepinseln des Rückens entstanden sei. Die Eltern würden sich in medizinischen Fragen nicht auskennen.«

»Letzteres stimmt, aber das alles klingt doch merkwürdig.«

»Da haben Sie recht«, knurrte Leo. »Natürlich wissen wir nicht, ob das alles auch nur das Geringste mit unserem Fall zu tun hat, aber wir versuchen es noch beim Direktor. Kommen Sie, wir sind angemeldet.«

Professor Liesegang empfing sie in seinem behaglichen, holzgetäfelten Büro, in dem der duftende Rauch eines edlen Pfeifentabaks hing. »Meine Herren, ich kann Ihnen gar nicht sagen, wie sehr ich den Tod von Frau Dr. Strauss bedaure«, erklärte Liesegang. »Dass sie auf eine solche Weise zu Tode gekommen sein soll, mag ich kaum glauben. Wie kann ich Ihnen helfen?«

Leo fasste zusammen, was er über die Versuche an Patienten und die Haltung der Ärztin dazu wusste.

Liesegang stopfte sich eine neue Pfeife und zündete sie umständlich an. »Gewiss handelt es sich bei dem Fall Franziska Müller um einen bedauerlichen Irrtum. In meinem Krankenhaus wird niemand ohne sein Einverständnis oder das der Fürsorgeberechtigten einer experimentellen Behandlung unterzogen.«

»Was geschieht, wenn Ärzte sich an solchen Versuchen nicht beteiligen wollen?«

»Das bleibt ihnen selbst überlassen. Hier wird niemand gezwungen, forschend tätig zu werden.«

»Ist es richtig, Herr Professor, dass keine Versuche durchgeführt werden dürfen, die nicht zuallererst der Heilung der Patienten dienen?«

Liesegang paffte eine Rauchwolke an die Decke und sah

die Kriminalbeamten etwas gelangweilt an. »Bitte verstehen Sie, ich leite diese Klinik und muss sie in ihrer Gesamtheit betrachten. Detailfragen zur Arbeit der einzelnen Abteilungen klären Sie besser mit meinen Ärzten. Wenn es um Fragen der wissenschaftlichen Arbeit geht, möchte ich Sie an Dr. Stratow verweisen.«

Also begaben sie sich erneut auf die Frauenstation. Leo hatte das Gefühl, man schickte sie hin und her, weil niemand die Verantwortung übernehmen oder etwas Falsches sagen wollte.

Stratow schützte auch diesmal Eile vor, und Leo kam ohne Umschweife auf die Versuche zu sprechen.

»Ja, so etwas wird in unserer Klinik durchgeführt«, erklärte der Arzt. »Aber es kommt den Patienten stets zugute, da wir sie behandeln und gleichzeitig neue Heilmethoden erforschen. Frau Dr. Strauss vertrat eine abweichende Meinung, was ihr gutes Recht war. Doch selbst wenn sie sich an die Öffentlichkeit gewandt hätte, hätte dies keine Gefahr für uns dargestellt. Es wäre sicherlich unangenehm, aber nicht schwerwiegend und ganz gewiss nicht juristisch relevant gewesen.«

»Und es hat nie Schwierigkeiten mit Patienten gegeben, an denen Versuche unternommen worden waren?«

Stratow schüttelte den Kopf. »Nein, jedenfalls nicht auf meiner Station. Wir halten uns streng an die Vorschriften, wie Professor Liesegang Ihnen sicher bestätigt hat.« Der blonde Arzt schaute die Kriminalbeamten gelassen an. »Beantwortet das Ihre Fragen?«

»Nicht alle«, sagte Leo rasch. »Wie war Ihre persönliche Beziehung zu der Toten?«

»Nun… wie soll ich es ausdrücken…? Wir hatten vor einigen Jahren ein Verhältnis miteinander. Prinzipientreue und Liebe vertragen sich allerdings nicht gut. Henriette war eine Frau, die Beruf und Privates nicht trennen konnte. Wären wir zusammengeblieben, hätten uns Fragen wie die nach der moralischen Vertretbarkeit medizinischer Versuche bis in die vertrautesten Stunden verfolgt. Ich habe keine Zukunft für uns gesehen, obwohl Henriette mir sehr lieb geworden war. Danach haben wir einfach nur als Kollegen gut zusammengearbeitet.«

Widerwillig ließ ihn Leo gehen.

In den Jahren, die Tante Jette auf Reisen verbrachte, schrieb sie mir dann und wann Postkarten mit exotischen Bildern oder Briefe, denen sie gepresste Blumen, kleine Perlen oder bunte Schnüre und andere Andenken aus exotischen Ländern beigefügt hatte. Sie rückte in die Ferne, so sehr ich mich auch über diese Sendungen freute, und wurde mir als Mensch fremd.

Ich war ein ernster Junge, der viel Zeit mit seiner Geige verbrachte, mehr als meinen Eltern lieb war. Mein Vater brauchte lange, um sich mit dem Gedanken anzufreunden, dass sein einziger Sohn – sein einziges Kind – später nicht die Firma übernehmen würde. Es gab damals so manches bittere Wort zwischen uns. Mutter hingegen stärkte mir immer den Rücken, auch wenn sie ungern zwischen mir und Vater stand.

Als Tante Jette heimkehrte, war ich dreizehn. Ihren Blick, als sie zum ersten Mal in unser Haus kam und mich als Heranwachsenden sah, werde ich nie vergessen. Ungläubigkeit, dann ein verwundertes Staunen, dann ein Lächeln, das mir das Herz wärmte. Das Gefühl der Fremdheit war sofort verschwunden, und wir umarmten uns, wobei ich feststellte, dass ich fast so groß geworden war wie sie.

Ich spielte Bachs Air auf der G-Saite, und sie lauschte hingerissen, als wäre sie allein mit mir im Zimmer. »Du musst Musiker werden«, verkündete sie danach. »Ich

will später auf Konzertplakate zeigen und sagen: ›Das
ist mein Neffe, ein großer Künstler.‹«

Einmal besuchte sie mich beim Unterricht, setzte sich
still in eine Ecke und hörte zu, wie ich wieder und wie-
der dieselbe Passage spielte. Es war mir unangenehm,
dass mein Lehrer mich das Stück so oft wiederholen
ließ, doch Tante Jette fand das gar nicht schlimm. »Man-
che Dinge lernt man intuitiv, andere nur durch Fleiß.
Talent ohne Fleiß ist nichts wert.«

Seltsam, aber seitdem sie das gesagt hatte, fiel mir das
Üben gar nicht mehr schwer. Ich werde niemals auf-
hören, bei meinen Konzerten im Publikum nach ihr zu
suchen.

Adrian legte den Stift beiseite und schaute unzufrieden auf
das, was er soeben geschrieben hatte. Obwohl alles der Wahrheit entsprach, kam es ihm nicht aufrichtig vor. Es spiegelte
seine Gefühle nicht wider. Als ihm der Polizist vorhin den
Brief gezeigt hatte, war es wie ein Schlag gewesen. Er hatte
nicht damit gerechnet, diese Zeilen noch einmal zu lesen,
hatte sie über dem Entsetzen der letzten Tage fast vergessen.
Doch Tante Jette hatte sie aufgehoben, also hatten sie ihr
etwas bedeutet. Adrian vergrub das Gesicht in den Händen
und weinte.

Als Leo an diesem Abend um die Ecke in die Emdener Straße
bog, wartete Clara vor der Haustür auf ihn. Sie hatte den
Mantelkragen hochgeschlagen, ihre Nase war rot vor Kälte.

Er blieb abrupt stehen. »Was machst du denn hier draußen?«

»Auf dich warten.«

»Das sehe ich. Warum hier unten?«

»Mir war nicht nach Plaudern zumute.«

Er schaute die Straße entlang. »Kommst du nicht mit rauf?«

»Nicht heute.«

»Lass uns ein Stück gehen.«

Er hakte sie unter, und sie gingen schweigend los. Leo überlegte, ob er anfangen sollte, aber nein, diesmal war Clara an der Reihe. Er spürte ihre Unsicherheit. Was wollte sie ihm sagen? Seine Kehle zog sich zusammen. Auf einmal hatte er furchtbare Angst, sie zu verlieren.

Jeder Schritt hallte auf dem Pflaster, es waren kaum noch Leute unterwegs. Bei diesem Wetter wollten alle ins Warme. Hinter den erleuchteten Fenstern wurde gekocht, geliebt, gestritten, was Menschen nach Feierabend eben so taten.

»Es tut mir leid«, sagte sie schließlich. »Nein, mehr als das, ich wollte dich nicht verletzen. Niemals. Aber das habe ich getan. Sag nichts, ich weiß, dass es so ist.«

Er nickte.

»Ich kann nur versuchen, es zu erklären.«

Er zog sie in den hellen Lichtkegel einer Straßenlaterne, legte die Hände um ihr Gesicht und sah ihr in die Augen. »Das hast du schon getan. Ich kenne deine Angst. Nehmen kann ich sie dir nicht, *du* musst sie überwinden. Wenn du das nicht kannst…«

Seine Worte verklangen.

Clara schloss die Augen, als müsste sie Kraft sammeln. »Ich vertraue dir. Lass mich nur sein, wie ich bin. Lass mich tun, was mir wichtig ist. Dann werde ich immer bei dir bleiben.«

»Du wirst die Bücherei behalten, egal wie. Ich lasse nicht zu, dass du sie aufgeben musst.«

Sie neigte ganz langsam den Kopf nach vorn, bis ihre Stirn seine Brust berührte.

14

»Du meinst also, der junge Lehnhardt hätte sich auffällig verhalten?«

»Seine Hand hat richtig gezittert. Ich bin mir sicher, dass er den Schrieb zuvor schon einmal gesehen hatte«, erklärte Robert Walther entschieden. »Aber er hat es abgestritten.«

Leo schaute nachdenklich aus dem Fenster in den grauen Morgen. Für ihn war er nicht ganz so grau, nachdem er sich mit Clara ausgesprochen hatte, doch für solche Überlegungen war jetzt keine Zeit. Sie mussten endlich mit den Ermittlungen weiterkommen.

»Was könnte das bedeuten? Entweder: Er weiß von einem Liebhaber der Toten, will aber aus irgendeinem Grund nicht darüber sprechen. Oder: Der Brief stammt von ihm selbst. Dann gibt es mehrere Möglichkeiten – die Sache hatte sich geklärt und ist ihm jetzt unangenehm, oder aber Dr. Strauss ist gestorben, während die beiden im Streit lagen, und er fürchtet, man könne ihn verdächtigen.«

Walther schüttelte den Kopf. »Leo, das passt alles nicht zusammen. Er ist ihr Neffe. Wozu dann dieses Theater? Er kann ihr doch Briefe schreiben, so viel er will. Oder glaubst du, er war in seine eigene Tante verliebt?«

»Das nun nicht gerade.« Leo drehte einen Bleistift zwischen den Fingern. »Trotzdem, wir haben uns zu wenig um die Familie gekümmert. Die Geschichte mit den medizinischen Versuchen hat bislang nichts erbracht, ebenso wenig die Ermittlung in der Beratungsstelle. Natürlich müssen wir das weiterverfolgen, aber du weißt, wie viele Verbrechen im engen und weiteren Familienkreis geschehen.«

»Gut«, sagte Walther. »Ein bisschen merkwürdig fand ich übrigens Frau Lehnhardts Auftreten. Du hast erzählt, sie sei bei eurem ersten Besuch völlig zusammengebrochen.«

»Ja, man musste sie aus dem Zimmer führen.«

»Davon hat sie sich bemerkenswert gut erholt. Sie trug Trauer, wirkte ernst, aber sehr entschieden und selbstsicher. Natürlich geht jeder anders mit seiner Trauer um ...«

»Bleiben wir noch einen Moment bei dem Brief. Angenommen, der junge Lehnhardt selbst hat die Zeilen an seine Tante geschrieben. Dann kommt die Polizei ins Haus und legt sie ihm vor. Er leugnet, den Brief zu kennen, verrät sich aber durch seine Nervosität. Wir gehen davon aus, dass er seine Verfasserschaft vor uns verbergen will. Was aber, wenn es ihm gar nicht um uns, sondern um seine Mutter geht?«

»Du meinst, er wollte nicht, dass sie erfährt, von wem der Brief stammt?«

»Das wäre doch denkbar.«

»Aber wieso? Es gab keine Feindschaft zwischen den Schwestern, das hat jedenfalls niemand erwähnt.«

»Überleg mal, wie unterschiedlich die beiden waren. Eine Ärztin, weit gereist, unabhängig, erfolgreich im Beruf – und auf der anderen Seite ...«

»... eine wohlhabende Ehefrau mit gehobener gesellschaftlicher Stellung, Freundeskreis, Ehemann und einem Sohn, der ein vielversprechender Musiker ist«, ergänzte Walther. »Leo, da sehe ich kein Motiv.«

Sonnenschein kam herein und stellte seine Aktentasche ab. »Verzeihung, Herr Kommissar, ich bin aufgehalten worden. Eine Schlägerei vor einem Lebensmittelgeschäft, die Schupos hatten die Straße abgesperrt.«

Leo schaute den jungen Kollegen an. »Sonnenschein, wir haben gerade überlegt, ob das Motiv für den Mord doch innerhalb der Familie zu finden sein könnte. Was halten Sie davon?«

»Ich gebe zu, die Ermittlungen im Krankenhaus haben bisher nicht viel erbracht. Darauf hatte ich anfangs gesetzt«, erklärte Sonnenschein. »Dennoch bin ich nach wie vor der Ansicht, dass der Täter – oder die Täterin – über ein spezielles Wissen verfügen muss. Bei einem so seltenen Gift sind gewisse Kenntnisse in Medizin, Chemie oder Botanik wohl unverzichtbar.«

»Dann müssen wir alle Personen, mit denen wir bisher gesprochen haben, noch einmal daraufhin überprüfen.«

Es klopfte, und Berns trat mit einem Umschlag in der Hand ein, den er Leo mit zufriedener Miene auf den Tisch legte. »Die Ergebnisse der kriminaltechnischen Untersuchung.«

»Alles nur Parfum«, erklärte Leo, als er die Unterlagen überflogen hatte. Sie hatten sämtliche Parfumflaschen aus der Wohnung der Toten untersuchen lassen. Dann wanderte sein Blick ein Stück tiefer: »Und bei der Messingflasche, die wir aus dem Schlafzimmer mitgenommen haben, handelt es sich um einen Rosenwassersprenger. Das lässt sich an den getrockneten Spuren chemisch nachweisen.«

»Rosenwasser?«

»Ja, das erklärt den Geruch in der Wohnung. Der ist uns doch schon beim ersten Mal aufgefallen.«

»Aber sie hatte die Flasche offenbar schon lange nicht mehr benutzt.«

»Ich werde die Angehörigen bei Gelegenheit danach fragen.« Leo machte sich eine Notiz.

Es klopfte, und Fräulein Meinelt steckte den Kopf zur Tür herein. »Von Professor Heffter.« Sie reichte ihnen einen Umschlag, den Leo rasch entgegennahm.

»Danke, Fräulein Meinelt, vielleicht haben Sie gerade meinen Tag heller gemacht.«

»Gern geschehen.«

Die Kollegen sahen gespannt zu, als Leo den Umschlag öffnete. Alle waren sich der heiklen Lage bewusst. Wenn sie nicht bald etwas vorzuweisen hatten, würde die Familie möglicherweise Schwierigkeiten machen.

»Es gibt anscheinend extrem wenige Substanzen, die genau diese Symptome hervorrufen«, erklärte Leo nach einem Blick auf den Bericht. »Welche Stoffe ausgeschlossen werden können, wissen wir bereits – Kohlenmonoxid, Blausäure, Alkohole. Sie alle kommen nicht in Frage. Der Professor schreibt: ›Da wenig Zeit für eingehendere Nachforschungen bleibt, möchte ich auf die Gruppe der Toxalbumine hinweisen. Dabei handelt es sich um Proteine, die in Pflanzen vorkommen und teilweise als hochgradig giftig einzustufen sind. Sie wurden erstmals 1890 von den Wissenschaftlern Brieger und Fraenkel beschrieben.‹« Leo übersprang einige Zeilen. »›Derartige Substanzen, deren Einnahme die unterschiedlichsten körperlichen Auswirkungen haben kann, kommen unter anderem in den folgenden Pflanzen vor: der Purgiernuss, dem Wunderbaum und der Paternostererbse.‹«

Beim letzten Wort ging ein Raunen durchs Zimmer.

Nathan Sonenszajn machte sich Sorgen. Er stand in seiner Fleischerei, die Schürze umgebunden, die Theke sorgfältig sauber gewischt. Im Laden war es voll, wie immer am Freitagmorgen, wenn die Frauen für den abendlichen Schabbateingang einkauften. Der Schochet hatte das Fleisch frisch angeliefert, Sonenszajns Frau Mava hatte es ansprechend in der Auslage angeordnet. Eigentlich hätte er sich über den großen Kundenzulauf freuen können, doch an diesem Morgen war ihm nicht ganz wohl. Ihm gingen die Männer nicht aus dem Sinn, die er auf dem Weg von seiner Wohnung hierher bemerkt hatte.

Es waren vier oder fünf gewesen, auffallend gut gekleidet, und sie hatten Passanten angesprochen – allerdings nur jene, die nicht jüdisch aussahen. Wer einen schwarzen Mantel oder einen langen Bart oder gar Schläfenlocken trug, wurde nicht beachtet. Die Männer verteilten Flugblätter an die Leute, die sie angesprochen hatten.

Nun war es für Sonenszajn nach den Erfahrungen seines Lebens eher angenehm, von den *Gojim* ignoriert zu werden. Doch diese Männer mit den Flugblättern behagten ihm nicht. Wenn sie für irgendwelche Waren werben wollten, konnten sie das überall tun. Aber es sah nicht danach aus, als hätten sie etwas zu verkaufen. Und wenn sie mit Juden keine Geschäfte machen wollten, war nicht einzusehen, weshalb sie sich ausgerechnet dieses Viertel ausgesucht hatten. Außer natürlich, sie hatten es auf die Juden abgesehen.

Wenngleich das Leben oft schwer gewesen war, hatte er Berlin doch stets als Hafen empfunden, als Ort, an dem man ihn vielleicht nicht mit offenen Armen empfangen, an dem er aber eine Familie gegründet und sich eine kleine Existenz aufgebaut hatte. Das war schon viel. Sehnsucht nach Lodz überkam ihn äußerst selten, und sie erlosch, sowie er sich an die Verfolgungen erinnerte, die er dort hatte erdulden müssen. Hier im Scheunenviertel hatte er ein Stück Heimat gefunden, in dem er ohne die Bedrohungen der Vergangenheit leben konnte.

Erst als ihn seine Kundin seltsam anschaute und ihren Wunsch wiederholte, merkte Nathan, dass er eben in Gedanken seinen Laden verlassen hatte. Er entschuldigte sich und verdrängte die Erinnerung an die Männer in den gut geschnittenen Anzügen.

Wenn Kuba heute Abend zum Essen kam, würde er ihm von ihnen erzählen. Vielleicht wusste der Junge, was dahintersteckte.

Die vier Kriminalbeamten sahen einander wie elektrisiert an. »Kein Gebet, wie Lehnhardt schon sagte.« Leos Worte hallten im Raum wider.

»Von dieser Erbse habe ich noch nie gehört«, bemerkte Berns.

»Ich auch nicht«, sagte Sonnenschein. »Der Professor kann uns sicher mehr darüber sagen. Oder ein Botaniker von der Universität.«

»Vielleicht war es Zufall«, meinte Walther. »Meint ihr wirklich, sie hat im Sterben erkannt, dass sie vergiftet worden war, und es ihrem Neffen auf diese Weise mitgeteilt?«

Leo hob die Schultern. »Es ist bisher der einzige brauchbare Hinweis. Damit hätten wir endlich unser Gift.«

»Schon, aber warum hat sie es nicht offen gesagt? Sie konnte nicht damit rechnen, dass Lehnhardt die Verbindung herstellen würde – was er im Übrigen auch nicht getan hat. Er war ratlos, was das ›Paternoster‹ anging.«

»Das ist richtig, aber die Frau lag, wie du schon sagtest, im Sterben. Sie fieberte, befand sich womöglich im Delirium. Da kannst du keine klaren Aussagen erwarten.«

Walther nickte. »Auch wieder wahr.«

»Ich rede mit Heffter«, sagte Leo. »Einer von euch sucht mir einen Botaniker.«

Sonnenschein hob die Hand. »Ich könnte in den Botanischen Garten fahren. Dort kann uns sicher jemand weiterhelfen.«

»Gut. Robert, du fährst mit«, sagte Leo und griff zum Telefon. »Sonnenschein, heute ist Freitag. Sie können danach Feierabend machen.«

»Ich war mal im Sommer hier«, erklärte Sonnenschein, als sie in der Königin-Luise-Straße in Dahlem aus dem Wagen stiegen. Es hatte aufgehört zu regnen, doch das trübe Novemberwetter lud nicht zu einem Spaziergang durch den Garten ein. »Es gibt wirklich wunderbare Pflanzen hier, aus allen Teilen der Welt. Es ist, als reiste man in ferne Länder.«

»Ich habe einen Schrebergarten.« Walther hatte das Gefühl, dass ihm nichts anderes übrigblieb, als sich auf ein Gespräch mit Sonnenschein einzulassen. »Nicht so exotisch, aber ich mag Pflanzen. Ist ganz erholsam nach der Arbeit.«

Sonnenschein nickte eifrig. »Einen Garten habe ich leider nicht, aber das kommt noch. Entweder möchte ich eine Wohnung mit Garten haben oder einen Schrebergarten, so wie Sie.«

Walther sah ihn von der Seite an. Er beschloss, sich mehr Mühe zu geben mit Sonnenschein. Der Mann hatte ihm nichts getan. Er war freundlich und fleißig, zwei Eigenschaften, die Walther schätzte, drängte sich nicht auf und spielte sich nicht in den Vordergrund.

»Ein Garten ist prima, gerade in diesen Zeiten«, erwiderte Walther gutmütig und nickte dem Kollegen zu. »Gehen wir.«

Der prachtvolle rote Ziegelbau mit den auffälligen Giebeln beherbergte unter anderem das Botanische Museum, in dem die Kriminalbeamten einen Fachmann zu finden hofften. Sie ließen sich vom Portier den Weg erklären und begaben sich in den Flügel, der den vielfältigen Sammlungen vorbehalten war. Am Eingang kam ihnen eine junge Dame in weißem Kittel entgegen.

»Kann ich Ihnen helfen?«

Walther wies sich aus und erkundigte sich nach einem Fachmann. Sie wies auf eine hohe Doppeltür. »Dort drinnen ist Dr. Schindler bei der Arbeit. Er kann Ihnen sicher weiterhelfen.«

Dr. Schindler erwies sich trotz seines schütteren Haars als recht jung. Er blickte über seine goldgerahmte Brille, als sie den Raum betraten, und legte die Pinzette beiseite. »Ja, bitte?«

Walther stellte sich und Sonnenschein vor. »Wir sind dienstlich hier, da wir Auskunft zu einer giftigen Pflanze benötigen.«

Schindler sah sie mit hochgezogenen Augenbrauen an. »Das ist mal eine ganz neue Erfahrung für mich. Bitte kommen Sie mit.« Schindler führte sie in einen kleinen Raum, in dem ein Tisch und drei Stühle standen. »Bitte.«

Als sie sich gesetzt hatten, schaute er Robert Walther und Sonnenschein erwartungsvoll an. »Also, womit kann ich Ihnen dienen?«

»Mit Informationen zur Paternostererbse.«

»Ah.« Ein Strahlen ging über Schindlers Gesicht. »Da haben Sie sich ein besonders interessantes Exemplar ausgesucht. Und ein besonders giftiges, wenn ich das hinzufügen darf.«

»Was können Sie uns darüber sagen?«

»Der wissenschaftliche Name lautet *Abrus precatorius*, ein Strauch, der in Indien, aber auch in anderen tropischen Ländern heimisch ist. Er gehört zur Ordnung der *Fabales*, der Schmetterlingsblütenartigen und der Familie der Hülsenfrüchtler. Die Pflanze ist mehrjährig und wird bis zu zehn Meter hoch –« Er hielt inne, als Walther die Hand hob, und lächelte schief. »Verstehe. Die Kategorisierung nach Linné ist für Sie nur von untergeordneter Bedeutung. Also gut, was möchten Sie wissen?«

»Wir sind vor allem an dem Gift der Pflanze interessiert – worin ist es enthalten, wie sieht es mit der Verfügbarkeit hier in Deutschland aus, muss es aufbereitet werden, oder kann man Teile der Pflanze einfach so verabreichen?«

»Das sind viele Fragen auf einmal«, sagte Schindler. »Gut, von Anfang an. Die Paternostererbse gehört zu den giftigsten Pflanzen der Welt. Ihr Gift ist dem des Wunderbaums verwandt, aus dem auch das Ihnen sicherlich bekannte Rizinusöl gewonnen wird, ist aber etwa fünfundsiebzig Mal giftiger.«

Sonnenschein stenographierte mit. »Das ist enorm.«

»In der Tat. Alle Teile der Pflanze sind giftig – Wurzel,

Blätter, Blüten, Samen, am meisten jedoch die Samen. Das hindert die Inder jedoch nicht daran, sie als Heilmittel zu verwenden, was bei richtiger Vorgehensweise auch möglich ist. Allerdings rate ich dringend davon ab. Man verwendet die Pflanze übrigens auch als Aphrodisiakum.«

»Wächst sie in Deutschland?«

»Das ist mir nicht bekannt, vielleicht in irgendeinem Botanischen Garten. Leider muss ich Sie enttäuschen, wir besitzen kein Exemplar davon. Aber ich kann Ihnen Abbildungen zeigen, wenn Sie sich einen Augenblick gedulden.«

Die Kriminalbeamten nickten, worauf der junge Botaniker verschwand.

»Der kennt sich aus«, sagte Sonnenschein anerkennend.

Schindler kam zurück und legte ein schweres, in grünes Leinen gebundenes Buch auf den Tisch, in dem ein Lesezeichen steckte. Er schlug es auf und deutete auf die farbige Abbildung.

Sie zeigte einen Zweig mit gefiederten Blättern, die an eine Mimose erinnerten, und hübschen rosa Blüten. Darunter sah man einen kleineren Zweig mit braunen Kapseln, aus denen rote Samen hervorschauten. Sie waren daneben vergrößert abgebildet.

»Die sehen aber schön aus«, bemerkte Sonnenschein und deutete auf die leuchtend roten, an einem Ende schwarz gefärbten Körner.

»Und ob. In manchen Ländern fertigt man Rosenkränze oder Gebetsketten aus den Samen. Daher stammt auch der deutsche Name ›Paternostererbse‹.«

»Sie meinen, es gibt Leute, die aus diesen giftigen Samen Schmuck herstellen?«

»Und welche, die ihn tragen«, erwiderte Schindler. »Es sollen schon Menschen bei der Herstellung gestorben sein, weil sie sich mit ihrem Werkzeug in den Finger gestochen haben. Das kommt aber selten vor. Sie können die Samenkörner theoretisch sogar schlucken, ohne dass Ihnen etwas passiert.«

»Ist das Ihr Ernst?«, fragte Walther und warf einen misstrauischen Blick auf das Bild.

»Gewiss. Aber sobald Sie die Samen *zerkauen* und schlucken ...« Er sprach den Satz nicht zu Ende.

»Wer in Deutschland hat Zugang zu solchen Pflanzen?«, erkundigte sich Sonnenschein.

»Kaum jemand, würde ich meinen. Sollte jemand dieses Gift eingesetzt haben, und ich schließe aus Ihrem Besuch, dass dies der Fall ist, hat derjenige gewiss nur die Samen verwendet, da sie am giftigsten sind. Möglicherweise hat er sie von einer Reise mitgebracht oder über einen Handel für exotische Pflanzen bezogen.«

»Sie erwähnten eben, man müsse die Körner kauen«, sagte Walther forschend.

»Ja, erst dann entfalten sie ihre volle Wirkung.«

»Gibt es auch eine Möglichkeit, Bestandteile der Pflanze einzuatmen?«

Der Botaniker schaute ihn verwundert an. »Also, wenn ich jemanden mit der Paternostererbse töten wollte, würde ich sie oral verabreichen, der Geschmack ist angeblich ziemlich neutral. Aber« – er zögerte – »das ist eine schwierige Frage. Ich möchte Sie bitten, sich damit an einen Mediziner zu wenden. Da will ich lieber nichts Falsches sagen.«

»Vielen Dank, Herr Dr. Schindler, Sie haben uns sehr geholfen.« Die Beamten erhoben sich. »Bei weiteren Fragen würden wir gern auf Sie zurückkommen.«

»Jederzeit.« Schindler fiel noch etwas ein. »Ich habe mal eine Geschichte aus Indien gehört. Wenn ein Bauer einem anderen schaden will, kommt es vor, dass er geschälte Samenkörner der Paternostererbse spitz zufeilt und dem Vieh des Rivalen in den Körper sticht. Die Tiere verenden daran. Auch das könnte ein Weg sein, das Gift in den Körper zu befördern.«

Während er sie zur Tür brachte, sagte Schindler: »Nachdem ich über diese hübschen Samenkörner so viel Böses erzählt habe, hier noch eine interessante Tatsache: In Indien verwendet man sie auch als Edelsteingewicht. Fast jedes Samenkorn wiegt ziemlich genau eins Komma fünfundsiebzig Gramm. Sogar das Gewicht des berühmten Koh-i-noor-Diamanten wurde ursprünglich mit den Samen der Paternostererbse ermittelt. Wenn Sie also bei der nächsten Einladung einmal mit Ihrem Wissen glänzen wollen ...«

Als er den Flur im Pharmakologischen Institut entlangging, warf Leo einen Blick aus dem Fenster. Hoffentlich war Sonnenschein mittlerweile zu Hause, es war später Nachmittag, der Schabbat hatte bereits begonnen.

Professor Heffter empfing ihn schwungvoll. »Jetzt kommt der Chef höchstselbst. Sehr erfreut.«

Leo setzte sich. »Sie haben uns auf eine Spur gebracht, daher wollte ich Sie gern persönlich sprechen.«

»Eine Spur?«

»Die Purgiernuss, der Wunderbaum und die Paternostererbse.«

»Ach ja, die Toxalbumine«, sagte Heffter lächelnd. »Sehr interessant.«

»Wir vermuten, dass das Gift der Paternostererbse verwendet wurde. Henriette Strauss äußerte, kurz bevor sie starb, das Wort ›Paternoster‹. Da ein Gebet wahrscheinlich auszuschließen ist, ließ Ihr Bericht uns aufhorchen.«

»Sehr ungewöhnlich, dass sie es gemerkt haben soll.«

»Sie war Ärztin und hatte Asien bereist.«

»Trotzdem.«

Leo überlegte. »Vielleicht ist es ihr erst bewusst geworden, als sie merkte, dass sie im Sterben lag.«

»Oder sie hat phantasiert«, gab der Professor zu bedenken.

»In einem solchen Zustand wäre das durchaus denkbar.«

Leo nickte. »Angenommen, man hätte sie mit der Paternostererbse vergiftet. Wäre es möglich, das Gift durch Einatmen aufzunehmen, und würde es die beschriebenen Symptome hervorrufen?«

»Vermutlich schon. Aber …« Heffter zögerte. »Ich frage mich, warum man zu einer so ausgefallenen Methode greifen sollte. Andererseits – der Kriminalist sind Sie.«

»Weil es nicht wie ein Mord aussehen sollte«, erklärte Leo sofort. »Wenn jemand mit Schaum vor dem Mund zu Boden stürzt und sich in Krämpfen windet, liegt der Verdacht einer Vergiftung nahe. Sieht es nach einer ganz gewöhnlichen Krankheit aus, besteht für den Täter die Aussicht, damit durchzukommen.«

»Aber es setzt einen Täter voraus, der entsprechende Fachkenntnisse besitzt.«

Der Mann lässt nicht locker, dachte Leo, der für solche Diskussionen durchaus etwas übrig hatte. Nur so gelangte man zu Ergebnissen.

»Ein Punkt für Sie. Also noch einmal von vorn: Was können Sie mir über dieses Gift sagen? Ich hatte nie zuvor davon gehört.«

»Kein Wunder. Die Pflanze ist unter den verschiedensten Namen bekannt: *Abrus precatorius*, Paternostererbse, Kranzerbse oder auch Krabbenaugenwein, da es sich um eine Kletterpflanze handelt. Ein anderer Name, der sich in Europa verbreitet hat, lautet Jequirity.«

»Auch das habe ich noch nie gehört«, bekannte Leo.

»Weil Sie kein Augenarzt sind.« Heffter lächelte. »Vor ziemlich genau vierzig Jahren führte der Pariser Augenarzt Louis de Wecker das Abrin – so nennt sich das Gift der Pflanze – unter dem Namen Jequirity in die Augenheilkunde ein. Wie Sie wissen, gibt es Gifte, darunter Digitalis oder Belladonna, die in geringen Dosen durchaus medizinische Wirkung besitzen.«

»Ja, das ist mir bekannt. Und man wendet dieses Gift am Auge an?«

»Die Methode gilt heute als veraltet, wurde damals aber eingesetzt, um sozusagen den Teufel mit dem Beelzebub auszutreiben. Mit anderen Worten, man erzeugte mit Hilfe des Giftes eine Entzündung am Auge, um andere Erkrankungen zu kurieren. Es hat tatsächlich funktioniert.«

»Das dürfte für die Patienten wenig angenehm gewesen sein.«

»In der Tat. Daher greift man heute auch zu anderen Behandlungsmethoden, doch Jequirity war damals sehr verbreitet.«

»Wie wurde es verabreicht?«

»Man stellte einen Auszug her, indem man geschälte Samenkörner in Wasser einweichte und die Flüssigkeit danach filtrierte. Sie wurde dann tropfenweise ins Auge gegeben.«

Leo schauderte. »Und wie sieht es mit dem Einatmen aus?«

Heffter wiegte den Kopf. »Mir ist keine Anwendung bekannt, bei der man Bestandteile der Pflanze einatmet oder zum Inhalieren verwendet. Außerdem handelt es sich bei dem Gift um ein Eiweiß, das beim Erhitzen zerstört wird. Ich bin etwas im Zweifel, ob Sie wirklich so viel auf die Worte der Verstorbenen geben sollten.«

Leo war selbst im Zweifel. Er hatte bitter wenig in der Hand, um daraus den Tathergang zu konstruieren. Doch das Wenige, das er hatte, wollte er nicht so schnell aufgeben. »Eine Vergiftung über die Atemwege ist nicht grundsätzlich ausgeschlossen?«

Heffter sah ihn prüfend an. »Es gibt da etwas… aber es erscheint mir…«

Leo blickte hoch. »Was meinen Sie?«

»Nun, es gibt meines Wissens keine medizinischen An-

wendungen, bei denen man Bestandteile der Paternostererbse zum Inhalieren verwendet. Das heißt aber nicht, dass
man die Substanz nicht zu anderen Zwecken so verabreichen
könnte.«

Leo sah ihn verständnislos an. »Wenn Sie mir das genauer
erklären könnten ...«

»Dazu muss ich etwas ausholen. Es gibt eine Pflanze, deren
Gift dem der Paternostererbse verwandt, wenn auch etwas
schwächer in der Wirkung ist. Es gehört, wie in meinem
Bericht erwähnt, ebenfalls zu den Toxalbuminen. Ich spreche
vom Wunderbaum. Kennen Sie Rizinusöl?«

»Natürlich.«

»Es wird seit Jahrhunderten, wenn nicht Jahrtausenden,
aus den Samen des Wunderbaums gewonnen. Stellen Sie sich
vor, Sie pressen die Samen aus. Das so erhaltene Öl kann für
diverse, auch medizinische Zwecke verwendet werden und
ist ungiftig. Die Samenschalen aber, die beim Pressen zurück-
bleiben, sind hochgefährlich. Aus ihnen kann das Gift Rizin
gewonnen werden, das sich beispielsweise in Wasser lösen
oder in Pulverform lagern lässt.« Er schien zu merken, dass
Leo angesichts dieses Diskurses ungeduldig wurde. »Nun,
Sie wissen, dass im letzten Krieg Giftgas eingesetzt wurde,
eine sogenannte chemische Waffe. Allerdings wird auch daran geforscht, Waffen auf biologischer Grundlage herzustel-
len. Angeblich hat das amerikanische Militär während des
Krieges sogar versucht, Waffen mit Rizin zu bestücken. Die
Presse hat darüber berichtet.«

»Ich verstehe nicht ganz, worauf Sie hinauswollen.«

»Wie gesagt, die beiden Gifte sind verwandt. Diesen For-
schungen zufolge sollte das Gift eingeatmet werden, in Pulverform oder flüssig, als feiner Sprühnebel. Sie sollten also
Rizin und die Kriegswaffenforschung bei Ihren Ermittlungen
vielleicht nicht außer Acht lassen. Grundsätzlich aber gilt:
Was mit Rizin möglich ist, sollte auch mit Abrin, dem Gift

der Paternostererbse, das zudem noch deutlich stärker wirkt, durchzuführen sein. Wenn die Samen gemahlen oder zu Pulver zerrieben werden, können sie in Wasser aufgelöst werden, das ist nicht weiter schwierig. Falls ein Mensch diese Lösung in irgendeiner praktikablen Form einatmet, wäre eine Vergiftung der Atemwege denkbar.«

Leo hielt unwillkürlich den Atem an. Das waren viele Informationen auf einmal. Aber passten sie zu seinem Fall?

»Wer käme für eine solche Tat in Frage?«

Der Professor zuckte mit den Schultern. »Wie gesagt: Eigentlich sind Sie hier der Kriminalist.«

»Sicher, aber Sie könnten eventuell erklären, auf welchen Personenkreis dies hindeuten würde.«

»Nun, sagen wir so: Besondere Fähigkeiten sind dazu nicht unbedingt erforderlich. Wenn man weiß, wie es geht, kann jeder halbwegs geschickte Mensch unter den nötigen Sicherheitsvorkehrungen eine solche Lösung herstellen. Allerdings beantwortet das nicht die Frage, wie das Gift in den Körper gelangt ist. Es dürfte relativ schwierig sein, jemanden zu zwingen, die Flüssigkeit einzuatmen.«

Leo wusste selbst, dass dies die entscheidende Frage war, auf die er bisher nicht einmal den Ansatz einer Antwort hatte. Dann kam ihm eine Idee. »Sie sprachen von einem feinen Sprühnebel. Wäre es auch denkbar, dass man die Flüssigkeit mit einer Sprengflasche wie zum Wäschebügeln verteilt hat?«

»Sie meinen eine Flasche, aus der ganze Tropfen herausfliegen, wenn man sie schüttelt?«

»Genau. Der Täter könnte das Gift in einer Flüssigkeit aufgelöst und mit Hilfe der Flasche verteilt haben.«

Heffter schüttelte den Kopf. »Da muss ich Sie leider enttäuschen. Die so entstehenden Partikel wären viel zu groß, um in die Atemwege zu gelangen. Die austretenden Tropfen würde das Opfer höchstens verschlucken. Um die fraglichen

Symptome zu erzielen, müsste der Sprühnebel jedoch eingeatmet werden, und das werden Sie mit einem Sprenger nicht erreichen.«

Wieder löste sich eine Spur auf, noch bevor sie richtig Gestalt angenommen hatte. Dennoch gab sich Leo nicht so schnell geschlagen. »Wie lange dauert es, bis sich nach dem Einatmen die Vergiftungssymptome zeigen?« Ein wichtiger Punkt, den er beinahe vergessen hätte.

Heffter überlegte. »Die Symptome dürften bei entsprechender Dosis recht schnell auftreten. Innerhalb weniger Stunden, würde ich sagen.«

»Gut, damit können wir den Zeitpunkt der Vergiftung eingrenzen.« Leo erhob sich. »Herr Professor, ich danke Ihnen, dass Sie sich so viel Zeit genommen haben. Es war höchst anregend.«

»Eine faszinierende Geschichte. Lassen Sie von sich hören, wenn der Fall aufgeklärt ist.«

»Das werde ich.«

Leo verabschiedete sich und verließ das Büro des Professors. Kriegswaffenforschung? Damit hatte seines Wissens niemand aus Henriette Strauss' Umfeld zu tun. Doch trotz aller alten und neuen Fragen, die das Gespräch aufgeworfen hatte, war er zuversichtlich. Sein Gefühl sagte ihm, dass die Paternostererbse sie letztlich zum Mörder von Henriette Strauss führen würde.

Dr. Rudolf Stratow war auf dem Weg zur Straßenbahn. Es war spät geworden in der Klinik, und er freute sich auf ein gutes Glas Wein und die Abendzeitung. Den Mantelkragen hatte er gegen die Kälte hochgeschlagen. Die Straßenlaternen spiegelten sich im nassen Pflaster, von hinten ertönte das Klingeln einer Straßenbahn. Er drehte sich um, um zu sehen, ob es seine Linie war.

Der Angriff traf ihn völlig unerwartet. Erst fühlte er nur

einen dumpfen Schlag, dann überfiel ihn ein reißender Schmerz, und er spürte, wie etwas Warmes an seinem Hals herunterlief. Die Gestalt vor ihm verschwamm. Er sah noch eine erhobene Hand, dann prallte etwas gegen ihn. Jemand rannte davon. Er klammerte sich an rauen Stoff, einen Mantel vielleicht, krallte sich förmlich daran fest. Schließlich wurden seine Hände schlaff. Er fiel auf die Knie, und alles wurde dunkel.

15

Adrian Lehnhardt lief in der Garderobe auf und ab. Heute war ein wichtiger Tag, die Generalprobe für die morgige Matinee stand an, doch er konnte sich nicht konzentrieren. Der Gedanke an die beiden Briefe, die der Polizist ihm gezeigt hatte, quälte ihn außerordentlich. Er wollte nicht mehr an die Kluft denken, die zwischen ihm und Tante Jette so kurz vor ihrem Tod entstanden war. Er konnte den Gedanken nicht ertragen, dass sie im Unfrieden mit ihm gestorben war. Eigentlich hatten sie sich kurz vor ihrem Tod wieder bestens verstanden. Adrian hatte damit gerechnet, dass sie den Brief vernichtet oder zumindest nicht so offen zurückgelassen hätte.

»Noch drei Minuten«, rief jemand vor der Tür.

Er griff nach Instrument und Bogen, doch sie fühlten sich an wie Fremdkörper, wie lebloses Holz, dem er keinen Ton entlocken würde.

Ruhelos trat er ans Fenster und schaute auf die belebte Straße. Es wäre sein erstes Konzert nach Tante Jettes Tod. Nie wieder würde sie ihm vorher dreimal über die Schulter spucken, nie wieder im Publikum sitzen und ihm das Gefühl vermitteln, dass er nur für sie spielte. Er biss sich auf die Lippen. Konzentration, nur das zählte jetzt. Tante Jette würde nicht wollen, dass er morgen versagte, dass er sich von dem ablenken ließ, was ihm am meisten bedeutete.

Warum hatte er nicht gesagt, dass die Zeilen von ihm stammten? Seine Mutter hatte daneben gestanden. Etwas hatte ihn daran gehindert, in ihrer Gegenwart einzugestehen, dass er seiner Tante auf diese Weise geschrieben hatte. Es kam ihm plötzlich zu intim vor, zu … er fand keine Worte dafür. Er wollte diese Vertrautheit für sich bewahren, sie nicht den Fragen der Polizisten preisgeben.

Hoffentlich hatte sie seine Schrift nicht erkannt. Allerdings war er so aufgewühlt gewesen, als er die Zeilen geschrieben hatte, dass sie ihm nun selbst fremd erschienen waren.

Dass Tante Jette ermordet, aus ihrem so reichen, erfüllten Leben gerissen worden war, hatte ihn völlig aus dem Gleichgewicht gebracht. Was fest gewesen war, schwankte; was klar und deutlich vor ihm gestanden hatte, verschwamm im Nebel. Seine Augen brannten, und er kniff sie zu, bis er sich wieder in der Gewalt hatte.

»Herr Lehnhardt, die Probe fängt an.«

Er klemmte den Bogen unter den Arm und schritt entschlossen zur Tür.

Es lief besser als erwartet. Adrian war ganz zufrieden mit sich, als er nach der Probe in die Garderobe zurückkehrte und seine Geige behutsam in den Kasten legte. Alle waren zuversichtlich, dass es ein gelungenes Konzert werden würde. Beim Spiel hatte er die gewohnte Ruhe wiedererlangt.

Morgen würde er für Tante Jette spielen. Woran auch immer sie geglaubt haben mochte – wenn etwas Körperloses von ihr zurückgeblieben war, würde es in der Nähe sein und zuhören.

In dieser friedlichen Stimmung zog er den Mantel an und wollte gerade nach dem Geigenkasten greifen, als es klopfte.

»Ja, bitte?«

Die Tür ging auf, und er sah sich Kriminalassistent Berns gegenüber. Adrian wich einen Schritt zurück. »Was wollen Sie denn hier?« Er merkte, wie unhöflich das geklungen hatte. »Verzeihung, ich wollte gerade gehen. Was führt Sie her?«

Berns zog einen Notizblock hervor. »Ich muss Sie um eine Schriftprobe bitten.«

Adrian schaute ihn verständnislos an. »Wozu?«

»Wir müssen einige Dokumente abgleichen, Herr Lehnhardt. Wenn ich bitten dürfte ... Schreiben Sie einfach einige Sätze, der Inhalt ist völlig egal.« Er räusperte sich. »Ich möchte darauf hinweisen, dass unsere Graphologen erkennen, wenn jemand seine Schrift verstellt.«

Wie betäubt zog Adrian einen Füllfederhalter aus der Tasche und schrieb einige Zeilen aus einem Schubert-Lied nieder, die ihm gerade in den Sinn kamen. »Reicht das?«

»Vielen Dank.« Berns wartete, bis die Tinte getrocknet war, und steckte den Notizblock ein.

»Wollen Sie mir nicht sagen, worum es geht? Habe ich mich verdächtig gemacht?«

Berns' Blick war undurchdringlich. »Solange ein Fall nicht aufgeklärt ist, gilt jeder als verdächtig. Sie nicht weniger als jeder andere.« Er verabschiedete sich und verließ die Garderobe.

Adrians gute Stimmung war verflogen. Der Brief hatte ihn eingeholt.

Berns und Walther beugten sich über die Schriftprobe.

»Für mein Laienauge sehen die recht ähnlich aus«, meinte Berns. »Nur war er hier erregter.« Er deutete auf den Brief aus der Wohnung der Toten.

»Wo bleibt Hermann?«, fragte Leo ungeduldig. Er hatte den Schriftexperten gerade noch auf dem Weg in den Feierabend erwischt. Es hatte dem Kollegen gar nicht gefallen, dass er am Sonnabend noch ein Gutachten erstellen sollte, doch Leo hatte darauf bestanden.

Ein dicklicher Mann mit Hornbrille polterte herein, ohne anzuklopfen. »Wo ist der Schrieb?«

Berns und Walther sahen sich an, während Leo ihm ungerührt den Notizblock und den Brief an Henriette Strauss reichte. »Bitte schön. Ich brauche einen Vergleich, und zwar schnell.« Er deutete auf einen Stuhl. »Sie können das gleich hier erledigen, umso eher haben Sie Feierabend.«

Leo setzte sich hinter seinen Schreibtisch und verschränkte die Arme. Eigentlich dauerte ein solches Gutachten länger, doch wollte er sofort eine erste Einschätzung haben. Falls Hermann die Schriften für identisch hielt, konnten sie den jungen Lehnhardt darauf festnageln und später immer noch ein ausführliches Gutachten einholen.

Hermann holte ein Etui mit einer Lupe hervor, legte die Dokumente nebeneinander und rückte in mikroskopischen Schritten von einem Buchstaben zum nächsten. Sein Kopf wanderte kaum merklich hin und her, wenn er die Auf- und Abschwünge verglich.

Dann legte Hermann die Lupe beiseite. »Auf der Grundlage einer ersten Betrachtung würde ich, natürlich ohne Gewähr, sagen, dass beide Dokumente von derselben Person stammen. Das eine wurde vermutlich in einem Zustand innerer Erregung verfasst, aber die wichtigen Charakteristika sind gleich.« Er zeigte einige typische Stellen in beiden Dokumenten. »Allem Anschein nach handelt es sich um eine Männerhandschrift. Sie stammt von einer Person, die geistig arbeitet und handschriftliche Routine besitzt.«

Leo atmete durch und sah die Kollegen an. »Ich danke Ihnen, Hermann. Sie haben was bei mir gut.«

Der Mann stand auf und brummte etwas vor sich hin, das wie »Warum nicht gleich so« klang.

»Wären Sie mir sonst so freundlich entgegengekommen?«, meinte Leo grinsend.

Hermann zog knurrend von dannen.

Leo holte sein Notizbuch heraus. »Heffter hat mir gesagt, dass die Symptome innerhalb weniger Stunden nach dem Einatmen des Giftes aufgetreten sein müssen. Robert, seit wann ist Dr. Strauss nicht mehr zur Arbeit erschienen?«

»Sie ist am Donnerstag während des Dienstes nach Hause gegangen, weil sie sich nicht wohl fühlte. Das war gegen drei Uhr nachmittags. Dr. Stratow hat dies bestätigt. Weiterhin haben mehrere Krankenschwestern ausgesagt, dass sie schon bei Dienstantritt nicht gesund wirkte.«

»Sagen wir, die ersten Anzeichen wären am Morgen des 18. Oktober aufgetreten. Demnach hätte die Vergiftung am Vorabend oder während der Nacht stattgefunden.« Leo rieb sich das Kinn, auf dem schon wieder der erste Bartschatten lag. »Das grenzt die Möglichkeiten ein. Wir müssen herausfinden, wo sie sich am Abend des 17. Oktober aufgehalten und wie sie die Nacht verbracht hat. Das gilt übrigens auch für Adrian Lehnhardt und Dr. Stratow. Den rufe ich jetzt gleich mal an.«

Er suchte die Nummer des Luisenkrankenhauses heraus und ließ sich mit der Frauenstation verbinden.

»Kommissar Wechsler hier. Ich müsste dringend Dr. Stratow sprechen.« Eine kurze Pause entstand. »Was sagen Sie da?«

Walther blickte auf, als er Leos Tonfall bemerkte.

»Verstehe. Ja, ich gehe der Sache nach. Auf Wiederhören.« Leo hängte ein.

»Was ist los?«

»Gestern Abend wurde ein Mordanschlag auf Dr. Stratow verübt. Rate mal, wer die Ermittlungen übernommen hat.«

Clara sah auf die Uhr. Halb vier. Sie wollte gleich zu Leo nach Hause gehen, konnte sich aber nicht entscheiden, wie sie sich Ilse gegenüber verhalten sollte. Wusste Leo von Ilses Arbeit in der Bäckerei? Wohl nicht, sonst hätte er davon erzählt.

Clara schob einen schweren Karton mit aussortierten

Büchern in die Ecke, eine Spende für ein Kinderheim. Die Beusselstraße wirkte ungewöhnlich ruhig und dunkel, und die Leihbücherei kam ihr vor wie eine Insel des Lichts. Eigentlich mochte sie bei diesem unfreundlichen Wetter gar nicht hinausgehen. Sie wollte gerade ihren Mantel holen, als die Türglocke klingelte.

Sie drehte sich um und hielt abrupt inne.

»Guten Tag, Clara.« Ilse Wechsler stand an der Tür. »Darf ich hereinkommen?«

»Natürlich.« Leos Schwester war noch nie bei ihr im Laden gewesen. »Setz dich doch bitte.« Clara räumte einen Stuhl frei und schob ihn ihr hin.

»Ich habe dich vorgestern in der Bäckerei gesehen«, sagte Ilse. »Du bist wieder gegangen.«

»Ja. Ich war so überrascht.«

Ilse nickte. »Das kann ich gut verstehen. Es war ... Ich habe mich ganz plötzlich entschieden. Na ja, nachgedacht habe ich schon länger darüber, aber als ich hörte, dass Herr Kellermann jemanden braucht ...« Sie verstummte und sah zu Boden. »Es wird Zeit.«

»Wie meinst du das?« Clara ahnte, worum es ging, wollte es aber von Ilse selbst hören.

»Wenn ihr beiden ... Ich brauche Arbeit, damit ich für mich sorgen kann«, sagte Ilse schlicht. »Wenn ihr zusammenzieht, muss ich mir eine Wohnung suchen.«

»Noch ist es nicht so weit.«

»Aber es wird kommen. Sollte es jedenfalls. Oder ist etwas passiert?«, fragte Ilse.

»Nein.« Clara dachte an ihre Zweifel und die Versöhnung mit Leo. »Es ist nicht so einfach für mich. Ich – ich muss den Kindern eine Mutter werden. Solange ich euch nur besuche, ist das etwas anderes. Georg und Marie müssen sich an die Veränderungen gewöhnen, die das alles mit sich bringt.«

Im Raum herrschte angespannte Stille, Clara wagte kaum

zu atmen. Ilse schaute sie prüfend an. Es war ein scharfer Blick, den Clara noch nie an ihr bemerkt hatte. »Clara, ich bin kein Mensch, der viel redet. Und das hier sage ich nur einmal, also hör mir gut zu: Als Dorothea starb, hat es Leo fast umgebracht. Ich weiß nicht, ob er dir davon erzählt hat oder je davon erzählen wird, aber ich habe in den ersten Wochen wirklich um ihn gebangt. Er war wie von Sinnen.« Sie schluckte. »Wären die Kinder nicht gewesen, hätte er sich womöglich etwas angetan. Dorothea war erst achtundzwanzig. Sein ganzes Leben schien zu zerbrechen. Dann hat er sich wieder gefangen, vor allem wegen der Kinder. Sie haben ihm geholfen.«

»Und du«, sagte Clara tonlos.

Ilse zuckte mit den Schultern. »Kann sein. Aber die Kinder waren am wichtigsten. Er liebt sie. Und er wird nur eine Frau heiraten, die es gut mit ihnen meint. Das tust du, das habe ich gesehen.«

Clara wollte etwas sagen, doch Ilse hob die Hand. »Lass mich ausreden. Er liebt dich. Ihr gehört zusammen. Und ich werde mir etwas eigenes suchen.« Sie hielt inne. »Die Stelle in der Bäckerei ist der Anfang. Ich erzähle Leo davon, wenn ich sicher bin, dass es klappt.«

Clara brachte kein Wort heraus. Was musste es Ilse gekostet haben, herzukommen und ihr das alles zu sagen?

»An mich braucht ihr nicht zu denken. Ich mache es mit mir aus.« Ilses Stimme klang plötzlich unsicher. »Große Gefühle sind nicht meine Sache, aber wenn es Leo gut geht … bin ich zufrieden.« Sie stand auf, doch Clara ergriff ihre Hand.

Dann schüttelte sie den Kopf, erhob sich und umarmte Ilse. Diese ließ es geschehen und löste sich schließlich sanft von ihr. »Wenn du ihn nicht willst, sag es ihm sofort und geh. Aber wenn du ihn willst, gibt es keine Ausrede.« Sie ging zur Tür. »Bis gleich beim Essen. Wir sollen nicht auf Leo warten. Er hat angerufen, es wird spät heute.«

Von Malchow sah Leo mit gespieltem Bedauern an. »Leider war mir nicht bekannt, dass Sie bei Ihren Ermittlungen mit dem fraglichen Herrn zu tun haben. Dann hätte ich Sie natürlich sofort verständigt. Ein organisatorisches Problem, dessen sich Herr Gennat demnächst annehmen wird. In diesem Dezernat weiß die linke Hand nicht, was die rechte tut.«

Leo bewahrte Ruhe. Es hatte keinen Sinn, sich mit von Malchow anzulegen, wenn man etwas von ihm wollte.

»Gibt es Zeugen? Haben Sie schon mit der Vernehmung begonnen?«

Von Malchow nickte. »Die Schupos haben erste Befragungen am Tatort durchgeführt. Die Berichte wurden mir ausgehändigt. Für fünfzehn Uhr habe ich den Hauptzeugen Freese einbestellt. Ich werde ihn zu Ihnen schicken.«

»Würden Sie mir die Unterlagen bitte zur Verfügung stellen?«

Der Kollege ließ sich Zeit, suchte mit quälender Langsamkeit nach einer Aktenmappe, die sich schließlich am Rand des Schreibtischs fand, und schob sie Leo hin.

»Wie geht es dem Opfer?«

»Der Mann hat eine schwere Halsverletzung erlitten, ist aber außer Lebensgefahr. Er wurde ins Luisenkrankenhaus gebracht.«

Leo verließ mit einem knappen Nicken das Büro.

Walther sah ihm erwartungsvoll entgegen.

Leo setzte ihn kurz ins Bild, ließ sich an seinem Schreibtisch nieder und schlug die Aktenmappe auf.

Der Mordanschlag hatte sich auf offener Straße ereignet. Stratow war anscheinend auf dem Weg zur Straßenbahn gewesen, als eine Frau aus einem Hauseingang gerannt war und ihm ein Messer in den Hals gestoßen hatte. Nur die Geistesgegenwart eines Passanten, der dazwischengegangen war, als die Frau erneut hatte zustechen wollen, hatte den Arzt vor einer tödlichen Verletzung bewahrt.

Es klopfte. »Herein.«

Der Mann, der Stratow das Leben gerettet hatte, betrat das Büro und stellte sich ungefragt vor: »Ich soll mich bei Ihnen melden. August Freese, zweiundfünfzig, Buchhalter von Beruf.« Er sah eher wie ein Handwerker aus, war klein und stämmig, mit kräftigen Händen, die gut zupacken konnten.

»Setzen Sie sich«, sagte Leo. »Schildern Sie uns bitte den genauen Hergang.«

Walther stenographierte mit.

»Ich kam gerade aus dem Blumenladen. Hochzeitstag, Sie wissen schon. Ich gehe also mit meinen Blumen zur Straßenbahn, da seh ich, wie eine Frau aus einem Hauseingang stürzt und ganz schnell auf einen Herrn zurennt. Ich dachte zuerst, sie will ihn umarmen, aber dann schrie er auf. Also bin ich hin. Es war genau unter der Straßenlaterne, da hab ich sofort das viele Blut gesehen. Hab sie am Arm gepackt, als sie noch mal ausholen wollte …«

»Konnten Sie die Waffe erkennen?«, fragte Leo dazwischen.

»Ja, ein ziemlich großes Messer mit glatter Klinge. Ich hab sie also gepackt, aber sie konnte sich losreißen und ist weggelaufen. Ich hab noch überlegt, soll ich ihr nachlaufen oder lieber dem Mann helfen?«

»Es war gut, dass Sie sich um ihn gekümmert haben, er verdankt Ihnen sein Leben. Können Sie die Frau näher beschreiben? Wir müssten eine Zeichnung anfertigen lassen.«

Der Mann überlegte kurz. »Na ja, sie hatte einen Hut auf, aber so in etwa bekomme ich es hin.«

»Gut. Wir schicken Sie gleich zu einem Kollegen. Hat der Verletzte irgendetwas gesagt? Hatte er die Frau vielleicht erkannt?«

»Ich glaub, der stand unter Schock. Hat gekeucht und gestöhnt, es war furchtbar viel Blut.«

»Hat die Täterin irgendetwas gesagt?«, fragte Robert Walther.

»Nein.«

Leo rief den Polizeizeichner an und bat ihn, sofort mit August Freeses Hilfe ein Phantombild zu erstellen. »Ich weiß, es ist Sonnabend, aber die Sache ist dringend. Du hast ein Bier bei mir gut. Ja, auch zwei Bier.« Er hängte ein.

»Robert, bring Herrn Freese bitte zum Kollegen Schmidt. Und lass die Aussage tippen. Der Zeuge kann sie danach unterschreiben.«

Als Walther kurz darauf zurückkam, saß Leo zurückgelehnt auf dem Stuhl und hatte die Hände hinter dem Kopf verschränkt.

Walther sah ihn fragend an. »Meinst du, der Anschlag auf Stratow hat mit dem Fall Strauss zu tun?«

»Denkbar ist es schon … Hoffen wir, Herr Freese hat einen guten Blick für Gesichter.«

Nach Feierabend ging Leo wie so oft ein Stück zu Fuß, weil er dann in Ruhe nachdenken konnte. In der Stadtbahn wurde man angerempelt, die Leute husteten, quatschten, raschelten mit der Zeitung, stanken nach Bier und Schweiß und Mottenkugeln.

In der Dircksenstraße musste er stehenbleiben, weil Männer Waschkörbe voller Papiergeld aus einem Geschäft schleppten.

»Mir reicht's«, knurrte einer von ihnen keuchend und stellte den Korb in einen wartenden Lieferwagen.

Leo schaute sich die absurde Szene an. Früher hätten die Kassenboten es nicht gewagt, Geld so offen über die Straße zu tragen, oder Polizeischutz angefordert, doch jetzt gingen die meisten Leute achtlos vorüber. Kartoffelschalen wären wertvoller gewesen als dieser Berg von bedrucktem Nichts. Hätte man ein Streichholz hineingeworfen, wäre der Verlust kaum ins Gewicht gefallen.

Leo ging kopfschüttelnd weiter.

Gleich morgen würden sie mit dem jungen Lehnhardt sprechen. Er hatte gelogen, ein erster Anhaltspunkt. Und doch passte nichts zusammen. Lehnhardt selbst hatte die Polizei auf den mysteriösen Tod seiner Tante aufmerksam gemacht. Seine tiefe Zuneigung zu ihr wirkte ebenfalls glaubwürdig. Doch warum hatte er dann behauptet, der kurze Brief stamme nicht von ihm? War er ihm peinlich gewesen? Oder hegte er Gefühle für seine Tante, die über das rein Verwandtschaftliche hinausgingen?

Leo blieb erneut stehen und blickte nachdenklich in das Fenster eines Tabakwarengeschäfts. Henriette Strauss war eine interessante Frau gewesen, das spürte er, wann immer er mit anderen über sie sprach. Clara war nach einer einzigen Begegnung von ihr fasziniert gewesen. Wie viel stärker mochte diese persönliche Anziehungskraft auf einen jungen Mann gewirkt haben?

Angenommen, es war so. Hatte sie seine Annäherungsversuche zurückgewiesen, war dies der Grund für seine Zeilen gewesen? Oder hatten sie bereits ein Verhältnis gehabt, das sie aus Gründen der Vernunft, des Anstands oder der Sorge um ihren Ruf beenden wollte? Er würde prüfen, wie Lehnhardt auf diese Vorwürfe reagierte.

Und dann war da der neue Fall – der Anschlag auf Stratow. Eine Frau, die mit dem Messer zustach – hier konnte eventuell Eifersucht im Spiel sein, vielleicht war es die Tat einer Geliebten, einer Nachfolgerin von Henriette Strauss. Oder es hatte mit Stratows Arbeit zu tun. Sobald ihnen das Phantombild vorlag, würden sie es im Luisenkrankenhaus herumzeigen. Mit etwas Glück war die Frau dort bekannt.

Am Hackeschen Markt überlegte Leo, ob er noch ein Stück

weitergehen sollte. Kurzentschlossen wandte er sich in Richtung Oranienburger Straße. An einer Ecke stand ein gut gekleideter Mann und verteilte Flugblätter. Leo hielt zwar nichts davon, war aber in Gedanken versunken und ließ sich eins in die Hand drücken.

Er schaute erst darauf, als er im Bahnhof Friedrichstraße auf die Stadtbahn wartete.

16

Gewöhnlich versuchte Leo, sonntags nicht zu arbeiten, doch nach den neuen Entwicklungen musste er den Morgen nutzen. Er wollte nach dem Mittagessen mit Georg und Marie ins Marionettentheater, das in einer benachbarten Gaststätte auftrat, und später mit Clara ins Café.

Er hatte Sonnenschein am Vortag gebeten, diesen Sonntag Dienst zu machen, da er ihn am Freitag früher nach Hause geschickt hatte.

Als Sonnenschein kurz nach ihm ins Büro kam und einen Blick auf Leos Schreibtisch warf, wurde er blass.

»Was ist los?«, fragte Leo.

Wortlos deutete Sonnenschein auf das Flugblatt, das Leo achtlos auf den Tisch gelegt hatte, nachdem er es in der Manteltasche entdeckt hatte.

»Ach, das hat man mir gestern Abend auf der Straße in die Hand gedrückt. Eigentlich schmeiße ich solchen Schund sofort weg.«

Er zerknüllte das Blatt und warf es in den Papierkorb. Dann bemerkte er Sonnenscheins Gesichtsausdruck. »Sonnenschein, das dürfen Sie nicht ernstnehmen. Diese Leute treiben sich überall herum.«

Sonnenschein setzte sich, sah Leo aber nicht an. »Sie treiben sich überall herum, wo Juden leben. Mein Vater hat gesagt, sie sind seit Tagen in der Gegend und verteilen ihre Zettel.«

»In welcher Gegend?«

»Mein Vater hat eine Fleischerei in der Gormannstraße«, erwiderte Sonnenschein leise.

Leo war überrascht. Die Gormannstraße lag mitten in der Spandauer Vorstadt, dort, wo die orthodoxen Juden, die armen »Ostjuden«, lebten. Natürlich wusste er, dass Sonnenschein Jude war, hätte aber nie damit gerechnet, dass er aus diesem Milieu stammte.

»Ich…« Er suchte nach den richtigen Worten, um den Kollegen nicht zu kränken. »Ich wusste nicht, dass Sie aus dieser Gegend kommen.«

Zum ersten Mal, seit Leo ihn kannte, wurde Sonnenschein sarkastisch. »Das sollten Sie auch nicht. Es war ein hartes Stück Arbeit, das zu werden, was ich jetzt bin.«

Leo sah ihn prüfend an. »Lassen Sie uns später darüber reden.« Dann berichtete er von dem Anschlag auf Dr. Stratow, worauf Sonnenschein sofort lebhafter wirkte.

Im nächsten Augenblick kamen Walther und Berns herein. Leo zeigte seinen Kollegen das Phantombild. »Ihr fahrt ins Luisenkrankenhaus und seht zu, ob Stratow ansprechbar ist. Wenn ja, befragt ihr ihn und zeigt ihm die Zeichnung. Anschließend geht ihr damit auf seine Station. Wenn das nichts ergibt, überprüft ihr alle anderen Stationen.«

»Das könnte leicht bis heute Abend dauern, Chef«, sagte Berns vorsichtig, während Walther schweigend danebenstand.

»Ich weiß«, entgegnete Leo. »Sonnenschein und ich kümmern uns um Lehnhardt. Heute Nachmittag bin ich privat unterwegs.« Er zögerte. »Wenn das alles hier erledigt ist, reden wir über freie Tage.«

Dann griff er nach seinem Mantel und bedeutete Sonnenschein, ihm zu folgen.

Im Auto sagte Leo nur: »Erzählen Sie mal.«

Sonnenschein fuhr fort, als wäre ihr Gespräch nie unterbrochen worden.

»Es ist nicht einfach, etwas zu werden, wenn man aus dieser Gegend stammt. Von Kind an habe ich erlebt, wie uns die Leute anschauten. Wir kamen kaum aus unserem Viertel hinaus. Die meisten lebten weiter, als hätten sie die Heimat nie verlassen. Mein Vater ist sehr gläubig, aber er wollte auch, dass etwas aus mir wird. Am besten ein Rabbi.« Er lachte. »Er war sehr enttäuscht.«

»Weil Sie zur Polizei gegangen sind?«

Sonnenschein nickte. »Die Polizei ist nicht gerade unser Freund. Sie schaut gern mal weg, wenn man uns bedrängt.«

»Warum wollten Sie dann einer von denen werden?«, fragte Leo unverblümt und trat heftig auf die Bremse. Auf dem Alexanderplatz herrschte sogar am Sonntagmorgen Gedränge. »Sie sind ja sozusagen übergelaufen.«

»Wenn man etwas von innen kennt, kann man es vielleicht verändern«, entgegnete Sonnenschein und wurde rot. »Ich weiß, es klingt dumm. Aber ich wollte Gerechtigkeit, nicht nur für die Juden, für alle. Und dass Verbrecher bestraft werden. So einfach ist das.«

Genau das war es natürlich nicht, dachte Leo. Dieser Mann war von einer Welt in eine völlig andere gewechselt, das ging nicht spurlos an einem vorüber.

»Aber wie haben Sie es so weit geschafft?«

»Zuerst ging ich auf eine jüdische Schule. Mit zwölf habe ich so lange mit meinem Vater gestritten, bis er mich auf ein staatliches Gymnasium schickte. Er hat es mir lange übelgenommen und sich vor den Nachbarn geschämt.«

Sonnenschein sagte es in lapidarem Ton, doch Leo spürte den Schmerz, der dahinterlag.

»Mein Vater hoffte, ich würde vielleicht Arzt werden oder doch Rabbiner. Mit einem Polizisten hatte er nicht gerechnet. Heute verstehen wir uns wieder besser. Ich esse jeden Freitagabend bei meinen Eltern.«

Leo warf ihm einen Seitenblick zu. »Ich weiß nicht, ob ich

Ihr Durchhaltevermögen gehabt hätte. Woher nimmt man so viel Entschlossenheit?«

»Schon als Kind bin ich oft durch die Straßen anderer Viertel gelaufen, habe mir dort die Menschen angeschaut, wie sie aussahen und sprachen… Sie wirkten so anders als wir. Und sie hatten so viele Möglichkeiten, jedenfalls kam es mir so vor. Natürlich gehöre ich noch immer in die Gormannstraße – und auch wieder nicht.«

Sein rundes Gesicht wirkte auf einmal älter. Nach kurzem Schweigen fragte er: »Was hat eigentlich der Schriftvergleich ergeben?«

Leo registrierte den Themenwechsel. »Hermann sagt nach einer ersten Prüfung, dass es vermutlich dieselbe Handschrift ist. Deshalb müssen wir mit Lehnhardt sprechen.«

»Jetzt?«

»Ja. Ich habe angerufen, er ist im Bechsteinsaal in der Linkstraße, wo er um elf Uhr eine Matinee gibt.«

»Hm, sollten wir nicht warten, bis…«

Leo zog eine Augenbraue hoch. »Mein lieber Sonnenschein, ich weiß Ihre Liebe zur Musik zu schätzen, aber wenn es um einen Mord geht, kann ich keine Rücksicht auf die Befindlichkeiten eines Verdächtigen nehmen.«

Er hatte einen guten Grund für seine Eile, denn er hoffte, Lehnhardt in einer angespannten Verfassung anzutreffen. Lampenfieber. Unruhe. In dieser Lage würde er kaum lügen. Das mussten sie ausnutzen.

Auf der Leipziger Straße herrschte ebenfalls schon Betrieb – oder noch immer. Manche Leute wirkten wie Nachtschwärmer, die das Bett noch gar nicht gesehen hatten. Für Alkohol war anscheinend immer Geld übrig, und die Menschen ertränkten darin für wenige Stunden das alltägliche Elend.

Am Potsdamer Bahnhof bog Leo nach links ab und hielt vor dem Gebäude, in dem der Bechsteinsaal untergebracht war. Die großen Klavierbauer wie Bechstein und Blüthner unterhielten in der Hauptstadt eigene Konzertsäle. Draußen hing ein Plakat, das für die Matinee warb.

Am 4. November um 11.00 Uhr
präsentieren wir Ihnen

Martin Prätorius, Klavier
Adrian Lehnhardt, Violine

Programm:

Anton Dvorak:
Vier romantische Stücke
für Violine undKlavier op. 75 (B150)

Claude Debussy:
Sonate für Violine und Klavier g-Moll

Edvard Grieg:
Lyrisches Stück für Geige und Klavier op. 12

Leo und Sonnenschein gingen hinein und wurden sofort von einem feierlich gekleideten Herrn aufgehalten. »Einlass ist erst um Viertel nach zehn.«

Leo zeigte seinen Dienstausweis vor. »Wir möchten kurz mit Herrn Lehnhardt sprechen.«

Der Mann sah erstaunt von einem Kriminalbeamten zum anderen und deutete dann auf einige Stufen, die zu einer Glastür hinaufführten. »Dort finden Sie die Garderobe.«

Sie klopften dort, wo leise Stimmen zu hören waren.

»Ja, bitte?«

Sie traten ein. Adrian Lehnhardt und ein junger Mann mit rotem Haar, beide im Frack, blickten ihnen entgegen.

»Das ist ein sehr ungünstiger Moment, wir sind bei den letzten Vorbereitungen. Herr Prätorius, dies sind Herr Wechsler und Herr Sonnenschein.«

Der Pianist grüßte sie und verließ den Raum.

Lehnhardt schaute sie ungeduldig an. »Sie werden verstehen, dass ich in dieser Situation ... worum geht es denn?«

»Herr Lehnhardt, als man Ihnen das Schriftstück aus Dr. Strauss' Wohnung vorgelegt hat, erklärten Sie, dass es Ihnen unbekannt sei. Ein Abgleich mit der von Ihnen abgegebenen Schriftprobe hat gezeigt, dass beide von derselben Person stammen. Herr Lehnhardt, ich möchte wissen, was es mit diesem Brief auf sich hat und weshalb Sie uns belogen haben.«

Lehnhardt ließ sich auf einen Hocker fallen und schlug die Hände vors Gesicht.

Sonnenschein schaute zu Leo, der ungerührt dastand. »Ich höre.«

»Ich ... Wenn ich es Ihnen erzähle, werden Sie mich dann in Ruhe mein Konzert geben lassen?«

»Falls ich mit Ihrer Antwort zufrieden bin.«

Lehnhardt sah hoch und stützte die Hände auf die Knie. »Also gut. Ich habe sehr an meiner Tante gehangen, wie Sie wissen. Das muss ich nicht alles wiederholen. Vor einiger Zeit stellte ich fest, dass sie mir plötzlich kühler begegnete. Sie lud mich nicht mehr zum Essen in ihre Wohnung ein, beantwortete meine Anrufe nicht. Ich fragte meine Mutter um Rat, doch sie konnte mir auch nicht helfen. Vielleicht habe Jette einen Freund, mutmaßte sie, oder Schwierigkeiten in der Arbeit. Sie habe ihr gegenüber jedoch nichts dergleichen erwähnt. Daraufhin schrieb ich ihr diesen kurzen Brief.«

»Warum haben Sie das meinem Kollegen nicht gesagt, als er bei Ihnen war?«

»Es war mir unangenehm, weil meine Mutter danebenstand. Sie ... sie hat einmal gesagt, ich solle es mit der Schwärmerei für Jette nicht übertreiben.« Er wurde rot. »Es war aber nicht so, ich hatte sie einfach sehr gern.«

Leo überlegte. Das klang aufrichtig, der junge Mann wirkte tatsächlich verlegen.

»Hatte sich das Verhältnis zu Ihrer Tante wieder gebessert, bevor sie starb?«

Er lächelte wehmütig. »Ja, einige Tage, bevor sie krank wurde, hat sie ein wunderbares Curry für mich gekocht. Wir haben bis ein Uhr nachts geredet.«

»Hat sie Ihnen eine Erklärung für ihr Verhalten geliefert?«

»Sie hatte viel zu tun, es gab Probleme im Krankenhaus.«

»Haben Sie ihr geglaubt?«

»Warum hätte ich das nicht tun sollen?«, fragte Lehnhardt. »Worauf wollen Sie eigentlich hinaus? Verdächtigen Sie mich?« Sein Gesicht rötete sich merklich. »Wissen Sie, was es für mich bedeutet, dass Sie vor meinem Konzert einfach so hereinmarschieren? Vermutlich weiß schon das ganze Haus, dass die Polizei mich verhört.« Er stand auf und lief nervös auf und ab.

»Herr Lehnhardt, wenn ich Sie daran erinnern dürfte, dass *Sie zu uns* gekommen sind. Wir haben die Ermittlungen unter anderem aufgenommen, weil der angeblich natürliche Tod von Henriette Strauss Ihnen verdächtig erschien. Sie müssen in Kauf nehmen, dass wir allen Spuren nachgehen, auch den unangenehmen.«

Lehnhardt blieb abrupt stehen. »Aber sie war meine Tante. Ich habe sie gern gehabt. Sehr gern.«

»Na gut.« Leo nahm sich vor, noch einmal mit Frau Lehnhardt zu sprechen. Es war so ein Gefühl, der Instinkt des Ermittlers, der schwer zu erklären war, aber oft auf den richtigen Weg führte. »Eine Frage noch: Sie haben den Brief gesehen, den Dr. Dahlke Ihrer Tante geschrieben hat. Können Sie sich vorstellen, weshalb sie ihn um Rat gebeten hat? Leider ist ihr eigenes Schreiben nicht erhalten geblieben.« Er holte den

Brief aus der Tasche. »Falls Sie noch einmal hineinschauen möchten ...«

Adrian Lehnhardt sah auf die Uhr und überflog rasch den Brief. Dann wiegte er den Kopf. »Wie Sie sehen, hat ihr etwas Sorgen bereitet, deshalb hatte sie auch wenig Zeit für mich. Anscheinend hatte es etwas mit der Vergangenheit zu tun, wie der Herr schreibt. Aber ich kann mir keinen Reim darauf machen. Wie gesagt, mir gegenüber erwähnte sie nur die Schwierigkeiten im Krankenhaus.«

»Trotzdem danke.« Leo ging zur Tür. »Dann wollen wir Sie nicht länger behelligen. Bis zum nächsten Mal, Herr Lehnhardt, und toi, toi, toi!«

Er und Sonnenschein verließen die Garderobe. Der Pianist, der im Flur wartete, sah sie vorwurfsvoll an und ging rasch hinein.

Im Gehen schob Leo den Brief in die Brusttasche und klopfte darauf. »Da steckt noch mehr dahinter. Warten Sie ab.«

Walther und Berns wurde der Zutritt zu Dr. Stratows Krankenzimmer verwehrt. »Es ist wichtig«, drängte Walther, doch der Oberarzt ließ nicht mit sich reden.

»Mein Kollege hat sehr viel Blut verloren. Es ist nicht zu verantworten, dass Sie ihn befragen, das würde ihn zu sehr aufregen. Vielleicht morgen oder übermorgen.«

Die Kriminalbeamten mussten sich fügen.

»Hat er irgendetwas gesagt, als man ihn herbrachte?«, erkundigte sich Berns. »Wie es zu dem Überfall kam, ob er die Täterin kannte?«

Der Arzt schüttelte den Kopf. »Er war bewusstlos und steht auch jetzt noch unter Schock. Ich kann Ihnen leider nicht weiterhelfen.«

Auf der Frauenstation trafen sie Schwester Gertrud, die ihnen besorgt entgegeneilte. »Sind Sie wegen Dr. Stratow hier?«

»Ja.«

»Es ist furchtbar, wir haben es gestern Morgen erfahren ...«

Sie zeigten ihr die Zeichnung, die sie prüfend betrachtete. »Nein, die Frau kenne ich nicht.«

»Bedenken Sie, dass es sich nur um ein Phantombild handelt«, sagte Berns. »Eine gewisse Ähnlichkeit wäre bereits ein Hinweis.«

»Nein, das Bild erinnert mich an niemand. Das will natürlich nichts heißen. Die Frau könnte auch während meines Urlaubs hier behandelt worden sein. In Notfällen springen wir außerdem gelegentlich auf anderen Stationen ein, sodass nicht alle Schwestern jede Patientin kennenlernen. Heute, am Sonntag, sind wir nur zu zweit auf der Station. Da drüben ist Hilfsschwester Eva, die kann Ihnen vielleicht Näheres sagen.«

Eine sehr junge Frau mit großen braunen Augen kam zögernd auf sie zu. »Eva, die Herren haben einige Fragen an dich.« Schwester Gertrud verschwand in einem Krankenzimmer.

Berns zeigte Hilfsschwester Eva das Bild und wiederholte seine Frage. Sie kniff die Augen zu, überlegte und sagte dann: »Ich glaube, die kenne ich.«

Walther atmete tief durch. »Was können Sie uns über die Frau sagen?«

Schwester Eva schaute sich unsicher um und schluckte. »Ich bin noch nicht lange hier ... Es war so traurig ...«

»Kommen Sie.« Berns nahm sie mit einer väterlichen Geste am Arm und steuerte sie in einen Nebenraum, in dem Medikamente und Verbandmaterial aufbewahrt wurden. »Setzen Sie sich mal, Sie sind ja ganz blass.«

Die junge Schwester gehorchte und schaute angestrengt auf ihre Schuhe. »Es war vor ein paar Wochen. Ich ... ich bin noch neu hier und hatte so etwas noch nie erlebt ...«

»Was genau, Schwester Eva?«, fragte Walther.

»Ihr Kind ist kurz vor der Geburt gestorben. Sie musste ... Es musste auf normalem Weg geboren werden, mit Wehen und allem ... Sie hat schrecklich gelitten und war so verzweifelt ...«

Die Männer sahen einander an.

»Schwester Eva, das ist jetzt sehr wichtig. Sie haben von dem Überfall auf Dr. Stratow gehört?«

Sie nickte und hob nun doch den Kopf. »Ja, eine schlimme Sache. Wir sind alle sehr besorgt. Er ist ein netter Chef.«

Walther räusperte sich. »Dieses Phantombild zeigt die Frau, die Herrn Dr. Stratow niedergestochen hat.«

Schwester Eva blickte ihn entsetzt an. »Sie meinen, die Frau, die das Kind verloren hat, wollte ihn ... töten?«

»Es sieht danach aus. Dr. Stratow ist noch nicht vernehmungsfähig, aber es gibt einen Augenzeugen, dem wir dieses Bild verdanken. Sie bleiben bei Ihrer Aussage?«

Sie nickte langsam. »Wenn ich es nicht schwören muss. Aber die Ähnlichkeit ist sehr groß.«

»Wissen Sie noch, wie die Frau heißt?«

»Nein, aber das können wir in den Unterlagen nachschauen.«

Sie begaben sich ins Schwesternzimmer, wo sie einen schweren Band aufschlug, in dem alle Patientinnen mit Einlieferungs- und Entlassungsdatum verzeichnet waren. Eva fuhr mit dem Finger die Spalten hinunter, bis sie in einer Zeile innehielt.

»Margot Lincke, das ist sie. Ich notiere Ihnen die Adresse.« Sie reichte Walther den Zettel. »Morgen früh hat Schwester Annemarie Dienst, die war auch bei der Entbindung dabei.«

Die beiden Kriminalbeamten bedankten sich. Endlich ein entscheidender Schritt voran. Beinahe beschwingt verließen sie das Krankenhaus.

Leo und die Kinder wollten gerade aufbrechen, als Ilse aus der Küche kam und ihm einen Wink gab. »Ich muss kurz mit dir sprechen.«

Sie gingen ins Wohnzimmer und schlossen die Tür. Ilse wirkte verlegen, und er hoffte, dass sie ihm nicht gerade jetzt irgendwelche Geständnisse machen wollte.

»Worum geht es?«

»Ich … es ist nur, ich komme mit dem Geld nicht aus.« Sie sah betreten zu Boden. »Du weißt, ich spare an allen Enden, aber es geht einfach nicht mehr. Das Geld ist wie Asche, ein Haufen Nichts. Georg braucht neue Schuhe für den Winter, doch es gibt kaum welche, meist nur die mit den Holzsohlen, die schlecht für die Füße sind. Die anderen sind unbezahlbar. Und im nächsten Jahr soll er aufs Gymnasium, dann kommt das Schulgeld dazu.«

Erleichtert legte er ihr die Hand auf den Arm. Wenn es nichts Schlimmeres war als das …

»Ilse, ich weiß, dass du dein Bestes gibst. In diesen Zeiten kann niemand vernünftig haushalten.«

»Aber wo sollen wir es hernehmen?«, fragte sie verzweifelt. »Wenn es so weitergeht, muss ich demnächst aufs Land fahren und nach Kartoffeln buddeln. Das machen viele. Ist keine Schande mehr heutzutage. Dabei habe ich immer gedacht, wenn man eine gute Stelle hat, wenn man Beamter ist, dann ist man sicher.«

Leo schüttelte den Kopf. »Niemand ist sicher. Die Stadtverwaltung hat Tausende Arbeiter und Angestellte entlassen, um Geld einzusparen. Und die, die etwas hatten, sind besonders schlimm dran. Stell dir vor, du hättest ein dickes Sparkonto gehabt. Alles futsch!« Er holte ein Bündel Scheine aus seiner Aktentasche, die hinter der Wohnzimmertür stand. »Das reicht hoffentlich für die nächsten Tage.« Er überlegte. »Ich habe noch die Uhr von Onkel Franz. Die kann ich verkaufen. Das Geld nehmen wir für die Schuhe. Und wer weiß, wie die Welt im nächsten Sommer aussieht.«

Er drückte Ilses Arm. »Wir müssen jetzt los. Bitte sorge dich nicht.«

Georg und Marie warteten ungeduldig im Flur auf ihn. »Vati, es ist schon spät«, drängte seine Tochter und hielt ihm Hut und Mantel hin.

»Ja, Liebes. Wir gehen sofort.« Sie liefen die Emdener Straße entlang, und Marie plapperte drauflos, aber er war in Gedanken woanders. So sorglos er sich Ilse gegenüber auch gegeben hatte, ihm war auf einen Schlag klar geworden, dass auch sie nicht mehr vor dem Elend geschützt waren. In den letzten Wochen waren die Preise so absurd in die Höhe geschossen, dass es überhaupt keine Sicherheit mehr gab. Die Armut konnte jeden treffen, und er musste für vier Personen aufkommen. Für einen Mann wie Robert war es leichter, der war nur für sich selbst verantwortlich.

Und wie sollte er in dieser Lage an Heirat denken?

Seine gute Stimmung, die Vorfreude auf den Nachmittag mit den Kindern waren dahin. Er bemühte sich, es Georg und Marie nicht merken zu lassen, doch sein Sohn warf ihm immer wieder fragende Blicke zu. Leo war froh, als sie die Gaststätte erreicht hatten und ins Warme kamen. An der Tür saß eine Frau mit einer Geldkassette, deutete aber auf den Karton, der neben ihr auf dem Boden stand. »Det macht sieben Komma fünf Milliarden, der Herr.«

Leo warf den Zehn-Milliarden-Schein in den Karton. »Stimmt so.« Dann lächelte er. »Das könnt ihr später euren Kindern erzählen. Das glauben die euch nie.«

Clara schaute sich um. Sie war schon lange nicht mehr auf dem Kurfürstendamm gewesen, kam nur selten aus Moabit heraus. Nun aber stellte sie fest, dass es in Berlin tatsächlich noch eine Gegend gab, in der das Vergnügen den Ton angab.

Sie staunte über die Reklameplakate des Alhambra-Kinos, die hell erleuchteten Restaurants und Kaffeehäuser, gut gekleidete Menschen, die sich an ihr vorbeidrängten. Viele von ihnen sprachen eine fremde Sprache.

Leo schien ihre Gedanken zu lesen. »Amerikaner, würde ich sagen. Die bekommen ihr Vergnügen fast umsonst.« In seiner Stimme lag kein Neid, nur eine sachliche Resignation.

»Dollars müsste man haben«, sagte sie. »Komm, wir stellen uns vor, wir hätten eine weite Reise nach Amerika gemacht und würden es uns gut gehen lassen.«

Er seufzte. Es war ein schöner Nachmittag im Marionettentheater gewesen. Georg war ein bisschen zu groß dafür, hatte aber mitgelacht und geklatscht, um Marie eine Freude zu machen. Das hatte Leo von dem Gespräch mit Ilse abgelenkt, doch nun landete er unsanft in der Wirklichkeit. Er war fest entschlossen, Clara zu einem Stück Baumkuchen ins Café Möhring einzuladen, koste es, was es wolle.

Ein Mann drängte sich an sie heran. »Englische Seife? Schokolade? Eine goldene Uhr?«

Leo schob ihn beiseite und zog Clara mit sich. Eine Uhr hätte ich auch zu verkaufen, dachte er bei sich.

»Sicher sind wir zu gut gekleidet, da hat er uns für ausländische Besucher gehalten«, sagte Clara mit einem Blick auf ihren besten Mantel.

»Vermutlich.«

»Du bist so schweigsam«, sagte sie und schaute ihn prüfend an. »Ist es Ilse oder dein Fall?«

Eigentlich wollte er nicht von seinen Geldsorgen erzählen, vor allem nicht, da sie gerade im Begriff waren, in einem der beliebtesten Berliner Cafés einzukehren. Verschweigen wäre nicht gleich lügen, dachte er bei sich. »Es ist eine vertrackte Geschichte. Wir wissen vermutlich, woran Henriette Strauss gestorben ist, aber nicht, wie man ihr das Gift verabreicht hat. Und bislang gibt es auch kein Motiv.«

Sie hatten das Café an der Ecke Uhlandstraße erreicht und traten durch die Doppeltür in den hohen Raum, der mit seinen Stuckdecken und Kronleuchtern die Eleganz besserer Zeiten verströmte. Auch hier drängten sich die Gäste, es war ein Gewirr aus englischen, russischen und anderen Sprachfetzen, die Leo nicht einordnen konnte.

Sie fanden einen Platz in einer halbwegs ruhigen Ecke. Er half Clara aus dem Mantel und rückte ihr den Stuhl zurecht. Sie gingen selten aus, weil sein Dienst es meist nicht zuließ, und es fühlte sich ungewohnt und kostbar an, Clara öffentlich auszuführen.

Er nahm sich Zeit, sie zu betrachten, das rötlichbraune Haar, das sie ohrläppchenkurz trug, die blauen Augen, das silbergraue Kleid mit dem Spitzenbesatz am Ausschnitt, und war auf einmal ungeheuer stolz.

»Was grinst du so?«, fragte sie verwundert. »Eben warst du noch so grimmig.«

»Nicht grimmig. Ich dachte mir gerade, was für einen tollen Fang ich gemacht habe.«

Sie wurde tatsächlich ein bisschen rot.

»Wir sollten öfter ausgehen«, meinte er.

»Dann wäre es nichts Besonderes mehr.«

»Aber du hast es verdient. Stattdessen arbeitest du den ganzen Tag und musst abends noch überlegen, was du kochst.«

Sie dachte nach. »Eigentlich hast du recht. Ich werde eine Liste der Restaurants zusammenstellen, in die du mich demnächst ausführen darfst.« Sie schien erleichtert, dass der unbefangene Ton zurückgekehrt war.

»Du wolltest mir vorhin von deinem Fall erzählen. Falls du es darfst«, fügte sie hinzu.

»Wenn du es für dich behältst.« Eine junge Kellnerin mit weißer Schürze und Häubchen trat an den Tisch, und sie bestellten Baumkuchen und Kaffee. Hoffentlich reichte das

Geld, das sie in Claras nun prall gefüllte Handtasche gestopft hatten.

»Natürlich. Du hast mal gesagt, es sei nützlich, die Meinung eines Außenstehenden zu hören.«

Also schilderte er ihr, was sie bisher erfahren hatten.

Clara rührte in ihrer Kaffeetasse und stach mit der Gabel ein Stückchen Baumkuchen ab, das sie sich genießerisch in den Mund schob. »Köstlich. Die Schokolade zergeht auf der Zunge.« Sie leckte sich über die Lippen wie eine Katze. Dann stützte sie das Kinn in die Hand und sah ihn nachdenklich an. »Wenn ihr vermutet, dass man ihr das Gift in der eigenen Wohnung verabreicht hat, muss der Täter entweder so gut mit ihr bekannt gewesen sein, dass sie ihn eingelassen hat, oder sich einen Schlüssel besorgt haben. Schließlich habt ihr keine Einbruchspuren gefunden.«

»Das stimmt. Und sie hat der Portiersfrau auch nichts dergleichen gemeldet.«

»Wart ihr eigentlich mit jemandem, der sich in der Wohnung auskannte, dort? Um nachzusehen, ob etwas fehlt oder neu hinzugekommen ist?«

Leo schlug sich mit der Hand an die Stirn. »Verdammt, du hast recht. Vier Kriminalbeamte, und keiner kommt drauf. Das erledige ich gleich morgen.« Also würde er Adrian Lehnhardt wieder einmal behelligen müssen, später vielleicht auch die Freundinnen der Verstorbenen, aber Lehnhardt war seine erste Wahl.

Plötzlich entstand ein Tumult im Café. Ein Herr im eleganten Anzug und pelzbesetzten Mantel wurde von zwei Kellnern unsanft in Richtung Tür befördert. Es gelang ihm jedoch, sich loszureißen, und er drängte zurück an seinen Tisch, auf dem noch ein Teller mit Torte und eine Teetasse standen.

»Das ist mein Tisch, seit fünfundzwanzig Jahren ist das mein Tisch, und ich weigere mich, so würdelos...« Seine Stimme erstarb.

Ein Kellner erwischte ihn am Ärmel, worauf sich der Mann rasch aus dem Mantel wand und wieder auf dem Stuhl Platz nahm. Er griff nach der Gabel und schob sich eilig einen Bissen Sahnetorte in den Mund.

An den benachbarten Tischen waren die Gespräche verstummt. Der Geschäftsführer tauchte aus einem Hinterzimmer auf und trat zu dem Herrn. Er beugte sich zu ihm und flüsterte ihm etwas ins Ohr, doch der Gast schüttelte entschieden den Kopf. Sein Gesicht war rot angelaufen, er hielt den Blick gesenkt.

»Dann muss ich leider die Polizei rufen und Sie entfernen lassen.«

Leo nickte Clara zu, stand auf und ging hinüber. »Was hat sich der Herr zuschulden kommen lassen?«

Der Geschäftsführer sah ihn überrascht an, worauf Leo diskret seine Dienstmarke zeigte, die er innen im Jackett befestigt hatte.

»Der Herr war früher Stammgast bei uns. Leider ist er in finanzielle Not geraten und kann es sich nicht mehr leisten, in unserem Café zu verkehren. Beim letzten Mal hat er die Zeche geprellt.«

Leo neigte sich zu dem Mann. Dabei fiel sein Blick auf den Mantel, dessen Pelz von Motten zerfressen war. Die Ärmel der ehemals eleganten Anzugjacke glänzten an den Ellbogen, die Manschetten des Hemdes waren ausgefranst. »Ich bin Polizist. Wenn Sie noch einmal hier auftauchen, ist eine Verhaftung unvermeidlich.«

»Ich habe Hunger«, sagte der Mann kaum hörbar.

»Es muss nicht unbedingt Sahnetorte sein, oder?«, fragte Leo scharf.

»Ich bin mit meiner Frau jeden Sonntag hergekommen.«

»Dann essen Sie auf. Und danach machen Sie, dass Sie verschwinden. Nächstes Mal wird man die Schupos rufen. – Setzen Sie das auf meine Rechnung«, sagte Leo zum Geschäftsführer, während er im Kopf überschlug, was ihn die sentimentale Eskapade kosten würde.

Der Mann sah ihn verwirrt an. »Danke.«

»Was war los?«, fragte Clara, als Leo an ihren Tisch zurückkehrte.

»Ach, nichts. Ehemaliger Stammkunde, der Ärger macht. Die Sache ist schon beigelegt.«

Sie warf ihm einen argwöhnischen Blick zu und schwieg.

17

Leo hatte sich gewundert, dass Ilse schon so zeitig aus dem Haus ging, doch sie hatte erklärt, sie müsse jetzt noch früher aufstehen, um Lebensmittel aufzutreiben. In der Arminius-Markthalle müsse man rechtzeitig sein, um etwas Brauchbares zu erwischen. Allein der Brotpreis hatte sich in den letzten Tagen versechsfacht, und die Unruhen unter der Bevölkerung nahmen zu. Man erzählte sich, angeblich würde das Getreide irgendwo gebunkert, ebenso Lebensmittel, weil die Händler sie nicht gegen wertloses Geld abgeben wollten.

Auf dem Weg zum Lehrter Bahnhof kam Leo an einer Milchhandlung vorbei. Plötzlich stürzte der Ladenbesitzer heraus, einen Jungen am Kragen gepackt, und schaute hektisch in alle Richtungen.

»Ham Se 'n Schupo jesehn?«, rief er aufgebracht.

Leo schüttelte den Kopf. »Was ist denn passiert?«

Der Ladenbesitzer öffnete die freie Hand und zeigte ihm einen Stein. »Damit wollte er die Scheibe einschmeißen, jawoll, der Bengel! Hab ihn erwischt, als ick jrade beim Aufschließen war.«

Der Junge versuchte, sich seinem Griff zu entwinden, doch der Mann packte ihn nur noch fester. Leo fürchtete, der Ladenbesitzer werde den Jungen mit dem Kragen seiner Jacke erwürgen.

»Wie heißt du?«, fragte Leo.

Der Junge schwieg.

»Raus mit der Sprache. Ich bin Polizist.«

Der Ladenbesitzer sah ihn erstaunt an. »Da hol mir doch eener … Stimmt det ooch?«

Leo zeigte seine Dienstmarke mit der Aufschrift »Staatl. Preuss. Polizei-Beamter« und der Dienstnummer 477. »Reicht das?«

Der Mann salutierte stramm, und Leo musste sich ein Lachen verkneifen. »Wenn Ihnen kein Schaden entstanden ist, nehme ich den jungen Mann mit und kümmere mich um alles Weitere.« Er zog den widerstrebenden Jungen mit sich, bevor der Mann noch etwas sagen konnte. »Komm schon, weg hier. Wie heißt du?«

»Arthur Willumeit.«

Leo sah ihn prüfend an. »Bist du der Bruder vom Hans?«

Der Junge wandte sich zu ihm und rief heftig: »Ja, und der Bruder von der Adele! Die hat nix zu essen! Die soll nich' auch noch sterben!«

Leo führte ihn um die nächste Ecke. »Ich kenne deine Familie, mein Sohn ist mit Hans in eine Klasse gegangen. Ich tue jetzt etwas Ungesetzliches, ist dir das klar?«

Der Junge sah ihn aus großen Augen an.

»Ich lasse dich laufen. Aber mach das nie wieder. Deine Eltern haben genug Kummer.«

Der Junge sah betreten zu Boden. »Ich wollte nur für die Adele …«

»Hör zu, du nimmst dir nachher deine Schwester und gehst mit ihr in die Volksküche in der Stromstraße.«

»Meine Eltern wollen das nicht.«

»Die wollen auch nicht, dass du klaust. Sag, ihr geht spazieren, denk dir was aus. Wenn man euch in der Stromstraße nichts umsonst gibt, bietest du an, für zwei Teller Suppe zu arbeiten. Verstanden?«

Der Junge nickte. Leo ließ ihn los und sah ihm nach, wie er davonrannte.

Seufzend wandte er sich wieder in Richtung Bahnhof.

»Reichswehr rückt in Thüringen ein!« schrien die Zeitungs-
jungen am Alexanderplatz. Straßenhändler drängten sich
vor dem Warenhaus Tietz, als wollten sie dem Koloss Kon-
kurrenz machen. Leo konnte keine zwei Meter weit gehen,
ohne von Privatleuten angesprochen zu werden, die ihm etwas
verkaufen wollten, manchmal auch den eigenen Körper. Am
frühen Morgen, in dieser Gegend, eigentlich undenkbar, doch
was war heutzutage noch normal?

Er hatte so ein Gefühl, eine Art inneres Kribbeln, als könnte
an diesem Tag etwas passieren, das er noch nicht benennen
konnte. Ein entscheidender Durchbruch bei den Ermittlungen
oder etwas vollkommen anderes? Er wusste es nicht.

Leo war gespannt, was die Befragungen von Walther und
Berns im Luisenkrankenhaus ergeben hatten. Dieser Überfall, Anschlag oder wie man es nennen wollte ... auf offener Straße ... Sollte es tatsächlich einen Zusammenhang
zwischen dem Tod von Henriette Strauss und den Versuchen in der Klinik geben? Immerhin war Stratow auf seiner Station für alle Experimente mit Medikamenten verantwortlich.

Er ließ sich von der Menge treiben. Viele, die den
Fahrpreis für öffentliche Verkehrsmittel nicht mehr auf-
bringen konnten, gingen zu Fuß: Menschen mit Körben auf
dem Rücken, mit Leiterwagen, in denen sie Dinge beförder-
ten, die sich irgendwie zu Geld machen ließen. Mancher
wollte aufs Land, um dort bei Bauern die letzten Wertsachen zu tauschen oder auf den Äckern nach Kartoffeln zu
graben.

Vorbei an Aschinger, durch die Grünanlage, dann war er
am Präsidium angelangt. Meist verschwendete er keinen
Gedanken an den wuchtigen Bau, nur an besonderen Tagen
wie diesem überlegte er, wie der Anblick auf Menschen
wirken mochte, die tatsächlich schuldig waren oder die
man fälschlicherweise dafür hielt. Wie viele hatte die rote

Burg so sehr eingeschüchtert, dass sie Dinge gestanden, die sie gar nicht getan hatten? Ein unangenehmer Gedanke.

Als er die Glastür des Morddezernats passierte, kam ihm Sonnenschein im Flur entgegen. »Guten Morgen, Herr Kommissar. Der junge Lehnhardt hat schon angerufen, er ist bereit, mit Ihnen in die Wohnung der Toten zu gehen.«

Ein gutes Zeichen, dachte Leo. Um Aufklärung bemüht, vielleicht ein Verdächtiger weniger.

»Danke, Sonnenschein.« Leo betrat das Vorzimmer. »Guten Morgen, Fräulein Meinelt. Besorgen Sie uns doch bitte einen Kaffee.«

Sonnenschein zögerte einen Augenblick, bevor er Leo ins Büro folgte.

»Ja?«, fragte Leo.

»Herr Kommissar, Sie hatten doch dieses Flugblatt …«

»Und?«

»Mein Vater macht sich Sorgen. Er fühlt sich bedroht. Diese Flugblätter werden überall in der Gegend verteilt, man hat ihn schon auf der Straße beschimpft.«

»Sie wissen doch, wie es in solchen Zeiten geht. Die Leute suchen Sündenböcke. Da kommen Juden immer gelegen.«

Sonnenschein nickte und ging hinaus.

Seufzend griff Leo zum Hörer und wählte die Nummer der Lehnhardtschen Villa.

»Guten Morgen, Herr Kommissar. Ich habe um zehn Uhr eine kurze Verabredung, danach bin ich bereit«, sagte Adrian Lehnhardt zur Begrüßung.

Leo schaute stirnrunzelnd auf die Akten, die sich auf dem Schreibtisch stapelten. »Sagen wir, um elf?«

»Einverstanden.«

Einen Augenblick später betrat Walther sein Büro und berichtete von den Befragungen im Krankenhaus.

»Es war also eine Patientin.«

»Schwester Eva war sich so gut wie sicher. Sie hat nicht gezögert, als wir ihr die Zeichnung gezeigt haben. Berns und ich fahren gleich zu dieser Frau Lincke.«

Leo nickte und drehte einen Stift zwischen den Fingern. »Ihr Kind ist kurz vor der Geburt gestorben, das war ein furchtbarer Schock. Wer weiß, was das in ihr angerichtet haben mag. Hat die Schwester erwähnt, ob das Kind im Mutterleib bereits zu dem Zeitpunkt tot war, als die Frau ins Krankenhaus kam?«

»Nein. Ich habe vergessen, danach zu fragen.«

»Holt das bitte nach, bevor ihr zu der Frau fahrt. Und lasst euch von dieser Schwester Annemarie die Identität der Patientin bestätigen.« Er griff nach einer Aktenmappe. »Gertrud Pollack hat ausgesagt: ›Es wurden Medikamente geprüft. Manche waren gefährlich, weil sie Wehen auslösen können. Sonst weiß ich nichts Genaues. Es bestand wohl keine Lebensgefahr, aber die Behandlung war unangenehm und manchmal auch bedenklich für die ungeborenen Kinder.‹« Er sah Walther bedeutungsvoll an.

»Wir kümmern uns darum.«

Als Nathan Sonenszajn an diesem Morgen zu seiner Fleischerei in der Gormannstraße ging, standen die Leute schon vor dem Zentralen Arbeitsnachweis Schlange. Drinnen gab es riesige Wartesäle, doch wenn sie überfüllt waren oder das Amt noch nicht geöffnet hatte, drängten sich die Menschen auf der Straße. Jeden Tag versammelten sie sich dort, erkundigten sich nach Arbeit oder kassierten Stütze. Viele lasen Zeitung oder diskutierten, mitunter heftig, es ging um die politische Lage und ihr ganz persönliches Elend. Für Sonenszajn war es ein gewohnter Anblick, manche Leute kannte er sogar und grüßte sie im Vorübergehen.

Diesmal aber war etwas anders. Auch heute warteten die Leute in Grüppchen, es wurde gelacht und gestritten, doch fielen ihm einige gut gekleidete Männer wie jene auf, die sich in den vergangenen Tagen in der Gegend herumgetrieben hatten. Sie standen in der Menge verteilt, viele mit Flugblättern in der Hand, und redeten auf die Arbeitslosen ein.

Als er fast am Gebäude vorüber war und den Schlüssel zum Laden schon in der Hand hielt, fiel hinter ihm eine Bemerkung: »Kerle wie der sind als Erste dran!«

Sonenszajn blieb stehen, ohne sich umzudrehen.

»Seht ihr, der Jude ist stehengeblieben! Er weiß genau, wer gemeint ist.«

Sonenszajn stand wie versteinert da und überlegte, was er tun sollte. Weitergehen, als wäre nichts gewesen? Sich umdrehen und aufbegehren?

Langsam wandte er sich um.

Einige Meter entfernt standen drei Männer in einfacher Kleidung, offenbar Arbeiter, die sich verlegen ansahen. Einen kannte er vom Sehen, er hatte früher eine Holzwerkstatt besessen. Die Inflation hatte ihm den Hals gebrochen.

Bei ihnen war einer der gut gekleideten Männer, der ihm frech entgegenblickte. »Na, Jude?« Dieselbe Stimme wie vorhin. »Hat's dir die Sprache verschlagen?«

»Ich bin Geschäftsmann. Sie haben mich nicht zu beleidigen«, erwiderte Sonenszajn.

»Schau dich doch an in deinem Kaftan! Geh zurück, wo du hergekommen bist, Jude!«, höhnte der Mann.

»Sie haben mir nichts zu sagen.«

»Ach, nein?« Der Mann trat näher und zupfte ihn am Bart. »Ist der echt?«

Sonenszajn wich zurück. Als er merkte, dass ihm niemand zu Hilfe kam, machte er kehrt und ging zu seinem Laden. Das Lachen des Mannes begleitete ihn, bis er die Tür hinter sich geschlossen hatte.

Leo und Sonnenschein kamen zehn Minuten zu früh beim Haus von Henriette Strauss in Charlottenburg an, doch Adrian Lehnhardt wartete schon auf sie.

»Kennen Sie dieses Gefühl, als ob gleich etwas passieren würde, im Guten wie im Schlechten?«, fragte Leo.

»Ja, das nennt sich *forgefil*.« Es war das erste Mal, dass Sonnenschein Leo gegenüber ein jiddisches Wort verwendete.

»Bei mir ist es heute sehr stark, aber ich weiß nicht, ob es sich auf den Fall oder etwas ganz anderes bezieht.«

»Der Tag wird es zeigen.«

»Klingt fast wie ein Sprichwort.«

Lehnhardt trat auf sie zu.

»Guten Morgen, die Herren. Ich hoffe, Sie haben den Schlüssel. Die Portiersfrau macht nämlich nicht auf.«

Leo nickte und holte ihn aus der Manteltasche.

»Wie war Ihr Konzert?«

»Ganz erfreulich. Ein bisschen mehr Konzentration hätte gut getan.« Ein kleiner Seitenhieb auf ihren Besuch am Sonntagmorgen. »Das Publikum hat nichts gemerkt, das ist schon viel wert.«

»Aber Sie waren nicht mit sich zufrieden.«

»Das bin ich nie. Das darf ich auch nicht sein.«

Sie stiegen die Treppe hinauf. Vor der Tür sagte Leo unvermittelt: »Herr Lehnhardt, die Fabrik Ihres Vaters – hatte die etwas mit Kriegswaffenproduktion zu tun?«

Lehnhardt war sichtlich überrascht. »Nein, nein, ganz und gar nicht. Es war eine Fabrik für Druckluftgeräte. Damit kann man beispielsweise Farben fein zerstäubt auf alle möglichen Oberflächen auftragen. Aber die werden für rein zivile Zwecke genutzt. Warum?«

»Oh, nur so. Gut, dann gehen Sie jetzt bitte durch die Wohnung und schauen sich gründlich um. Sollte Ihnen etwas anders als sonst vorkommen, sagen Sie es.«

Er schloss auf und bemerkte, dass Lehnhardt tief Luft

holte und sich flüchtig am Türrahmen abstützte. Es fiel ihm sichtlich schwer, die Wohnung zum ersten Mal nach dem Tod seiner Tante zu betreten.

Sie begannen im Flur und arbeiteten sich durch Küche, Bad und Wohnzimmer vor. Adrian Lehnhardt sah sich um, bückte sich, berührte Dinge, nachdem er Leos Erlaubnis eingeholt hatte, öffnete Schubladen und Schranktüren, schüttelte aber immer wieder den Kopf. »Natürlich weiß ich nicht, was sie in den Schränken aufbewahrt hat, aber von außen fällt mir nichts auf.«

Leo konnte seine Enttäuschung nicht verbergen. Sollte ihn sein *forgefíl* getrogen haben?

Blieb nur noch das Schlafzimmer.

Noch immer hing ein schwacher Rosenduft im Raum, vermutlich war er in Teppiche und Vorhänge gezogen und würde sich nicht so leicht vertreiben lassen.

Adrian Lehnhardt blieb in der Tür stehen und biss sich auf die Unterlippe. Dann fasste er sich und trat ein.

Leo merkte, dass der junge Mann den Blick aufs Bett vermied und sich auf die Frisierkommode konzentrierte. Adrian betrachtete die Parfumflaschen und den Rosenwassersprenger, die sie nach der labortechnischen Untersuchung zurückgebracht hatten. Er trat einen Schritt zurück und legte den Finger an die Lippen. Dann drehte er sich zu den Kriminalbeamten um.

»Hier fehlt etwas.«

Leo und Sonnenschein sahen ihn gespannt an.

»Vor einigen Jahren hat mein Vater für Tante Jette zum Geburtstag in seiner Fabrik eine Sprühflasche konstruieren lassen, mit der sie das Rosenwasser, das sie so liebte, besonders fein im Raum verteilen konnte. Mit dem Sprenger hier ging das nicht so gut. Die Sprühflasche stand immer auf der Kommode. Und nun ist sie weg.«

Leo und Sonnenschein sahen sich an. *Forgefíl.*

Das Haus in der Lütticher Straße im Wedding machte einen gepflegten Eindruck. Die Familie Lincke wohnte im Seitenflügel, auch hier war das Treppenhaus blank gewienert.

Walther hoffte, dass sich Margot Lincke gleich zu Beginn des Gesprächs mit Worten oder Gesten verraten würde. Schwester Annemarie hatte die ehemalige Patientin ebenfalls auf dem Phantombild erkannt und die Aussage von Schwester Eva in allen Punkten bestätigt.

Sie klingelten. Schritte näherten sich von innen und verstummten. Nichts geschah. Walther bemerkte den Spion und lächelte freundlich.

Er hörte, wie von innen zögernd die Klinke gedrückt wurde. Die Tür öffnete sich einen Spalt, doch es war niemand zu sehen. »Ja, bitte?«, fragte eine leise Frauenstimme.

»Frau Margot Lincke?«

Pause.

»Ja?«

»Guten Morgen. Ich bin Kriminalsekretär Walther, das ist mein Kollege Berns. Dürfen wir kurz hereinkommen?«

»Polizei?«

Die Beamten schauten einander an. »Ja, wir möchten Ihnen nur einige Fragen stellen«, sagte Berns in väterlichem Ton.

Die Tür wurde langsam geöffnet. Die Frau war ziemlich jung, vielleicht Mitte zwanzig, schätzte Walther, und auf eine unscheinbare Weise hübsch. Ihr blasses Gesicht wurde von den großen Augen beherrscht, aus denen sie die beiden Männer ängstlich anschaute. Tatsächlich, dachte Walther bei sich. Die Körpersprache verriet sie schon jetzt.

Sie führte sie in eine Wohnküche, die sauber und ordentlich war. In einer Ecke stand ein Wäschekorb, in dem ein Kissen und eine Decke lagen.

Walther warf einen flüchtigen Blick darauf.

»Frau Lincke, sagen Sie uns bitte, was Sie am Freitagabend um halb zehn gemacht haben.«

»Ich ... Wieso? Da war ich zu Hause.«

Eigentlich musste er gar nicht weiterfragen. Er könnte die Frau mit aufs Präsidium nehmen und eine Gegenüberstellung mit Freese anordnen. Oder Stratow fragen, sobald er ansprechbar war. Aber all das erschien ihm zu brutal. Sie sollte wenigstens in Ruhe erzählen können.

»Kann das jemand bestätigen?«, fragte Walther. »Ihr Mann vielleicht?«

Sie schluckte. »Nein, der ... der war auf Schicht. Bis zehn musste er arbeiten und dann mit der Tram nach Hause.«

»Haben Sie Kinder?« Die Frage kam völlig überraschend, doch Berns verzog keine Miene.

Die Augen der Frau wanderten zu dem Korb in der Ecke, der übrige Körper blieb reglos. »Nein.«

»Stimmt es, dass Sie kürzlich im Luisenkrankenhaus auf der Frauenstation behandelt wurden?«, fragte Berns.

»Ja.« Ihre Stimme war nur ein Hauch.

»Ihr Kind ist gestorben. Kurz vor der Geburt.«

Sie nickte.

»Im Krankenhaus wurden Sie von einem Dr. Stratow behandelt. Derselbe Mann wurde am Freitagabend auf offener Straße überfallen und durch einen Messerstich in den Hals schwer verletzt. Zu eben jener Zeit, für die Sie kein Alibi nachweisen können.«

Sie griff so schnell nach dem Küchenmesser, dass Berns sie nur noch zu Boden reißen konnte. Walther packte ihre Hand und drehte sie um, bis Margot Lincke die Waffe fallen ließ. Dann wälzte er die Frau auf den Rücken und legte ihr Handschellen an.

»Hoch mit ihr«, sagte er zu Berns, wickelte das Messer in ein sauberes Handtuch und steckte es in die Manteltasche.

»Das war knapp.« Berns bugsierte Margot Lincke auf einen Stuhl und blieb unmittelbar neben ihr stehen. »Jetzt erzählen Sie mal schön der Reihe nach.«

»Er … er hat mir Medizin gegeben, und daran ist mein Kind gestorben«, stieß sie hervor. Ihre Stimme klang völlig verändert. Der Zorn loderte darin wie eine Flamme. »Das machen die da öfter.«

»Wer macht was wo?«, fragte Walther.

»Die probieren Sachen an Patienten aus«, rief die Frau. »Das weiß ich von einer Bekannten.«

»Frau Lincke«, sagte Berns begütigend. »Im Krankenhaus hat man uns versichert, dass Ihr Kind bereits tot war, als Sie dorthin kamen. Es ging Ihnen schlecht, das steht in den ärztlichen Unterlagen.«

Sie schaute wild von einem Mann zum anderen. »Nein, das ist nicht wahr. Es ging mir zwar schlecht, aber mein Kind hat bestimmt noch gelebt.«

Walther und Berns sahen sich über den Kopf der Frau hinweg an. »Frau Lincke, es gibt keinerlei Hinweise darauf, dass Ihr Kind an einem Medikament gestorben sein könnte. Man hat Sie untersucht und den Tod des Kindes festgestellt. *Daraufhin* hat man Ihnen ein Mittel verabreicht, das Wehen auslöst. Sonst nichts.« Walther biss sich auf die Lippe. Er hasste solche Einsätze.

Ein Ruck ging durch Margot Linckes Körper, und sie sackte in sich zusammen, schien förmlich zu schrumpfen. »Nein, nein, er war schuld«, flüsterte sie.

»Wer war schuld?«, fragte Walther sanft.

»Dass mein Kind gestorben ist. Ich war mir ganz sicher.«

»Wer?«

»Der Arzt. Stratow. Deshalb hab ich vor dem Krankenhaus gewartet, mehrere Tage hintereinander. Zuerst hab ich mich nicht getraut. Aber am Freitag sah er so zufrieden aus, und mein Kind war tot. Da bin ich auf ihn los …«

»Frau Lincke, wir müssen Sie mitnehmen. Sie sind vorläufig festgenommen wegen des Verdachts der versuchten Tötung von Dr. Rudolf Stratow. Möchten Sie Ihrem Mann eine Nachricht hinterlassen? Sonst werden wir uns mit ihm in Verbindung setzen.«

»Machen Sie das.«

Sie ließ sich willenlos in den Mantel helfen und zur Wohnungstür führen.

Rosa Lehnhardt hatte die Sachen vor sich auf dem Bett ausgebreitet. Ein weißes Taufkleidchen mit passendem Mützchen. Einen kleinen Matrosenanzug. Winzige Schuhe aus feinstem Leder. Eine Rassel mit hölzernen Kugeln. Ein besticktes Taschentuch mit den Initialen AL. Ein zerfleddertes Bilderbuch. Eine ungelenke Kinderzeichnung, die einen Elefanten darstellen sollte. »Nach einem Besuch im Zoologischen Garten, Mai 1905«, hatte sie auf der Rückseite verzeichnet. Sie stand da, in die Betrachtung der Gegenstände versunken. Sie nahm die Rassel in die Hand und schüttelte sie ein paarmal, bevor sie sie zurücklegte. Sie roch an dem Taschentuch. Strich das Taufkleidchen glatt. Sie schaute so lange auf die Sachen, bis sie vor ihren Augen verschwammen.

Dann setzte sie sich in den Schaukelstuhl am Fenster, lehnte sich zurück und ließ ihren Tränen freien Lauf.

Als Leo und Sonnenschein ins Präsidium zurückkehrten, waren beide guter Dinge.

»Dann war es wohl ein gutes *forgefil*«, bemerkte Sonnenschein. »Meinen Sie, der Täter könnte diese Spezialflasche benutzt haben, um das Gift zu versprühen? Dann könnte die fragliche Substanz doch im Rosenwasser gewesen sein.«

Leo nickte. »Er muss es gar nicht selbst versprüht haben. Wenn die Tote das Rosenwasser täglich benutzt hat, brauchte er die tödliche Flüssigkeit einfach nur einzufüllen. Und wenn es wirklich so fein zerstäubt wurde, wie Lehnhardt sagt, könnte die Sache mit dem Einatmen tatsächlich funktioniert haben. Damit wären wir ein ganzes Stück weiter.«

Sie stiegen in den ersten Stock hinauf, wo sich die Büros des Morddezernats befanden, und wären vor der Tür beinahe mit Herbert von Malchow zusammengestoßen. Leo wollte schon grußlos an ihm vorbeigehen, als von Malchow Sonnenschein ansprach.

»Ich glaube, Sie haben Besuch.« Er sagte es in einem süffisanten Ton, der Leo aufhorchen ließ.

Sonnenschein schaute ihn arglos an. »Ist es beruflich?«

»Das würde ich nicht sagen, *Herr Sonnenschein.*« Er betonte den Namen auf eine sonderbare Weise.

Als sie in den Flur traten, entdeckten sie eine Gruppe von Beamten, die vor der Tür zu ihrem Büro standen und hineinstarrten.

Sonnenschein ging unwillkürlich schneller, drängte sich zwischen den Kollegen hindurch und sah – seinen Vater.

»Mein Junge.« Nathan Sonenszajn sprang auf. Er hatte eine Schramme auf der Stirn, aus der Blut übers Gesicht bis in seinen Bart geronnen war. Dann folgte ein Redeschwall auf Jiddisch, die Hände hatte der Vater auf die Schultern seines Sohnes gelegt.

»Was ist hier los?« Leo war ins Zimmer getreten. Er warf einen Blick auf den Mann und schlug den Kollegen die Tür vor der Nase zu.

Sonnenschein sah ihn aufgeregt an. »Herr Kommissar, das ist mein Vater, Herr Nathan Sonenszajn. Er betreibt eine Fleischerei in der Gormannstraße, in der Nähe des Arbeitsnachweises. Er sagt, dort würden Juden angegriffen.«

»Mal langsam.« Leo setzte sich an den Schreibtisch. »Warum kommt er damit zur Kripo?«

»Weil ich sein Sohn bin«, erklärte Sonnenschein.

»Verstehe.« Leo schaute von einem zum anderen. »Trotzdem ist das ein Fall für die Schupos, nicht für uns. Straßenunruhen fallen nicht in unseren Zuständigkeitsbereich. Außerdem haben wir Dringenderes zu tun.«

Sonnenschein holte tief Luft. »Dann bitte ich um vorübergehende Beurlaubung. Mein Vater wurde verletzt, er ist nicht der Einzige. Die Leute werden durch die Straßen gejagt, ausgezogen und verprügelt. Und die Polizei schaut zu.«

»Augenblick mal. Soll das heißen, es sind Schupos vor Ort, die nicht einschreiten?«

Sonnenschein nickte. »So habe ich meinen Vater verstanden.«

»Was hat er sonst noch gesagt?«

»Er hat in seinem Laden gestanden. Ihm waren schon seit Tagen Personen aufgefallen, die Flugblätter verteilten. Sie selbst hatten ja auch eins bekommen.«

Leo erinnerte sich nur zu gut, wie er den besorgten Kollegen beschwichtigt hatte.

»Vor dem Arbeitsnachweis hatten sich wie immer viele Leute versammelt. Er wurde schon auf dem Weg in seinen Laden angepöbelt, man belästigt also nicht nur Leute, die Arbeit suchen oder ihr Geld abholen wollen. Das waren Aufwiegler, die sich unter die Menge gemischt hatten.«

»Und dann?«

»Angeblich soll das Amt um halb zwölf erklärt haben, es sei kein Geld mehr vorhanden. Daraufhin kam es zu Ausschreitungen.«

Der Fleischer gestikulierte mit den Armen und deutete auf die Tür.

»Mein Vater sagt, er müsse zurück in seinen Laden. Er hat Angst, dass sie ihn plündern. Ich gehe mit.«

Leo überlegte rasch. Sonnenschein durfte nicht auf eigene Faust handeln, und wenn der Betroffene zehnmal sein Vater war. Während seiner Dienstzeit hatte er seine Pflicht zu erfüllen, und die hieß: Ermittlungen im Fall Strauss.

Und ihn selbst ging das hier schon gar nichts an, es war eindeutig ein Fall für die Schutzpolizei. Er würde korrekt handeln, wenn er den jüdischen Fleischer aufforderte, sich an die Kollegen zu wenden. Doch er ahnte, dass der Mann die Wahrheit sagte und von dort keine Unterstützung zu erwarten war.

In der kurzen Zeit, die er mit Sonnenschein zusammenarbeitete, hatte er ihn schätzen gelernt. Wenn Sonnenschein eigenmächtig das Präsidium verließ, riskierte er eine Rüge. Und wenn Leo es ihm erlaubte, verstieß er selbst ebenfalls gegen die Vorschriften.

»Herr Sonnenschein, wir haben zu tun.« Er zwinkerte ihm zu. »Nehmen Sie Ihren Vater, und kommen Sie mit.«

Als die drei Männer auf den Flur traten, hatte sich die Ansammlung der Kollegen zerstreut, nur von Malchow stand lässig an die Wand gelehnt da.

»Sieh an, Herr Wechsler, ein neuer Fall? Seit wann kümmern Sie sich um Ostjuden, die sich ein paar Kratzer geholt haben?«

Leo spürte, wie sich Sonnenschein neben ihm verkrampfte, und berührte ihn am Arm. »Das geht Sie nichts an, von Malchow.«

»Ich dachte, Sie hätten mit dieser angeblichen Vergiftung zu tun. Ihre Ermittlungen ziehen sich ja ganz schön hin.«

Leo kannte von Malchow gut genug, um sich nicht provozieren zu lassen.

»Ihre Sprüche können Sie sich sparen.«

»Merkwürdig, wie zuvorkommend der Mann behandelt wird. Seit wann ist die Kripo für solche Bagatellen zuständig? Wenn es nach mir ginge, würde er in Stargard oder Cottbus sitzen.«

Dort gab es seit einigen Jahren sogenannte Abschiebelager für Ostjuden. Vor allem Stargard hatte einen äußerst schlechten Ruf.

»Herr von Malchow, ich werde mich über Sie beschweren«, erklärte Leo mit zusammengebissenen Zähnen. »Denken Sie dran, Sie wurden schon einmal strafversetzt. Beim nächsten Mal könnte es mit Ihrer Karriere in der Inspektion A endgültig vorbei sein.«

Dann schob Leo Sonnenschein und dessen Vater vor sich her in Richtung Ausgang. Er spürte, wie sich von Malchows Blick in seinen Rücken bohrte.

18

Als Adrian Lehnhardt von der Wohnungsbegehung zurückkehrte, fand er einen aufwendig gedeckten Mittagstisch vor.
Seine Mutter erwartete ihn schon.

Er schaute erstaunt von ihr zu dem erlesenen Porzellan
und den weißen Stoffservietten mit den silbernen gravierten
Ringen. »Gibt es etwas zu feiern, Mutter?«

Rosa Lehnhardt zuckte mit den Schultern. »Einfach nur
so, ein schönes Essen für uns beide. Du bist so früh aus dem
Haus gegangen, da konnte ich dich nicht fragen.«

Eigentlich war er nicht hungrig, der Besuch in der vertrauten und doch so fremden Wohnung war ihm auf den Magen
geschlagen, aber er wollte seiner Mutter nicht die Freude
verderben. Also setzte er sich und breitete die Serviette auf
dem Schoß aus.

»Wo bist du denn gewesen?«

»In der Musikalienhandlung wegen neuer Saiten und dann
in Tante Jettes Wohnung. Mit der Polizei.«

Rosa, die gerade ihre Serviette nehmen wollte, hielt kurz
in der Bewegung inne. »Mit der Polizei? Sie haben die Wohnung doch schon durchsucht.«

»Ja, aber nicht mit jemandem, der sich dort auskennt.«
Als das Hausmädchen die Suppe auftrug, verstummte er und
wartete, bis sie gegangen war. »Ich sollte mir ansehen, ob
etwas fehlt oder verändert wurde.«

»Und?«

»Mir ist nur eins aufgefallen.«

»Was denn?« Sie schöpfte Suppe in die Tassen.

»Die Sprühflasche für das Rosenwasser, die Vater ihr geschenkt hat.«

»Was ist damit?«

»Sie war nicht mehr da. Ich kann mich nicht erinnern, ob sie noch auf der Kommode stand, als Tante Jette …«

»Ach so. Vielleicht hat sie sie weggeräumt. Oder sie ist kaputtgegangen«, meinte seine Mutter und aß einen Löffel Suppe. »Brauchst du noch Salz?«

»Nein, danke.«

»Es ist schön, dich mal für mich allein zu haben. Du warst in letzter Zeit so oft unterwegs. Die Nichte von Moltkes heiratet, wir sind eingeladen. Sie feiern im Esplanade, wir sollten die Einladung annehmen.«

»Was habe ich mit Moltkes Nichte zu tun?«, fragte Adrian ein wenig ungehalten. »Außerdem verkehren dort lauter alte Monarchisten. Da traut sich keiner, denen einmal auf die Füße zu treten.«

»Seit wann redest du so nachlässig daher? Du solltest dich öfter in Gesellschaft zeigen, mein Junge. Gute Verbindungen können einem Künstler nützlich sein.«

Er fragte lieber nicht, an welche Art von Verbindungen sie dachte. Plötzlich fehlte ihm Tante Jette so sehr, dass es wehtat. Sie hatte sich nie für die feine Gesellschaft oder deren Ansichten interessiert und auch nicht für das, was man gemeinhin als guten Ruf bezeichnete.

»Du bist so still.«

Er riss sich von seinen Erinnerungen los. »Ich überlege es mir, Mutter.« Er zögerte. »Ich hoffe, der Leichnam wird bald freigegeben. Ich möchte, dass Tante Jette in Würde beerdigt wird.«

»Davon nichts bei Tisch, Adrian.«

Sie aßen schweigend weiter. Erst im Nachhinein fiel ihm auf, wie achtlos sie die Sache mit der Flasche abgetan hatte.

Sobald Leo zu Fuß vom Hackeschen Markt nach Norden in die Rosenthaler Straße einbog, spürte er die zunehmende Unruhe in den Straßen. Er hatte sich entschieden, keinen Wagen zu nehmen; damit würde er in der Gegend nur Aufsehen erregen. Sonnenschein und seinen Vater hatte er im Taxi vorausgeschickt.

Im Präsidium hatte er sich eine Dienstpistole besorgt. Die Dreyse 1907 war so handlich, dass er sie in die Manteltasche stecken konnte.

Als Leo in der Gormannstraße ankam, herrschte dort blanker Aufruhr. Auf der anderen Straßenseite zersplitterte ein Schaufenster, und der Mob drängte heran, um sich an den Auslagen zu bedienen. Das gesamte Viertel schien aus den Fugen zu geraten, auf den Straßen tobten Schlägereien, überlagert von Gebrüll, Flüchen und Hilferufen.

»Was ist hier eigentlich los?«, rief Leo in die Menge hinein.

Ein Mann deutete wild in die Luft. »Die Juden ham det wertbeständije Jeld vom Amt in Papierjeld jetauscht, unter Kurs! Dreckige Spekulanten sind det! Und wir ham nüscht zu fressen!«

»Die rotten sich zusammen!«, schrie jetzt ein anderer Mann neben Leo und winkte seinen Kumpanen. »Hinterher!«

Leo zeigte seine Dienstmarke. »Wer rottet sich zusammen?«

»Die vom RjF! Die haben Waffen!« Der Mann stürzte den anderen nach.

RjF – der Reichsbund jüdischer Frontsoldaten. Leo schaute sich um. Noch immer waren keine Schupos zu sehen. Aus allen Nebenstraßen drängten Menschen, fanden sich in Gruppen zusammen, brüllten, gestikulierten und trugen zum allgemeinen Chaos bei.

Leo schob sich durch die Menge, Glas knirschte unter seinen Füßen. Ein großes Gebäude, das musste der Arbeitsnachweis sein. Nun war es nicht mehr weit bis zur Fleischerei. Ein Stück weiter bot sich ihm ein jammervolles Bild.

Nathan Sonenszajn saß auf den Stufen vor seinem Laden, an die Tür hatte jemand mit weißer Farbe grob das Wort »JUDE« gepinselt. Die Fensterscheibe war zerschmettert. Der alte Mann hielt die Hände vor sich ausgebreitet und drehte sie hin und her, als wären sie ihm fremd geworden. Sein Sohn stand daneben, um ihn zu beschützen.

»Sonnenschein, Sie bringen Ihren Vater jetzt nach Hause. Holen Sie Bretter und Nägel, dann kommt der Mob wenigstens nicht in den Laden. Schnell!«

Sonnenschein zog seinen Vater von den Stufen hoch, und dieser schaute Leo sonderbar an. Dann ließ er sich von seinem Sohn wegführen.

Leo zündete sich eine Zigarette an und blickte sich voller Unbehagen um. Die Stimmung war so aufgeladen, dass er jeden Augenblick mit einem neuerlichen Angriff auf die Fleischerei rechnete. Hoffentlich tauchte Sonnenschein bald wieder auf.

Irgendwann kam der Kriminalassistent angehetzt, den Kragen offen, den Hut auf den Hinterkopf geschoben. Er schleppte einige Bretter hinter sich her und hatte einen Beutel mit Hammer und Nägeln umgehängt.

»Tut mir leid, aber meine Eltern wohnen in der Hirtenstraße. Das ist ein Stück zu laufen.«

»Schon gut. Los, wir nageln die Bretter quer davor.«

Während sie sich ans Werk machten, wurden sie von Wurfgeschossen am Rücken getroffen. Leo drehte sich um. Eine Gruppe Männer stand gaffend da. »Wieso helfen Se denen?«, fragte einer.

»Weil Leute wie Sie das kaputtmachen«, entgegnete Leo und schlug den nächsten Nagel ein.

»Judenfreund!«

Wieder traf ihn ein Stein. Leo ließ den Hammer fallen, zog die Pistole und richtete sie auf den Mann. »Das hier ist eine polizeiliche Maßnahme, verstanden?«

Der Mann wich erschrocken zurück, fasste sich aber wieder. »Polizei? Ick dachte, die gucken heute bloß zu.« Er deutete die Straße hinunter, und Leo bemerkte einen Mannschaftswagen der Schutzpolizei, der ein Stück weiter wartete. Niemand war ausgestiegen, niemand schritt ein.

Leo machte eine Bewegung mit der Waffe. »Verschwinden Sie, aber schnell!«

»Danke.« Sonnenschein sprach leise, obwohl die Männer mittlerweile weitergegangen waren.

»Glauben Sie bloß nicht, dass mir wohl dabei ist«, erwiderte Leo barsch.

Sie nagelten alle Bretter vor das zerbrochene Fenster.

»Wir bringen Ihrem Vater den Hammer zurück und gehen von dort aus ins Büro, denn wir haben ja jetzt endlich eine neue Spur im Fall Strauss. Wir müssen diese Sprühflasche finden.«

Als hinter ihnen Fußgetrappel erklang, drehte Sonnenschein sich um. Eine Gruppe von etwa zwanzig Männern lief in Richtung Bülowplatz. Einige trugen Gummiknüppel, manche hatten auch Pistolen in der Hand.

Leo und Sonnenschein sahen sich wortlos an und gingen schneller. In der Hirtenstraße klingelte Sonnenschein an einem unscheinbaren Haus. Eine ältere, dunkel gekleidete Frau mit Kopftuch öffnete, drückte ihn an sich und rief mit besorgter Stimme etwas auf Jiddisch.

Sonnenschein drehte sich verlegen um. »Meine Mutter, Herr Kommissar, Frau Mava Sonenszajn. Mutter, das ist mein Chef, Kommissar Wechsler.«

Die Frau nickte zaghaft und redete wieder auf ihren Sohn ein, der auf Jiddisch antwortete und ihr beruhigend über den Arm strich. Er legte den Hammer in den Hausflur, schob sie sanft hinein und schloss die Tür hinter ihr. »Verzeihung.«

»Schon gut. Gehen wir.«

Auf dem Bülowplatz hatte sich eine riesige Menschenmenge versammelt.

»Judenpack!«, ertönte ein Ruf, der schnell von anderen aufgenommen wurde.

Leo wandte sich an die Umstehenden. »Was ist hier los?«

»Bewaffnete Juden, die sind gefährlich!«, rief einer.

»Schlagt sie tot!«, brüllte ein anderer.

»Die sind vom Soldatenbund, aber das heißt gar nix. Wer Verbrechern hilft, ist selbst einer.«

»Der RjF«, sagte Sonnenschein. »Die sind vermutlich angerückt, um die Juden zu verteidigen.«

Die Menge geriet in Bewegung, drängte weiter in die Mitte, als wollte sie die Männer dort zerdrücken. Von hinten kamen immer mehr dazu, sodass Leo und Sonnenschein mitgerissen wurden. »Bleiben Sie neben mir!«, schrie Leo, der sich mit Mühe auf den Füßen hielt.

Ein mit Schupos besetzter Mannschaftswagen rollte heran. Vor ihnen rief ein Mann: »Helfen Sie uns! Bitte, helfen Sie uns doch!« Das musste einer der ehemaligen Frontkämpfer sein.

Leo beobachtete fassungslos, wie der Wagen weiterfuhr. Aus den Kehlen der Angreifer drang lautes Hurra-Geschrei. Was hatte das zu bedeuten? Waren heute alle verrückt geworden?

Dann gab es einen gewaltigen Ruck, die Menge wurde auseinandergedrängt. Die Leute vor ihnen wichen zurück. Eine Lücke tat sich auf. Sie sahen, wie Männer aufeinander losgingen, mit Fäusten und Gummiknüppeln auf die Gegner einhieben. Jetzt fuhr erneut ein Mannschaftswagen vor, der mit achtzehn Schupos besetzt war. Ein Mann, offenbar der Anführer des jüdischen Kampftrupps, hob die Hand und lief hin.

»Gut, dass Sie endlich kommen«, hörte Leo ihn zu den Polizisten sagen. »Wir warten dringend auf Hilfe.«

Doch der Mann hatte sich verrechnet. Während hinter ihm weiter die Schlacht tobte, trat der Einsatzleiter auf ihn zu und legte ihm Handschellen an.

»Was soll das? Ich bin Dr. Bernhard, Mitglied im Reichsbund jüdischer Frontsoldaten. Wir sind angegriffen worden, sehen Sie doch ...« Er deutete auf die Menschenmenge, die seine Kameraden nach wie vor eingekreist hatte.

»Auf den Wagen!«, brüllte der Polizist und stieß ihn brutal vor sich her.

Leo trat einen Schritt vor, doch Sonnenschein hielt ihn zurück. »Lassen Sie, so kommen die Leute wenigstens in Sicherheit.«

Die Schupos verhafteten unter dem Johlen der Umstehenden den gesamten Trupp und verfrachteten ihn auf den Mannschaftswagen. Dann gab der Einsatzleiter das Signal zur Abfahrt.

Auf dem Pflaster lagen plattgetretene Hüte und Mützen, man sah Blutspritzer und einige ausgeschlagene Zähne. Die Menge zerstreute sich, als hätte sie einem harmlosen Jahrmarktsvergnügen beigewohnt.

Der Hof der Polizei-Inspektion in der Kleinen Alexanderstraße war von grauen Mauern umschlossen.

Die Männer, die in Reih und Glied dastanden, waren wie erstarrt, das Entsetzen über das Geschehene saß tief.

»Warum dürfen die das?«, flüsterte einer. »Wer sind denn hier die Verbrecher? Wo sind die Leute, die uns angegriffen haben?«

»Ruhe!«, brüllte ein Polizeihauptmann, der mit energischen Schritten hin- und hermarschierte, als nähme er eine Parade ab.

»Sie dürfen es nicht, sie tun es einfach«, flüsterte ein anderer. Er hatte vorhin auf dem Bülowplatz das Kommando übernommen und versucht, die Gegenwehr zu organisieren.

Noch immer konnte er nicht fassen, dass sie, ehemalige Frontkämpfer, wie gemeine Kriminelle behandelt wurden, obwohl sie ihre Glaubensgenossen nur verteidigt hatten. Hatte der Hass schon so weit um sich gegriffen, dass er selbst vor Männern wie ihnen nicht Halt machte?

Eines wusste er – sobald sie ihn laufen ließen, würde er sich an die Presse wenden. Mit jedem Journalisten, der seine Geschichte hören wollte, würde er reden. Ganz Berlin, ganz Deutschland sollte erfahren, welches Unrecht hier geschehen war.

Herbert von Malchow wusste, dass der Polizeipräsident ein Sozialdemokrat und damit nicht seine Kragenweite war, aber es lohnte den Versuch. Von Malchow hatte gute Beziehungen zum Innenministerium, die er notfalls spielen lassen konnte.

Wilhelm Richter war von Beruf Feinmechaniker, kein Jurist, und nach von Malchows Dafürhalten eher aus politischen denn aus fachlichen Gründen ins Amt gelangt. Überall Gleichmacherei, so weit man blickte. Ein Polizeipräsident, der nicht Jura studiert hatte, so etwas hatte es früher nicht gegeben.

»Herr von Malchow, bitte nehmen Sie Platz«, sagte Richter.

»Danke. Ich komme in einer … etwas heiklen Angelegenheit. Heute gab es Unruhen im Scheunenviertel.«

Richters überraschter Blick verriet ihm, dass die Neuigkeit noch nicht bis zu ihm vorgedrungen war. »Weiter.«

»Ein Kollege hat sich dorthin begeben, weil sein Vater bei diesen Unruhen verletzt wurde. Sie richten sich gegen die Ostjuden.« Er wartete, bis die Worte Wirkung zeigten.

»Sein Vater ist Ostjude?«

»Ja. Man hatte den Mann geschlagen.«

»Und der Sohn hat nach dem Rechten gesehen. Das ist nicht verwerflich«, erklärte Richter.

»Gewiss nicht. Nur hat ihn mein Kollege Wechsler begleitet, und ich habe seit Stunden nichts mehr von ihnen gehört. Allmählich mache ich mir Sorgen. Wechsler bearbeitet einen dringenden Fall, die Presse übt schon Druck aus.« Er scheute sich nicht, der Wahrheit ein bisschen nachzuhelfen.

»Gab es denn einen Einsatzbefehl für die Inspektion A?«, wollte Richter wissen.

»Nein. Es ist natürlich eine Angelegenheit der Schutzpolizei, wie alle Straßenunruhen.«

»Und seit wann sind die Herren abgängig?«

Von Malchow sah auf die Uhr. »Vier bis fünf Stunden.«

Richter überlegte. »Ich spreche mit Gennat.«

»Ich hoffe, Sie missverstehen meine Beweggründe nicht, Herr Polizeipräsident. Aber die laufenden Fälle genießen Vorrang, und ich fände es bedauerlich, wenn wir eine schlechte Presse bekämen. Das ist für alle Beteiligten unerfreulich.«

Vor allem für den Polizeipräsidenten, dachte er bei sich.

»Herr von Malchow, ich habe Sie durchaus verstanden und danke Ihnen für den Hinweis.«

Sowie von Malchow das Büro verlassen hatte, griff Richter zum Hörer. »Gennat, was geht bei Ihnen da unten vor?«

Walther und Berns hatten Margot Lincke mit aufs Präsidium genommen und einen Haftbefehl beantragt. Eine Frage blieb jedoch noch zu klären.

»Auf der Frauenstation des Luisenkrankenhauses hat eine Frau Dr. Strauss gearbeitet«, sagte Berns. »Haben Sie sie kennengelernt?«

Margot Lincke erwachte aus ihrer Apathie. »Ja, die war sehr freundlich. Gar nicht von oben herab.« Sie zögerte. »Wenn eine Frau einen untersucht, ist das schon angenehmer.«

»Frau Dr. Strauss ist tot«, sagte Walther unvermittelt.

Ihre Reaktion war bemerkenswert. Sie blickte abrupt hoch

und sah ihn aus weit aufgerissenen Augen an. »Aber…
warum? Sie war doch noch jung…«

»Wir ermitteln in diesem Fall«, sagte Walther. »Ist Ihnen
während Ihres Aufenthalts auf der Station irgendetwas aufgefallen, das mit Dr. Strauss zu tun hatte?«

Margot Lincke schüttelte heftig den Kopf. »Sie war beliebt, alle mochten sie gern. Mehr kann ich nicht sagen.«

»Wir müssen Ihnen trotzdem die Frage stellen, wo Sie am
Abend des 17. Oktober gewesen sind.«

»Haben Sie einen Kalender?«

Berns nahm den Wandkalender herunter und legte ihn auf
den Tisch. Die junge Frau fuhr mit dem Finger die Daten
nach und überlegte. »Da war ich zu Hause. Mir ging es noch
schlecht. Und mein Mann hatte Frühschicht.«

»Er kann also bestätigen, dass Sie zu Hause waren?«

Margot Lincke nickte. Mehr war nicht aus ihr herauszubringen.

»Es tut mir leid, Herr Kommissar«, sagte Sonnenschein,
während Leo die Treppe hinaufstürmte. »Ich hätte Sie da
nicht hineinziehen sollen. Sie sind meinetwegen mitgegangen…«

Leo sagte schroff: »Nein, Sonnenschein, das bin ich nicht.
Ich wollte mir das mit eigenen Augen ansehen.«

Sonnenschein wandte sich ab. »Ach so.«

»Was glauben Sie, was die Zeitungen in den nächsten Tagen über die Polizei schreiben werden? Brutale Schläger, un-
tätige Beamte, wie soll die Bevölkerung einem da vertrauen?«
Leo seufzte.

Er wollte gerade ins Vorzimmer treten, als sich die Tür
nebenan öffnete und Robert Walther auf den Flur trat. »Wo
bist du gewesen? Von Malchow macht einen gewaltigen Aufstand von wegen Pflichtversäumnis, Vernachlässigung deiner
Aufgaben –«

Leo platzte der Kragen. »Von Malchow soll sich dahin scheren, wo der Pfeffer wächst.« Dann berichtete er kurz, was sie erlebt hatten.

»Ist das dein Ernst? Die haben diese jüdischen Frontkämpfer mitgenommen und geschlagen?«

»Ich habe es selbst gesehen.«

»Das gibt eine schlechte Presse. Noch schlechter als die, mit der du laut von Malchow zu rechnen hast.«

»Wieso?«

»Weil du den Fall Strauss vernachlässigst.«

»Seit wann interessiert sich die Presse für eine tote Ärztin?«

Walther verschwand in seinem Büro und kam mit der ›Morgenpost‹ zurück. »Seit dem hier.«

Es war die aktuelle Ausgabe. Die Schlagzeile lautete:

Ärztin vergiftet –
Wer tötete den Engel der Frauen?

19

Grete Meyer sah Alice Vollnhals trotzig an. »Hast du vorher auch nur ein Wort davon in der Zeitung gelesen? Dabei ist Jette schon seit zwei Wochen tot. Normalerweise steht jede Mordgeschichte groß in der Zeitung. Jeder kleine Skandal wird aufgebauscht, und wenn eine Frau wie sie –«

Alice warf die Zeitung aufs Sofa und fuhr sich durch die Haare. »Meinst du, das war der richtige Weg? Soll denn jetzt auch Jette zum Skandal werden? Wir wissen doch gar nicht, wer es getan hat. Und die Polizei hat sich nicht mehr bei uns gemeldet.«

»Eben. Wir wissen gar nichts. Henriette hat wichtige Arbeit geleistet, und ihr Tod wird einfach unter den Teppich gekehrt. Deshalb habe ich mit Vera gesprochen. Wenn Jette ein Mann gewesen wäre …«

»Ja, ja, das alte Lied«, erwiderte Alice ungehalten. »Die Polizei wird nicht begeistert sein von Veras Artikel. Und ich bin es auch nicht. ›Engel der Frauen‹, das ist sentimentaler Unsinn.«

»Ich weiß. Aber ihr Tod ist jedenfalls kein Geheimnis mehr«, erwiderte Grete beharrlich. »Vielleicht gibt es Leute, mit denen die Polizei noch nicht gesprochen hat und die den Beamten bei den Ermittlungen helfen können.«

Alice ging schweigend auf und ab. Es war ihr nicht recht, dass man sich nun öffentlich über Henriette den Mund zerreißen würde. Andererseits war es wirklich fast so, als hätte es Jette nie gegeben, als wäre sie aus diesem Leben verschwunden, ohne irgendeine Spur zu hinterlassen.

»Vielleicht sollten wir einmal bei ihrer Familie anrufen und uns erkundigen, wann mit der Beerdigung zu rechnen ist«, meinte sie versöhnlich.

»Ist das nicht zu aufdringlich?«

»Das finde ich nicht. Ihr Neffe wird sich bestimmt freuen, wenn er merkt, dass es Menschen gibt, denen sie wichtig war. Sie hat doch immer so stolz von ihm gesprochen.«

»Der Kriminalkommissar, mit dem wir geredet haben, war eigentlich ganz nett. Vielleicht kann er uns sagen, wann der Leichnam freigegeben wird«, schlug Grete vor. »Ich finde es unangenehm, bei der Familie nachzufragen, wir kennen sie doch gar nicht.« Sie überlegte. »Allerdings wird er uns vermutlich nichts sagen, die Polizei ist in solchen Dingen sehr zugeknöpft.« Als Anwältin sprach Grete aus Erfahrung.

»Ob er noch so freundlich ist, nachdem er den Artikel gelesen hat, wage ich zu bezweifeln«, meinte Alice und zitierte: »›Sonderbar hingegen erscheint die Tatsache, dass die Polizei bisher nichts über den Fall hat verlauten lassen. Es fand keine Pressekonferenz statt wie sonst bei Mordfällen, die von allgemeinem Interesse sind. Dies lässt nur den Schluss zu, dass die polizeilichen Ermittlungen bislang fruchtlos verlaufen sind.‹«

Grete zuckte mit den Schultern. »Ich hatte nicht damit gerechnet, dass Vera es als Kritik an der Polizei aufziehen würde.« Vera Kant war eine alte Bekannte, die als Journalistin bei der ›Morgenpost‹ arbeitete und auch zu ihrem Kreis gehörte.

»War das ihre Idee mit dem Artikel?«, fragte Alice.

Grete nickte. »Eigentlich ging es gar nicht um Jette. Sie wollte etwas Juristisches klären und erkundigte sich beiläufig, wie es uns allen gehe. Da habe ich es ihr erzählt. Sie war außer sich, weil keine Zeitung darüber berichtet hatte.«

»Das Wenige, was wir wissen, hat sie ganz schön aufgeblasen«, erwiderte Alice säuerlich. »Nun denn, das ist wohl nicht mehr zu ändern.«

Gewöhnlich ging Leo gerne zu Gennat. Diesmal aber ... Die rohe Gewalt, die auf den Straßen geherrscht hatte und immer noch herrschte, ließ sich nicht mit den Taten der Berufskriminellen vergleichen, mit denen sie es gemeinhin zu tun hatten. Wer seinen Unterhalt mit Stehlen und Rauben, mit Fälschen und Betrügen verdiente, wurde verfolgt und bestraft. Als Polizist stand man zwangsläufig auf der richtigen Seite.

Heute aber hatte die Polizei sich auf die Seite des Unrechts geschlagen. Leo wusste nicht, ob die Schupos auf Anweisung oder aus einem Impuls heraus gehandelt hatten. Womöglich hatten sie die jüdischen Frontkämpfer tatsächlich als Rechtsbrecher empfunden. Das entschuldigte allerdings nicht ihre Untätigkeit angesichts der Gewalttaten auf den Straßen. Leo schämte sich plötzlich, Polizist zu sein, und war insgeheim froh, keine Uniform zu tragen.

Er klopfte, und Trudchen Steiner winkte ihn durch. Gennat thronte auf seinem durchgesessenen Sofa, vor sich das obligatorische Stück Torte. »Auch eins, Wechsler?«

Plötzlich wurde Leo bewusst, dass er seit dem Frühstück nichts mehr gegessen hatte, und er nickte. »Danke, gern.«

»Schwarzwälder Kirsch?« Er schaufelte Leo ein Riesenstück auf den Teller und schob ihn über den Tisch.

»So, dann erzählen Se mal. Ich habe vorhin einen Anruf von Richter persönlich erhalten: Seit wann sich meine Kriminalbeamten in die Aufgaben der Schutzpolizei einmischen würden, wollte er wissen. Warum Sie sich im Scheunenviertel herumtreiben, statt den Fall Strauss zu bearbeiten. Angeblich sollen Sie Leute mit der Waffe bedroht haben.«

Leo schluckte den Bissen Sahnetorte und eine spontane Antwort hinunter. Erst überlegen, dann reden. »Ich bin mit dem Kollegen Sonnenschein hingegangen, weil sein Vater ins Präsidium gekommen war. Man hatte ihn auf offener Straße vor seinem Laden misshandelt. Dass ich die Waffe gezogen habe, war unklug, das gebe ich zu. Aber, Herr Gennat, ich weiß nicht, ob Ihnen bekannt ist, was gerade auf den Straßen im Scheunenviertel passiert. Dort herrscht der Mob. Plünderungen, Prügel, Sachbeschädigung, Menschen werden durch die Straßen gejagt wie Hunde. Und die Schutzpolizei bleibt untätig.«

»Das ist kein Fall für uns, Wechsler.«

Leo senkte den Blick. »Ich weiß.«

»Mehr haben Sie nicht zu sagen?«

»Eigentlich nicht, Herr Gennat. Vielleicht noch, dass ich mich heute für meinen Beruf geschämt habe.«

Gennats massiger Körper zuckte zusammen. »So schlimm, Wechsler?«

Leo nickte. »Die Presse wird nicht freundlich mit uns umgehen. Es ist Unrecht geschehen, und die Polizei hat es nicht verhindert.«

Gennat lehnte sich zurück und faltete die Hände über dem Bauch. Er hatte die Augen fast geschlossen, als würde er schlafen, doch Leo kannte den Ausdruck. Gennats Gehirn arbeitete auf Hochtouren.

»Sie wissen, dass Sie Feinde im Präsidium haben. Aber Richter ist ein vernünftiger Kerl, wenn auch kein Polizist oder Jurist. Wenn Sie den Fall Strauss zügig aufklären, sind diese Eskapaden vergessen. Das muss jetzt vorangehen. Die Presse hat Lunte gerochen.«

Erleichtert brachte Leo ihn auf den neuesten Stand.

»Finden Sie die Flasche. Und machen Sie Druck auf die Familie, wenn Sie glauben, dass die etwas verschweigt. Sonst heißt es in der Presse wieder, wir täten nicht genug. Sie wissen, wie sehr ich nasse Fische hasse.«

So hießen im Jargon die ungelösten Fälle.

»Ja, Herr Gennat.«

»So, Wechsler, und jetzt nehmen Sie noch einen Bienenstich, Sie sehen ja halb verhungert aus.«

Als Leo sich endlich auf den Nachhauseweg machte, blieb er unterwegs mehrmals stehen und schaute sich verwundert um. War dies noch derselbe Tag, der mit dem versuchten Diebstahl in der Milchhandlung begonnen hatte? Es kam ihm vor, als wäre seitdem eine Ewigkeit vergangen. Hier in Moabit schien niemand etwas von den Vorfällen im Scheunenviertel zu ahnen. Doch das, was er heute mit angesehen hatte, ließ Leo nicht los.

Er hätte gern mehr getan, hatte aber auch so schon seine Stellung in der Burg gefährdet. Er ahnte, wer Richter von seinem Alleingang erzählt hatte. Von Malchow war dabei gewesen, als Sonnenscheins Vater aufgetaucht war.

Er würde Gennat vorschlagen, eine Pressekonferenz abzuhalten; vielleicht würden sich konkrete Hinweise ergeben, wenn sie die Öffentlichkeit informierten.

Leo war froh, als er zu Hause ankam. Die Kinder freuten sich, ihn zu sehen, und er konnte die Ereignisse des Tages wenigstens vorübergehend beiseiteschieben. Sie setzten sich alle gemeinsam an den Esstisch. Eine Nachbarin hatte Ilse im Tausch gegen eine Karte Knöpfe zwei Pfund Kartoffeln mitgebracht, die Ilse in einer Hefesuppe mit einer Zwiebel und etwas Petersilie gekocht hatte. Dazu gab es ein großes Graubrot, und Leo schaute seine Schwester überrascht an.

»Hast du lange dafür anstehen müssen?«

Ilse schüttelte den Kopf und wirkte plötzlich verlegen. Leo schnitt sich eine Scheibe Brot ab und tunkte sie in die Suppe. Sie aßen schweigend, nur Marie blickte unsicher von einem zum anderen.

»Seid ihr böse miteinander?«

»Nein, Liebes, warum?«, fragte Leo.

»Weil ihr nichts sagt, Vati.«

»Wir essen. Dabei müssen wir nicht die ganze Zeit reden.« Mit einem Anflug von schlechtem Gewissen dachte er an die Torte, die Gennat ihm spendiert hatte.

»Ach so. Ich dachte schon, das wäre, weil Tante Ilse das Brot geschenkt bekommen hat.«

Leo legte den Löffel beiseite und schaute seine Schwester an. »Möchtest du mir etwas erzählen?«

Später ging er noch einmal zu Clara. Eigentlich war es zu spät, und der Tag saß ihm in den Knochen, doch Ilses Verhalten hatte wieder einmal zum Streit geführt.

Sie hatte ihrem Bruder überdeutlich die Meinung gesagt. »Ich will nicht, dass du mir eine Stelle suchst. Ich will auch nicht, dass du dir ständig Gedanken über mich machst. Mein Leben lang haben andere über mich bestimmt. Ich habe nie allein entscheiden können, so wie Clara. Sie versteht mich.«

Als er bei Clara auf dem Sofa saß, stützte er den Kopf in die Hände und seufzte. So müde war er lange nicht gewesen, er konnte gar nicht mehr klar denken.

Clara brachte ihm trotz der späten Stunde einen Kaffee. »Echter, kein Muckefuck! – Endlich habt ihr offen gesprochen, das ist gut«, sagte sie mit Nachdruck.

»Ich habe es falsch angefangen, ihr Vorwürfe gemacht.« Dann blickte er plötzlich auf, erinnerte sich an Ilses Worte, die er vorhin kaum beachtet hatte. *So wie Clara. Sie versteht mich.* »Hast du es etwa gewusst?«

Clara nickte. »Sie hat mich darum gebeten, es vorerst für mich zu behalten.«

Leo stellte die Tasse so fest auf den Tisch, dass der Kaffee überschwappte. Dann stand er auf.

»Leo, bitte bleib hier. Ich will mit dir reden.«

»Mir ist nicht nach Reden«, sagte er leise und ging.

20

Leo wartete, bis Ilse das Haus verlassen hatte, bevor er frühstückte. Die Kinder wirkten bedrückt, doch er erwähnte die Auseinandersetzung nicht.

Dann holte er seine goldene Uhr und legte sie auf den Esstisch. Georg sah ihn fragend an.

»Die gibst du Tante Ilse, wenn sie von der Arbeit kommt. Sie soll sie verkaufen und dir von dem Geld Winterschuhe besorgen. Vielleicht reicht es auch noch für einen Mantel für Marie.«

Noch vor kurzem wäre es ihm unangenehm gewesen, seinem Sohn ihre wirtschaftliche Not einzugestehen, doch für Stolz war jetzt kein Platz.

»Der Arthur Willumeit hat gesagt, du wärst knorke«, sagte Georg unvermittelt.

Leo ließ sein Brot sinken. »Ach ja?«

Georg nickte. »Ich hab gesagt, das stimmt.«

»Hat er auch erwähnt, warum er mich knorke findet?«

»Nein. Vielleicht weil du vorbeigekommen bist, als sein Bruder gestorben ist.«

»Sicher, das wird es sein«, erwiderte Leo und biss in die Stulle.

Als die Kinder gegangen waren, band er sich die Krawatte. Bin ich knorke?, fragte er sein Spiegelbild. Oder bin ich nur ein Idiot, der immer das Falsche sagt und die Frauen in seinem Leben vor den Kopf stößt?

Viele Zeitungen brachten Berichte über die Unruhen im Scheunenviertel, und die meisten verurteilten die Anstifter. Leo kaufte einige Blätter und steckte sie in die Aktentasche, bevor er die Stadtbahn nahm. Es waren viele Polizeiautos unterwegs. Einige Straßen waren abgeriegelt, die Schupos versuchten wohl endlich ernsthaft, die Lage in den Griff zu bekommen. Was mochte heute Nacht noch alles passiert sein?

Auf dem Flur kam ihm von Malchow entgegen und grüßte knapp, verkniff sich aber eine Bemerkung. Er hatte wohl gemerkt, dass seine Bombe nicht richtig gezündet hatte. Umso besser, dann konnte Leo sich ungestört dem Fall Strauss widmen.

Als er sich gerade an den Schreibtisch gesetzt hatte, steckte Walther den Kopf zur Tür herein.

»Da hat von Malchow sich wohl verrechnet«, meinte er grinsend.

»Ach, hat es schon die Runde gemacht?«, fragte Leo und schob die Akten auf seinem Schreibtisch beiseite.

»Er hat gestern groß getönt, während du mit Sonnenschein unterwegs warst. Aber ich dachte mir schon, dass er sich an Gennat die Zähne ausbeißt, falls du dir nicht etwas wirklich Schlimmes leistest.«

»Da haben sich andere Schlimmeres geleistet«, sagte Leo, als er sich an die misshandelten Verhafteten erinnerte. »Aber sag mal – was ist mit diesem Artikel über Henriette Strauss? Wie ist die ›Morgenpost‹ darauf gekommen?«

»Tja …« Walther setzte sich auf die Schreibtischkante und sah Leo selbstzufrieden an. »Das kann ich dir sagen. Du erinnerst dich doch an die Freundinnen der Toten. Die Anwältin hat ein bisschen geplaudert. Sie kennt eine Reporterin von der ›Morgenpost‹, und der hat sie die Geschichte erzählt. Ist ja nicht strafbar.«

»Nein.« Leo überlegte. »Vielleicht war es ein Fehler, die Sache unter Verschluss zu halten. Ich möchte nachher eine

Pressekonferenz geben. Bis dahin sollten wir aber mehr in der Hand haben. Du fährst gleich noch mal zu Frau Lehnhardt und fragst, ob sie die Sprühflasche gesehen hat. Persönlich, damit du ihre Reaktion beobachten kannst.«

»Glaubst du wirklich, sie könnte ...«

»Glauben kann ich in der Kirche«, meinte Leo trocken. »Wir sollten niemanden ausschließen. Möglicherweise gibt es eine einfache Erklärung für das Verschwinden der Flasche. – Ist Sonnenschein schon da?«

»Noch nicht. Eine Affenschande, das mit dem Laden von seinem Vater.«

Leo lächelte bei sich.

»Ach, das hätte ich beinahe vergessen – wir haben gestern Margot Lincke verhaftet.« Walther berichtete vom gestrigen Tag.

»Und du bist sicher, dass keine Verbindung zum Fall Strauss besteht?«

»Ganz sicher. Erstens: Margot Lincke hat ein Alibi für den 17. Oktober, wenn auch nur den Ehemann. Zweitens: Sie war gesundheitlich sehr geschwächt nach der Totgeburt. Drittens: Wie hätte sie in die Wohnung von Dr. Strauss gelangen sollen? Viertens: Woher sollte sie etwas über dieses Paternoster-Gift wissen? Sie ist eine einfache Frau ohne höhere Schulbildung. Und fünftens: Was wäre ihr Motiv gewesen?«

»Die Überzeugung, Henriette Strauss sei an der vermeintlichen Tötung ihres Kindes beteiligt gewesen«, sagte Leo.

»Nein, diesmal liegst du falsch. Ich habe ihre Reaktion gesehen, als sie erfuhr, dass die Strauss tot ist. Das war nicht gespielt.«

Leo seufzte. »Na schön. Dann haben wir den Fall Stratow im Vorbeigehen aufgeklärt und müssen uns wieder den Lehnhardts zuwenden.«

»Sieht ganz so aus.«

Adrian Lehnhardt hatte schlecht geschlafen. Dann hatte auch noch der Gärtner in aller Herrgottsfrühe angefangen, unter seinem Fenster das Laub zusammenzuharken, und dabei aus voller Kehle ›Ausgerechnet Bananen‹ gesungen. Nun, er konnte ebensogut aufstehen. Er wusch sich, zog sich an und wollte an die Zimmertür seiner Mutter klopfen, als er von drinnen ein sonderbares Geräusch hörte. Ein leises Murmeln, als spräche sie beruhigend auf ein Kind ein. Zögernd verharrte er vor der Tür und legte dann das Ohr ans Holz.

»Du gehörst mir«, meinte er zu verstehen. »Nur mir allein. Keiner soll dich haben.« Sie summte die ersten Takte eines Wiegenliedes, das er aus Kindertagen kannte. »Ich bin für dich da, und du bist für mich da. Wir bleiben zusammen, für immer.«

Adrian spürte seinen Herzschlag in der Kehle. Was tat sie nur? Er stand reglos da, als wären seine Gliedmaßen gelähmt, und fürchtete gleichzeitig, sie könne die Tür öffnen. Doch das Murmeln ging weiter.

Irgendwann löste er sich mit Gewalt aus seiner Starre und schlich auf Zehenspitzen zur Treppe.

Robert Walther war nur zu gern bereit, noch einmal in die Baseler Straße zu fahren. Er hatte seine Kleingärtnertagung noch nicht ganz abgeschrieben. Wenn sie den Fall schnell aufklärten, stiegen seine Chancen gewaltig.

Während er den Wagen durch die Stadt steuerte, dachte er an seinen Vortrag zur Kompostierung. Es wäre einfach zu schade, wenn die ganze Mühe für die Katz gewesen wäre. Und ein bisschen ärgerte er sich immer noch über Leos Reaktion auf seine Bitte. Laubenpieperfunktionär, na warte!, dachte Robert und musste dann selber grinsen. Gut, es wusste eben nicht jeder die Feinheiten der Kompostierung gebührend zu würdigen. Aber für den nächsten Korb Erdbeeren aus seinem Schrebergarten würde er Leo ordentlich schuften lassen – sollte der gärtnerische Analphabet ruhig mal das Erdbeerbeet umgraben.

Vor der Villa Lehnhardt war ein Mann damit beschäftigt, welkes Laub zusammenzuharken. Ansonsten wirkte das Haus verlassen. Hoffentlich war jemand da.

Das Hausmädchen öffnete und führte ihn in den Salon. »Ich sage Herrn Lehnhardt sofort Bescheid.«

Der junge Musiker kam, noch bevor Walther sich im Zimmer umgeschaut hatte. »Guten Morgen, Herr Walther. Was gibt es?«

»Ich komme noch einmal wegen der Sprühflasche, von der Sie Herrn Wechsler gestern erzählt haben.«

Lehnhardt sah ihn fragend an. »Ich habe ihm alles gesagt, was ich darüber weiß. Sie stand immer auf der Kommode, und jetzt ist sie weg.«

»Könnte sie zerbrochen sein?«

»Nein, sie war aus Metall.«

»Ich würde Ihre Mutter gern dazu befragen.«

Bei diesen Worten huschte ein Ausdruck über Lehnhardts Gesicht, den Walther nicht deuten konnte.

»Sie … sie fühlt sich nicht wohl. Sie ist nicht zum Frühstück heruntergekommen, vermutlich eine Migräne. Der Tod meiner Tante hat sie sehr mitgenommen. Wir warten noch immer auf die Freigabe des …«

Robert Walther nickte verständnisvoll. »Es tut mir sehr leid, aber ich muss darauf bestehen. Wir halten die Flasche für ein wichtiges Indiz und müssen unbedingt klären, wo sie abgeblieben ist. Bitte.« Sein nachdrücklicher Ton schien zu wirken, denn Lehnhardt entschuldigte sich und verließ den Raum.

Es dauerte fast fünf Minuten, bis Walther Schritte im Flur hörte. Sie machten vor der Tür Halt, leise Stimmen erklangen, dann drückte jemand die Klinke nieder.

Frau Lehnhardt trug einen eleganten Morgenmantel und

seidene Pantoffeln. »Verzeihen Sie, dass ich Sie so empfange, aber ich habe schlecht geschlafen und noch etwas geruht.«

»Danke, dass Sie heruntergekommen sind.«

Sie bot ihm einen Stuhl an und setzte sich auf das Sofa. »Du kannst uns allein lassen, wenn du zu tun hast«, sagte sie zu ihrem Sohn. Dieser ging langsam zur Tür, wobei er seiner Mutter einen besorgten Blick zuwarf.

Sie seufzte, nachdem Adrian hinausgegangen war, und wandte sich an Walther. »Sie haben noch keine Kinder?«

Er schüttelte den Kopf.

»Sie sind ein Geschenk, aber auch eine Verpflichtung. Es ist schwer, sie ins Leben zu entlassen, wenn man so lange für sie gesorgt und sie vor aller Unbill beschützt hat. Als Adrian ein kleiner Junge war, hat er immer gesagt: ›Mama, ich spiele nur für dich.‹ Statt mir Blumen zu schenken, hat er kleine Violinstücke für mich eingeübt.« Sie verstummte mit einem wehmütigen Blick. »Heute spielt er natürlich für viele Menschen. Das ist auch gut so.«

Er musste das Gespräch irgendwie auf die Flasche lenken. »Sicher ist Ihnen genau wie Ihrem Sohn daran gelegen, dass wir den Tod Ihrer Schwester zügig aufklären. Deshalb bin ich gekommen. Wie Sie sicher wissen, waren wir gestern mit Ihrem Sohn in der Wohnung von Frau Dr. Strauss.«

»Ja. Wozu sollte das gut sein?«, fragte sie irritiert. Vielleicht hätte sie sich lieber in ihren Erinnerungen verloren.

»Wir wollten wissen, ob Dinge fehlen oder verändert wurden. Er sagte, er kenne sich dort aus.«

Sie nickte.

»Dabei hat Ihr Sohn festgestellt, dass eine metallene Sprühflasche fehlt, die wohl ein Geschenk Ihres Mannes war. Sie habe immer auf der Kommode gestanden. Dort war sie nicht mehr. Wir haben sie bei der Untersuchung der Wohnung auch nirgends gefunden. Kennen Sie diese Flasche?«

»Ja, natürlich«, antwortete Frau Lehnhardt. »Henriette

fand sie praktisch, weil sie das Rosenwasser damit besonders fein verteilen konnte.«

»Können Sie sich erinnern, ob die Flasche während der Krankheit Ihrer Schwester noch an Ort und Stelle war?«

Sie sah ihn empört an. »Glauben Sie etwa, ich hätte in dieser Lage an irgendeine Flasche gedacht? Meine Schwester war schwerkrank, da hatte ich andere Dinge im Kopf.«

»Verstehe. Können Sie sich denn vorstellen, wo die Flasche geblieben sein könnte? Hat Ihre Schwester sie möglicherweise verschenkt?«

»Nun, ich weiß nicht recht, sie war eine Erinnerung an meinen Gustav.« Dann bemerkte Walther, wie eine Veränderung mit ihr vorging. Ihr Rücken schien sich zu straffen, die Schultern drückten sich nach hinten, sie saß aufrechter als zuvor da. »Andererseits hing meine Schwester gewissen Vorstellungen an, nach denen Eigentum und irdische Güter als unwichtig gelten. Sie ging großzügig mit ihren Sachen um. Daher kann ich nicht ausschließen, dass sie die Flasche verschenkt hat. Vielleicht an eine Freundin. Kennen Sie ihre Freundinnen? Die könnten Sie danach fragen.«

»Ja, wir kennen einige. Danke für den Hinweis, Frau Lehnhardt. Falls Ihnen noch etwas einfallen sollte, rufen Sie uns bitte an.«

Als der Kriminalbeamte gegangen war, kam Rosa Lehnhardt aus dem Wohnzimmer. »Ich fahre in die Stadt zum Einkaufen«, sagte sie zu Adrian und ging zur Treppe. »Was schaust du so, mein Junge? Der Herr von der Polizei war sehr freundlich.«

»Hast du ihm etwas über die Flasche gesagt?«, fragte Adrian und ließ sie nicht aus den Augen. Wie war dieser Stimmungswechsel zu erklären?

»Ja, dass ich nicht weiß, wo sie sein kann. Und dass Jette sie vielleicht an eine Freundin verschenkt hat.«

»Das kannst du nicht ernst meinen, Mutter. Du weißt, wie wichtig Tante Jette diese Flasche war.«

»Und ich weiß auch, dass Buddhisten gerne ihre Sachen verschenken, das habe ich dem Kriminalbeamten gesagt«, erwiderte Rosa Lehnhardt im Ton tiefster Überzeugung. »Er war dankbar für den Hinweis.«

Mit diesen Worten drehte sie sich um und ging die Treppe hinauf. Adrian sah ihr nach. Er konnte nicht schlucken, seine Kehle war ganz eng.

»Was genau war denn sonderbar?«, wollte Leo wissen.

Robert Walther wiegte den Kopf. »Ich kann es nicht genau erklären. Sagen wir mal, es kam mir vor, als wäre ihr mein Vorschlag mit der verschenkten Flasche ... wie soll ich sagen, gerade recht gekommen. Sie hatte soeben beteuert, dass ihre Schwester an dem Stück gehangen habe. Dann frage ich, ob sie sich vorstellen könne, dass Dr. Strauss sie verschenkt hat, und schon fängt sie an von wegen Großzügigkeit und dass ihre Schwester keinen Wert auf irdische Güter gelegt habe.«

»Meinst du, sie lügt?«

»Kann sein. Aber wie sollen wir es ihr nachweisen? Dazu müssten wir die Flasche in ihrem Besitz finden, doch die Hinweise reichen für eine Durchsuchung nicht aus.«

Sonnenschein hob die Hand. Er hatte die Vorfälle vom gestrigen Tag nicht mehr erwähnt und wirkte sehr konzentriert. »Wenn wir es nun von einer ganz anderen Seite angehen würden ... Angenommen, der Täter war kein Arzt oder Apotheker, niemand, der aus seiner beruflichen Erfahrung heraus genaue Kenntnisse über Gifte besitzt. Wo könnte er sich das Wissen verschafft haben?«

»Na, ganz einfach: Er kann es in einem privaten Gespräch oder aus einem Buch erfahren haben«, erwiderte Berns.

»Genau. Die Zahl der Buchhandlungen, die derartige Literatur führen, dürfte selbst in Berlin begrenzt sein. Hinzu kommen wissenschaftliche Bibliotheken.«

»Das ist gut«, sagte Leo. »Robert, du stellst eine Liste der Buchhandlungen zusammen, die infrage kommen, Universitätsbuchhandlungen und so weiter. Berns, Sie erkundigen sich im Pharmakologischen Institut, und Sonnenschein übernimmt die Universität.«

»Und was ist mit Frau Lehnhardt?«, fragte Walther.

»Vielleicht wollte sie dich nur loswerden und ist deshalb auf die Sache mit dem Verschenken eingegangen. Aber ich werde mit Frau Meyer und Dr. Vollnhals sprechen, ob sie etwas von der Flasche wissen. Um vier Uhr treffen wir uns hier und vergleichen die Ergebnisse. Viel Erfolg, meine Herren.«

Die Kanzlei, ein Büro mit Teeküche, lag in einer Seitenstraße in Schöneberg. Grete Meyer begrüßte Leo überrascht. Sie trug ihre Hornbrille an einem Band um den Hals. Das schwarze Kleid mit dem weißen Kragen wirkte fast wie eine Uniform. »Kommen Sie doch herein. Geht es um den Artikel in der ›Morgenpost‹?«

Er sah sie mit gespielter Verwunderung an.

»Ach, jetzt habe ich mich verraten.« Sie holte eine Tasse Kaffee aus dem Raum nebenan, während Leo das Büro mit den strengen Aktenordnern und den geometrischen Bildern an der Wand betrachtete. »Konstruktivismus?«

Sie nickte. »Ich bevorzuge klare Formen, dabei kann ich besser denken.«

Er trank einen Schluck Kaffee und sah sie prüfend an. »Wie war das mit dem Artikel?«

Sie erzählte von ihrer Freundin, die als Reporterin bei der Zeitung arbeitete. »Ich habe nur weitergegeben, was Sie uns im Präsidium gesagt haben. Was sie daraus gemacht hat, bedaure ich, bin mir aber keines Verstoßes gegen das Gesetz bewusst.«

Da kommt die Anwältin durch, dachte Leo belustigt. »Deswegen bin ich eigentlich nicht hier, aber vielen Dank für den Hinweis. Es wird noch heute eine Pressekonferenz geben, zu der Ihre Freundin herzlich eingeladen ist.« Er stellte die Tasse ab. »Nun aber zu einer anderen Frage. Sind Sie einmal in der Wohnung von Frau Dr. Strauss gewesen?«

»Natürlich, wir haben uns reihum getroffen.«

»Ist Ihnen dort eine Sprühflasche aus Metall aufgefallen, mit der sie Rosenwasser versprüht hat?«

Grete Meyer nickte. »Das war eine Macke von ihr. Alles duftete nach Rosen, aber dezent, es war ganz angenehm. Besser als die Räucherstäbchen, die sie manchmal abgebrannt hat.«

»Wissen Sie, wo sie die Flasche aufbewahrte?«

»Im Schlafzimmer, soviel ich weiß. Allerdings war ich nie dort drinnen.«

»Können Sie mir sagen, was aus der Flasche geworden ist?«

Die Anwältin sah ihn verwundert an. »Ist sie nicht mehr da?«

Leo schüttelte den Kopf. »Könnte Frau Dr. Strauss die Flasche vielleicht verschenkt haben?«

»Ganz sicher nicht!«, rief Grete Meyer und zündete sich eine Zigarette an. »Sie hat von der hervorragenden Technik geschwärmt und erzählt, dass ihr Schwager sie speziell für sie in seiner Fabrik hergestellt habe. Er hat ihr die Flasche wohl vor Jahren zum Geburtstag anfertigen lassen. Die hätte Jette nie verschenkt.«

»Haben Sie nicht vielleicht doch eine Vorstellung, was daraus geworden sein könnte?«, hakte Leo nach.

Grete Meyer sah ihn durchdringend an. »Warum ist Ihnen die Flasche so wichtig? Hat sie mit dem Fall zu tun?«

»Möglicherweise. Ich würde gern auch Dr. Vollnhals danach fragen. Können Sie mir weitere Namen von Freundinnen nennen, die vielleicht einmal in Frau Dr. Strauss' Wohnung waren?«

Sie holte einen Notizblock aus der Schublade und schrieb einige Namen und Telefonnummern auf. Dann riss sie den Zettel ab und reichte ihn Leo. »Ich nehme an, alles Weitere lese ich in der Zeitung.«

»So ist es.«

Er griff nach Hut und Mantel und verabschiedete sich, nicht ohne einen anerkennenden Blick auf die Bilder zu werfen, die Grete Meyer beim Denken halfen.

21

Der überraschende Anruf kam am frühen Nachmittag. »Ja, Herr Dr. Dahlke, natürlich erinnere ich mich an Sie. Was kann ich für Sie tun?«, fragte Leo.

»Ich weiß nicht, ob es etwas zu bedeuten hat.«

Ein beliebter Anfang für ein Gespräch mit der Polizei, dachte Leo amüsiert.

»Bei Ihrem Besuch erwähnten Sie, Dr. Strauss könne vergiftet worden sein.«

»Das ist richtig.«

»Und sie habe als letztes Wort ›Paternoster‹ gesagt.«

»Auch das ist richtig.«

»Nun, ich hatte es ganz vergessen, weil meine Reisen schon eine Weile zurückliegen. In Indien hörte ich von einer Pflanze, die man dort ›Gunga‹ oder ›Goonteh‹ nennt. Ein anderer Begriff für diesen Strauch ist jedoch ›Paternostererbse‹, da man Gebetsketten und Rosenkränze aus seinen Samen herstellt. Diese Samen wiederum sind hochgiftig.«

Leo räusperte sich. »Herr Dr. Dahlke, ich danke Ihnen sehr für diesen Hinweis. Wir sind im Laufe unserer Ermittlungen auch darauf gestoßen und vermuten, dass die Verstorbene mittels der Samen dieser Pflanze vergiftet wurde.«

»Ach so.« Der Arzt klang etwas enttäuscht. »Dann habe ich Ihnen ja nichts Neues mitgeteilt.«

Leo überlegte rasch. Der Mann war Mediziner, hatte Asien bereist und überdies Dr. Strauss gekannt. »Vielleicht können Sie uns auf andere Weise helfen. Wissen Sie, ob Dr. Strauss Kenntnis von dieser Pflanze hatte?«

»Ja, das hatte sie in der Tat«, sagte Dr. Dahlke. »Wir haben uns einmal darüber unterhalten, dass in Indien bisweilen die angespitzten Samen verwendet werden, um Tiere oder auch Menschen zu töten. Man benutzt sie als winzige Pfeile, deren Gift sich nach und nach im Körper verteilt. Andererseits wird die Paternostererbse auch als Heilpflanze verwendet und bewirkt bei vielen Menschen Gutes. Das setzt natürlich große Sachkenntnis voraus.«

»In unserem Fall ist es wohl zum Tod durch Einatmen der pulverisierten Samen gekommen, die in einer Flüssigkeit aufgelöst wurden«, erklärte Leo. »Vermutlich wurde eine Sprühflasche benutzt, um Dr. Strauss zu vergiften. Wir sind auf der Suche nach diesem Beweisstück.«

»Mit dieser Form der Vergiftung kenne ich mich nicht aus«, sagte Dr. Dahlke. »Aber ich kann Ihnen vielleicht noch einen Hinweis geben. Als ich mich mit Dr. Strauss über diese hübschen und doch so tödlichen Samen unterhielt, erwähnte sie, dass sie damals in Indien einen kleinen Standspiegel gekauft habe, der zur Dekoration mit Samenkörnern der Paternostererbse beklebt war. Ich weiß noch, dass ich sie davor warnte. Sie sagte nur leichthin, sie besitze ihn nicht mehr, sie habe ihn verschenkt.«

Leo ballte unwillkürlich die Faust. »Sie hat nicht zufällig gesagt, wem sie ihn geschenkt hat?«

»Leider nicht, Herr Kommissar. Ich hoffe, ich konnte Ihnen dennoch behilflich sein. Dieses furchtbare Verbrechen muss aufgeklärt werden. Besuchen Sie mich doch einmal in Frohnau, wenn das Haus fertig ist.«

»Ganz bestimmt, Herr Dr. Dahlke.«

Ich kann nicht mehr spielen. Wenn ich die Geige in die Hand nehme, zittert der Bogen. Ich stehe da und starre vor mich hin, als wüsste ich nichts mit dem Instrument anzufangen.

Ich kann es mir nicht eingestehen und bin so damit beschäftigt, die Ahnung zu verdrängen, dass ich für nichts anderes mehr Sinn habe.

Bilde ich mir Dinge ein, weil ich nur noch an Tante Jettes Tod denke? Weil ich sie mir so sehr zurückwünsche, dass ich nicht mehr Geige spielen kann? Wie soll ich mir Gewissheit verschaffen? Ich kann unmöglich ...
Er ließ den Kopf in die Hände sinken.

»Verdammt«, sagte Leo und hängte den Hörer ein. »Ich habe mit Frau Meyer und Dr. Vollnhals gesprochen, sie haben den Spiegel nie gesehen.«

Walther überlegte. »Was ist mit der Schwester?«

Leo lehnte sich zurück und klopfte mit einem Stift gegen seine Zähne. »Ja, die Schwester. Auf die kommen wir immer wieder zurück.«

»Aber welches Motiv hätte sie gehabt? Und wie steht es mit dem nötigen Fachwissen?«, gab Walther zu bedenken.

»Vielleicht ist der Sohn der Schlüssel«, meinte Leo. »Über ihn kommen wir an Frau Lehnhardt heran.«

Er griff zum Telefon und rief Adrian Lehnhardt an.

An den Spiegel hatte ich gar nicht mehr gedacht. Dabei war er hübsch, aus dunklem Holz, vielleicht zwanzig mal dreißig Zentimeter und mit einem kleinen Standfuß an der Rückseite versehen. Das Auffallendste daran waren die roten Perlen, die dicht an dicht auf den Rahmen geklebt waren. Wenn man genau hinschaute, sah man, dass sie an einem Ende einen kleinen schwarzen Fleck trugen. Tante Jette hatte den Spiegel auf ihren Reisen gekauft und ihn Mutter geschickt. Ich weiß noch, dass er immer auf Mutters Frisierkommode stand. Für mich war es etwas Besonderes, wenn ich ihr Schlafzimmer betreten durfte, in dem es nach Lavendel und etwas

roch, das ich nie erklären konnte, nach Mutter viel-
leicht.

»Ja, der ist hübsch«, sagte sie, »aus Indien, von Tante
Jette. Aber Finger weg, der ist nichts für Kinder.«

Ich wollte ihn auch gar nicht anfassen, das Angucken
genügte mir. Es muss Jahre her sein, dass ich in ihrem
Schlafzimmer war.

Bei der Pressekonferenz saßen Leo und Gennat auf dem
Podium, die Reporter in mehreren Reihen vor ihnen. Photographien wurden gemacht, dann hob Gennat die Hand und
stellte den Kommissar vor.

Leo fasste die Ermittlungsergebnisse zusammen, wobei ihm
die vielen Lücken in ihrer Beweisführung schmerzhaft bewusst wurden. Zudem war Berns vorhin mit leeren Händen vom Pharmakologischen Institut zurückgekommen. Dort
hatte sich in letzter Zeit niemand nach der Wirkungsweise
von Jequirity, Paternostererbsen, Gunga oder wie immer
man es auch nennen wollte, erkundigt.

»Wie sieht nun Ihre weitere Vorgehensweise aus?«, fragte
eine Reporterin, die sich als Vertreterin der ›Morgenpost‹
vorgestellt hatte.

»Wir sind auf der Suche nach einem wichtigen Beweisstück, das die entscheidende Wende bringen kann.« Er hatte
vorher mit Gennat abgestimmt, wie viel sie preisgeben wollten. »Es handelt sich dabei um eine Sprühflasche aus Metall,
die nicht im Handel erhältlich ist. Es ist eine Einzelanferti-
gung, die vor Jahren von der Firma Lehnhardt hergestellt
wurde.«

»Gibt es eine Abbildung?«, fragte ein älterer Herr mit
Kneifer und spähte wie ein Maulwurf zum Podium herauf.

»Leider nicht. Sie ist etwa dreißig Zentimeter groß, acht-
eckig, aus silbernem Metall ohne nennenswerte Verzierungen.
Im Boden befindet sich ein Stempelaufdruck: ›DRUCKLUFT-

TECHNIK LEHNHARDT‹. Wir können Ihnen eine Zeichnung zur Verfügung stellen.« Leo machte sich eine Notiz. Natürlich war es unwahrscheinlich, dass der Täter die Flasche irgendwo weggeworfen hatte und jemand sie zufällig finden würde, aber die Presse mochte diese Aufrufe zur Mithilfe. Vermutlich würden demnächst Dutzende Flaschen aller Farben und Größen im Präsidium abgegeben.

Er wollte die Veranstaltung schon für beendet erklären, als sich eine Hand in der letzten Reihe hob. Der Mann war schlicht gekleidet und hatte bis jetzt keine Fragen gestellt. Er stand auf und räusperte sich. »Ich würde gern etwas fragen, das nichts mit diesem Fall zu tun hat.« Er sprach fließend Deutsch, aber mit einem polnischen Akzent.

Leo nickte.

»Abramowicz vom Verband der Ostjuden. Sind Sie der Kommissar, der gestern meinen Landsleuten geholfen hat?«

Leo spürte, wie ihm heiß wurde. Er sah zu Gennat, der unbeweglich wie eine Statue neben ihm saß. »Nu reden Se schon, Wechsler.«

»Ja, ich war dort. Geholfen ist zu viel gesagt, ich war nur Zeuge.«

Der Mann schüttelte den Kopf. »Ich kenne Sonenszajn, den Fleischer aus der Gormannstraße. Sie haben seinen Laden geschützt, nachdem man ihn angegriffen hatte. Dafür möchte ich Ihnen im Namen unseres Verbandes danken. Diese Hilfe hätten wir uns auch von der Schutzpolizei gewünscht.« Der Mann verbeugte sich knapp und verließ den Saal.

Ein Raunen ging durch den Raum.

»Könnten Sie uns etwas darüber sagen, Herr Wechsler?«, fragte ein Mann in der ersten Reihe. »Die Informationen über die Unruhen waren bis jetzt sehr dürftig.«

»Eigentlich ist das nicht Gegenstand dieser Pressekonferenz«, sagte Leo ausweichend. »Ich war zufällig vor Ort und habe den Laden des Fleischermeisters gesichert, bis die zerbrochene Scheibe mit Brettern zugenagelt werden konnte. Das ist alles. Für weitere Fragen verweise ich Sie an die Kollegen von der Schutzpolizei.«

»Die sollen ja nicht viel unternommen haben«, meldete sich ein rothaariger Mann, der keinen Stuhl mehr gefunden hatte und an der Wand lehnte. »Jedenfalls ist es aufschlussreich, dass ein Kriminalbeamter anscheinend mehr Tatkraft bewiesen hat als die Schupos, die mit Mannschaftswagen im Viertel vorgefahren sind.«

Leo schloss eilig die Veranstaltung.

Gennat grinste, während die Presseleute diskutierend den Raum verließen. »Mal sehen, worüber die morgen schreiben, Wechsler.«

Leo war nicht ganz wohl bei der Sache. Lob war erfreulich, aber es sollte seiner Arbeit als Kriminalist gelten. Heldenmut war nicht seine Sache.

Leo ging in sein Büro zurück, holte sein Notizbuch heraus und schlug eine Adresse nach. Dr. Behnke, der Hausarzt der Lehnhardts. Er hatte nicht weiter an ihn gedacht, nachdem er die medizinischen Ermittlungen an die Hannoversche Straße übergeben hatte, doch nun war ihm eine Idee gekommen.

Er meldete sich telefonisch an und machte sich auf den Weg.

Die Praxis wirkte so altmodisch wie der Herr mit Kneifer, der ihn an der Tür empfing. Sein weißer Haarkranz stand waagerecht vom Kopf ab. »Meine Helferin hat heute frei«, sagte Dr. Behnke und führte Leo in ein Untersuchungszimmer, in dem die Zeit stehengeblieben schien. Dunkles Holz herrschte vor. An der Wand eine Vitrine mit antiken ärztlichen Instrumenten, eine Büste des Hippokrates, eine Wandtafel mit einem menschlichen Skelett samt detaillierten lateinischen Bezeichnungen der einzelnen Knochen.

Behnke bot ihm einen Sessel an und setzte sich hinter den Schreibtisch.

»Ich möchte Ihnen noch einige allgemeine Fragen über die Familie von Henriette Strauss stellen, Herr Dr. Behnke.«

»Ich muss Sie auf meine Schweigepflicht hinweisen, Herr Kommissar.«

»Gewiss. Es geht auch nicht um medizinische Einzelheiten, sondern eher um das, was Sie mir über die Familie und ihre Lebensumstände erzählen können.«

Behnkes Zögern war deutlich zu spüren. »Das Vertrauensverhältnis eines Arztes zu seinen Patienten hört nicht bei der Krankenakte auf. Daher können Sie von mir keine großen Enthüllungen erwarten – ganz davon abgesehen, dass es nichts zu enthüllen gibt.«

Leo erinnerte sich mit Grauen an das umständliche Telefonat, das er mit ihm zu Beginn der Ermittlungen geführt hatte. Hier würde er nur mit Geduld weiterkommen.

»Trotzdem können Sie mir gewiss in einigen Punkten Aufschluss geben«, sagte er höflich und ungerührt. »Zunächst wüsste ich gern, seit wann Sie die Familie Lehnhardt kennen.«

»Fragen Sie mich lieber, seit wann ich die Familie Strauss kenne. Ich war nämlich, bevor Rosa Strauss Gustav Lehnhardt heiratete, schon Hausarzt bei ihren Eltern. Ich kenne die Mädchen, wenn ich sie so nennen darf, seit ihrer Geburt.«

Das war nun interessant. »Dann haben Sie sie also aufwachsen sehen?«

Der alte Mann nickte und rückte den Kneifer zurecht. »Zwei ganz unterschiedliche Mädchen, das war erstaunlich anzusehen. Rosa war immer fügsam, eine Tochter, wie Eltern sie sich wünschen. Henriette hingegen widersprach gern, hatte ihren eigenen Kopf, auch wenn sie ein liebes Mädchen war. Sie war die musikalischere von beiden, was natürlich schade war, da ihre Schwester viel mehr Freude am Klavierspiel hatte. In jener Zeit spielten höhere Töchter noch Klavier für die Gäste des Hauses, sangen und begleiteten sich dabei. Zu Rosa hätte es besser gepasst, doch Henriette war begabter, hatte aber meist keine Lust dazu. Sie war ein Wildfang – aufgeschlagene Knie, zerrissene Kleider, ihre Mutter war oft verzweifelt.«

Leo überlegte, wie er seine Fragen in eine andere Richtung lenken konnte, ohne gleich auf Widerstand zu stoßen. Er musste behutsam vorgehen. »Zwei unterschiedliche Schwestern also. Das hat doch sicher zu Unstimmigkeiten geführt.«

»Ach, Sie wissen ja, wie es unter Geschwistern zugeht. Aber es war eigentlich nicht schwierig, da immerhin eine Tochter den Vorstellungen der Eltern entsprach. Rosa heiratete den Fabrikanten Gustav Lehnhardt, und sie führten eine glückliche Ehe. Mit Henriettes Eigenwillen hatten sie sich wohl abgefunden. Leider haben sie ihren Erfolg als Ärztin nicht mehr miterlebt, sie starben noch vor dem Krieg.« Er hielt inne. »Der Krieg hat den Frauen manches leichter gemacht. Aber sie war auch tüchtig, sehr tüchtig.«

»Ihr Neffe hat sehr an ihr gehangen.«

»Tante Jette«, meinte der Arzt lächelnd, »die hatte immer einen besonderen Platz in seinem Herzen.«

»Meinen Sie, seine Mutter könnte darauf eifersüchtig gewesen sein?« Leo merkte sofort, dass er die falsche Frage gestellt hatte.

»Aber nein, wie kommen Sie darauf?«, fragte Behnke stirnrunzelnd. »Er wusste, dass seine Mutter immer für ihn da war. Henriette bot den Reiz des Unbekannten, wenn ich so sagen darf, aber Rosa Lehnhardt hat alles für ihren Sohn getan. Sie hat sich auch gegen ihren Mann durchgesetzt, als dieser ihm eine Laufbahn als Musiker verbieten wollte.«

Leo horchte auf. »Tatsächlich?«

»Es war kein Geheimnis, also kann ich es Ihnen sagen. Er war strikt dagegen. Lehnhardts hatten nur das eine Kind, und er wünschte sich natürlich einen Nachfolger für die Firma. Aber daran hat Adrian nie Interesse gezeigt. Seine Mutter stellte sich auf seine Seite. Er ist tatsächlich überaus begabt. Ein Fabrikant wäre aus ihm wohl nie geworden, aber das kann ein Vater nur schwer akzeptieren.«

»Wurde dieser Konflikt beigelegt?«

Behnke zögerte. »Hm, es blieb wohl ein wunder Punkt. Herr Lehnhardt hat schließlich nachgegeben, als er sah, dass Mutter und Tante sich gegen ihn wandten. Er musste es hinnehmen, wenn er die Familie nicht spalten wollte. Aber gefallen hat es ihm nicht. Nach seinem Tod wurde die Firma verkauft.«

Leo witterte eine Spur. »Woran ist Gustav Lehnhardt eigentlich gestorben? Er dürfte ja gar nicht so alt gewesen sein.«

»Erst sechsundfünfzig. Er hatte schon lange mit Magengeschwüren zu kämpfen, die ihm starke Beschwerden bereiteten. Auch litt er unter Herzproblemen, die durch die Sorge um die Firma womöglich verstärkt wurden. Dann stellte sich eine schwere Magenschleimhautenzündung ein, auch der Darm war angegriffen. Ich habe ihn in die Charité eingewiesen, doch sein Herz hat es nicht verkraftet.«

Leo notierte sich alles.

»Ich hoffe, Sie behandeln meine Aussage diskret«, sagte der alte Arzt. »Haben Sie schon eine Vorstellung, wer der Täter sein könnte? Ich kann es nach wie vor nicht fassen, dass…«

»Wir schließen niemanden aus unseren Überlegungen aus«, erwiderte Leo. »Ich danke Ihnen. Sollte Ihnen noch etwas einfallen, das von Belang sein könnte, rufen Sie mich bitte an.«

Auf dem Weg nach draußen kam ihm noch ein Gedanke, und er blieb stehen. »Wissen Sie eigentlich, weshalb der junge Herr Lehnhardt in Davos geboren ist?«

Der Arzt sah ihn überrascht an. »Nun, wenn ich mich recht entsinne, war Frau Lehnhardt damals leidend. Ich erfuhr erst später davon, da sie sich in die Behandlung eines Kollegen begeben hatte, der auf Frauenheilkunde spezialisiert ist. Er empfahl ihr einen längeren Aufenthalt in den Bergen, dort wurde das Kind geboren.«

»Vielen Dank«, sagte Leo und verabschiedete sich endgültig.

22

»Das ist ja mal eine Überraschung«, sagte Clara, als Leo die Leihbücherei betrat.

»Schön, dass du noch hier bist«, erwiderte er etwas zu förmlich und legte den Hut auf ein Regal. In den letzten Tagen war so viel passiert, dass er sich in dem vertrauten Raum ein wenig fremd fühlte.

Sie stand mit verschränkten Armen da und schaute ihn abwartend an.

»Ich wollte mich entschuldigen. Mein dummer Stolz ist mir in die Quere gekommen, du weißt schon, was ich meine ...«

Doch sie half ihm nicht.

»Das Gefühl, alles selbst in die Hand nehmen zu müssen. Ich wollte, dass Ilse von sich aus etwas unternimmt, und als sie es getan hat, war ich wütend. Das war albern. Natürlich war es ihr gutes Recht, dich um Verschwiegenheit zu bitten.«

Er meinte, ein winziges Lächeln in ihren Mundwinkeln zu erkennen.

»Ich werde ihr sagen, dass ich ihren Schritt gutheiße. Und es tut mir leid, dass ich gestern einfach davongerannt bin.« Er hielt inne. »Reicht das?«

Clara musste lachen. Sie kam auf ihn zu und küsste ihn auf den Mund. »Warum machst du es dir nur so schwer?«

Er zuckte mit den Schultern. »Weil ich danach von dir geküsst werden möchte.«

»Das halte ich für eine Ausrede. Ich wollte übrigens Feierabend machen. Komm.«

Seine Mutter hatte lange überlegt, ob sie trotz Trauer in die Oper gehen sollte, sich dann aber für die Ablenkung entschieden. Ihre Freundinnen hatten sie um neunzehn Uhr abgeholt, und sie hatte so fröhlich gewirkt, dass es Adrian vorkam, als hätte er sich die Ereignisse der vergangenen Tage nur eingebildet. Waren es überhaupt Ereignisse und nicht nur diffuse Gefühle und Vermutungen? Und was genau vermutete er? Dass seine Mutter ihm etwas verschwieg, das mit ihr und Tante Jette zu tun hatte? Aber was sollte das sein?

Zusammen mit Dr. Behnke hatte er die ganze Geschichte ins Rollen gebracht und die Polizei ins Haus geholt. Hatte er einen Fehler begangen? Vielleicht konnte seine Mutter die Vorstellung, ihre Schwester sei ermordet worden, einfach nicht ertragen. Doch ihr wechselhaftes Verhalten gab ihm Rätsel auf.

Adrian war so in Gedanken, dass er erst vor ihrer Zimmertür bemerkte, wohin ihn seine Schritte gelenkt hatten. Nein, das war undenkbar. Er entfernte sich wieder, blickte über die Schulter zurück.

»Haben Sie bei Ihrer Tante oder Ihrer Mutter jemals einen Spiegel gesehen, dessen Rahmen mit bunten Samenkörnern beklebt war?«, hatte Kommissar Wechsler vorhin am Telefon gefragt.

Adrian hatte die Frage verneint. Hatte Wechsler sein Zögern bemerkt?

Er setzte sich auf einen gepolsterten Hocker, den Blick auf die Zimmertür seiner Mutter gerichtet. Warum hatte er gelogen? Die Polizei anzulügen, war dumm und überdies strafbar. Er selbst hatte diese Ermittlungen gewünscht, und nun sagte er ohne triftigen Grund die Unwahrheit. Oder gab es doch einen Grund? Der Spiegel musste eine Bedeutung für den Fall haben, sonst hätte Wechsler nicht danach gefragt.

Mit einem Ruck stand er auf, trat vor die Tür und drückte behutsam die Klinke nieder. Es war ein ungeheurer Vertrauensbruch. Er versuchte sich einzureden, dass er nur einen Blick ins Zimmer werfen, dass sie es ohnehin nicht merken würde. Und doch wusste er ganz genau, dass es ein unwiderruflicher Schritt war.

Der Spiegel war nicht da, das bemerkte er sofort. Doch das hieß noch nichts. Sie konnte ihn weiterverschenkt oder weggeräumt haben, vielleicht war er auch zerbrochen. Adrian stand im Schlafzimmer seiner Mutter und atmete tief den Geruch von Lavendel ein, der aus den Duftsäckchen im Schrank und den getrockneten Sträußen auf Fensterbank und Nachttisch drang.

Er drehte sich langsam im Kreis, konnte aber nichts Ungewöhnliches entdecken. Natürlich hatten sich manche Dinge seit seiner Kindheit verändert, doch nichts wirkte auffällig oder fehl am Platz. Keine Spur von der Exotik, die Tante Jettes Wohnung prägte, keine Buddhas und bemalten Fächer, keine Duftkerzen und prickelnden Gewürze. Alles war kühl, sauber und glatt.

Er trat an den Kleiderschrank und öffnete die Türen, strich mit der Hand über die Kleider, dass die Bügel schaukelten. Nein, er würde nicht die Kleidung seiner Mutter durchwühlen.

Als er gerade den Schrank schließen wollte, fiel sein Blick auf die Wäscheschubladen. Zwischen Seidenstrümpfen ragte etwas Grünes hervor, und er zog die Schublade heraus. Ein Stapel Bücher. Obenauf ein dicker Band in grünem Leinen.

Adrian biss sich auf die Unterlippe und nahm das Buch vorsichtig heraus. Horchte auf Schritte, für die es viel zu früh war.

Ein schmuckloser Einband. »Buchheister – Ottersbach«, das schienen die Verfasser zu sein. Titel: ›Handbuch der Drogisten-Praxis‹. Er schlug es auf: ›Ein Lehr- und Nachschlagebuch für Drogisten, Farbwarenhändler usw‹. Darunter befand sich ein Stempel: »Eigentum der Firma Gustav Lehnhardt Druckluft-Technik, Berlin«.

Adrian stand reglos da und starrte auf das Buch. Es stammte aus der Firma seines Vaters, der es wohl wegen der Angaben über Farbwaren in seiner Bibliothek gehabt hatte. Was aber hatte es im Kleiderschrank seiner Mutter zu suchen? Er konnte sich kaum vorstellen, dass sie ausgerechnet ein Sachbuch als Andenken aufbewahrt haben sollte.

Er wollte das Buch gerade zurücklegen, als etwas herausrutschte und zu Boden fiel. Er bückte sich danach – eine Broschüre von vielleicht hundert Seiten. Er schlug sie auf und las die Titelseite:

Der giftige Eiweisskörper Abrin
und seine Wirkung auf das Blut.
Inaugural-Dissertation
zur Erlangung des Grades eines
Doctors der Medicin
Kaiserl. Universität zu Dorpat

Mit klopfendem Herzen setzte er sich auf einen Stuhl und blätterte in der Schrift, die von einem gewissen Heinrich Hellin stammte. Adrian erfasste nicht wirklich, was er las, doch einige Wörter brannten sich förmlich in sein Gehirn. »Toxische Wirkung«, »giftig«, »Giftstoff«. Weiter hinten ging es um Tierversuche. »Der Tod erfolgt nach 4 1/2 Stunden«, »Collaps erfolgt sofort«, »Das Tier crepirt um ein Uhr mittags«. Ihm wurde übel angesichts der Grausamkeiten, die an Katzen, Hunden, Kaninchen und Pferden verübt worden waren.

Er saß wie betäubt da. Dann blätterte er nach vorn. Hier wurde beschrieben, mit welchen Methoden man Gift aus Samen gewann. Er las Wörter wie »Kochsalzlösung« und »Essigsäure«, Begriffe, die er noch aus dem Chemieunterricht auf dem Gymnasium kannte.

Der Band wog plötzlich schwer in seiner Hand. Noch schwerer aber war sein Herz.

23

Leo, Walther, Sonnenschein und Berns hatten sich zur Morgenbesprechung getroffen. Es gab lauter unzufriedene Gesichter. Die Nachforschungen in Buchhandlungen, Bibliotheken und dem Pharmakologischen Institut hatten nichts ergeben. Die Sprühflasche war weiterhin nicht aufzufinden, niemand wusste etwas über ihren Verbleib.

»Eine verflixte Geschichte«, sagte Berns. »Wenn ich es nicht besser wüsste, würde ich sagen, es war kein Mord, wir haben nichts in der Hand. Und doch gibt es zu viele Ungereimtheiten.«

Robert Walther hob die Hand. »Leo, gib mir mal deine Mitschrift vom letzten Gespräch mit dem Arzt.«

Leo reichte ihm die Blätter, und Walther studierte sie gründlich. »Auf die Gefahr hin, dass ich aus einem ungelösten Fall zwei mache – erinnert ihr euch, was der Botaniker über die Samen erzählt hat? Dass man sie schlucken kann, ohne dass etwas geschieht?«

»Aber sobald man sie kaut, wirkt ihr tödliches Gift«, ergänzte Sonnenschein.

»Und wo wirkt es wohl? Im Verdauungstrakt, würde ich sagen.«

Alle drei schauten Leo an. »Ihr meint –«

»Der Arzt hat gesagt, Gustav Lehnhardt sei an einer Magenkrankheit gestorben, was durchaus möglich ist. Denkbar wäre aber auch, dass der Mörder die Krankheit ausgenutzt hat, um ihm ein Gift zu verabreichen. Es wurde nicht bemerkt, weil der Mann ohnehin ständig Magenschmerzen und damit verbundene Beschwerden hatte.«

»Ist das nicht ein bisschen weit hergeholt?«, fragte Berns zweifelnd. »Es hat beim Tod von Gustav Lehnhardt nie Hinweise auf einen Mord gegeben, und bloß weil der Mann es am Magen hatte, soll er vergiftet worden sein?«

»Es fiel mir nur auf, nachdem ich von der Magenkrankheit hörte«, erwiderte Walther. »Es kann Zufall sein, muss aber nicht. Und es kommt nicht selten vor, dass ein Giftmörder mehr als eine Tat begeht.«

»Damit würden wir den Kreis der Verdächtigen extrem einschränken«, folgerte Leo. »Falls Gustav Lehnhardt und Henriette Strauss von ein und derselben Person umgebracht wurden, kommen eigentlich nur Adrian Lehnhardt und seine Mutter infrage. Das Hauspersonal können wir wohl ausschließen, da fehlt neben einem Motiv auch die Verbindung zu Henriette Strauss, die nie dort gewohnt hat.«

Schweigen. Die vier Männer sahen einander an, alle spürten, dass sie an einem Wendepunkt standen.

»Angenommen, es wäre so«, fuhr Leo fort. »Dann hätte die Person die giftigen Samen, die auf den Spiegel geklebt waren, für zwei Morde verwendet. Einmal oral, vermutlich unter Speisen oder Getränke gemischt, was zum Tod von Gustav Lehnhardt führte. Da müssten wir übrigens Lehnbach fragen, ob sich eine Exhumierung lohnt. Zwei Jahre später dann pulverisiert und aufgelöst in der Sprühflasche, die das Rosenwasser enthielt. Möglich wäre das schon. Doch eins müssen wir bedenken – das Motiv. Warum hätte Adrian seinen Vater ermorden sollen? Gewiss, er sollte auf die Laufbahn als Musiker verzichten und die Firma übernehmen. Als Tatmotiv nicht ganz überzeugend, aber immerhin vorstellbar. Doch warum hätte Adrian seine Tante umbringen sollen, an der er nach eigenem Bekunden und den Aussagen der Zeugen so hing? Dennoch müssen wir davon ausgehen, dass wir es in beiden Fällen – wenn es denn zwei Fälle geben sollte – mit demselben Täter zu tun haben. Aber ich sehe bei Adrian Lehnhardt einfach kein überzeugendes Motiv.«

Sonnenschein meldete sich zu Wort. »Und wie ist es mit der Witwe? Auch hier kann ich kein Motiv erkennen. Wir wissen natürlich nicht, wie glücklich die Ehe war, da müssten wir weitere Befragungen durchführen. Aber aus welchem Grund hätte Rosa ihre Schwester ermorden sollen? Es gibt keinerlei Hinweis auf ein Zerwürfnis. Selbst wenn Frau Lehnhardt eifersüchtig auf die große Zuneigung gewesen sein sollte, mit der ihr Sohn an seiner Tante hing, würde das nicht erklären, weshalb sie ihren Mann ...«

Leo klopfte mit der flachen Hand auf die Tischplatte. »Das alles kann immer noch ein Zufall sein, das dürfen wir nicht vergessen. Berns, Sie fragen bei den Pharmakologen nach, wie sich eine orale Vergiftung mit Paternostererbsen äußert. Und auch, wie man die Samen aufbereiten muss, um sie in Lebensmitteln zu verabreichen. Robert, du erkundigst dich in der Charité nach dem ehemaligen Patienten Gustav Lehnhardt.« Dann wandte er sich an Sonnenschein: »Wir beide werden das Hauspersonal bei Lehnhardts befragen. Die Lösung liegt in der Familie, dessen bin ich mir sicher.«

Adrian Lehnhardt hatte die ganze Nacht nicht geschlafen. Als seine Mutter spät abends aus der Oper gekommen war, hatte er sich nicht blicken lassen, sondern war in seinem Zimmer geblieben. Das Buch und die Doktorarbeit hatte er an Ort und Stelle zurückgelegt, um keinen Verdacht zu erregen. Doch was sollte er mit seinem Wissen anfangen?

Wissen? Eigentlich wusste er gar nichts, er ahnte nur, und diese Ahnungen machten ihm Angst. Die Angst hatte sich in seinem gesamten Körper ausgebreitet und ließ ihn nicht zur Ruhe kommen. Er wusste, er würde keinen Frieden finden, bevor Tante Jettes Mörder nicht gefasst war. Und keine Kraft, wieder Geige zu spielen.

Er zog sich an und ging trotz des unfreundlichen Wetters in den Garten. Am Ast einer Linde hing eine Schaukel aus Kindertagen. Sein Vater hatte ihn damals geduldig angeschubst, bis er endlich begriffen hatte, wie er die Beine bewegen musste, um selbst Schwung zu holen. Danach gab es kein Halten mehr. Er hatte Stunden auf der Schaukel verbracht und sich vorgestellt, hoch in den Himmel zu fliegen.

In einer Ecke des Gartens, nahe der Mauer zur Straße, stand ein Schuppen, in dem der Gärtner seine Geräte untergebracht hatte. Außerdem bewahrte Rosa Lehnhardt dort ihre Utensilien für die Rosenpflege auf, um die sie sich persönlich kümmerte. Sie hatte das Rosenwasser für Tante Jette selbst angefertigt. Es roch zwar nicht so intensiv wie jenes, das man im Handel kaufen konnte, aber seine Tante war sehr gerührt gewesen und hatte es mit Vorliebe verwendet.

Adrian wandte sich zurück zum Haus. Er schaute hoch zum Schlafzimmerfenster seiner Mutter und sah eine Gestalt hinter der zarten Gardine stehen. Er hob die Hand, doch sie rührte sich nicht. Vielleicht war es auch Frieda. Allmählich kroch ihm die feuchte Kälte in die Knochen.

Er wollte gerade die Terrassentür öffnen, als sein Blick auf die Kellertür neben der Terrasse fiel. Wie unter einem Zwang änderte er die Richtung und stieg die kleine Treppe hinunter. Das ganze Haus war unterkellert, es gab Vorratsräume, eine Waschküche und eine Werkstatt, in der der Gärtner kleinere Reparaturen vornahm.

Früher war es die Werkstatt seines Vaters gewesen. An den Wänden hingen Werkzeuge, in einer Ecke lehnte eine große Säge. Es roch nach Holz und altem Leim. Er schaute sich im Raum um. Plötzlich überkam ihn eine Erinnerung.

Gustav Lehnhardt hatte gern an Dingen herumgebastelt und kleine Experimente gemacht, die er auch seinem Sohn bisweilen vorgeführt hatte. Im Nachhinein hatte Adrian begriffen, dass sein Vater versucht hatte, ihn an die Arbeit in der Firma heranzuführen, doch als Junge hatte er sich nichts dabei gedacht und einfach Spaß daran gehabt, wenn es dampfte, zischte und knallte. Dafür hatte der Vater einen chemischen Experimentierkasten gekauft, der noch im Regal stand. Der Deckel war vor langer Zeit aus den Scharnieren gebrochen und lag daneben. Adrian nahm den Kasten heraus und stellte ihn behutsam auf die Werkbank. Er enthielt einen Brenner, Reagenzgläser, Reagenzglashalter, Glasstäbe zum Rühren, einen Trichter, Pipetten, Filterpapier und diverse Behälter mit Flüssigkeiten und Pulvern. Adrian dachte an die Zeit, als er und sein Vater sich nahegestanden hatten, als Gustav Lehnhardt noch nicht von ihm enttäuscht gewesen war. Einen Moment lang hing er seinen Gedanken nach, bevor er den Kasten zurück ins Regal stellte.

Er wollte zur Tür gehen, hielt aber inne. Etwas störte ihn. Er zog den Kasten noch einmal hervor und hielt ihn unter die Deckenlampe. Dann erkannte er es. Kaum Staub.

Frau Lehnhardt war auf ihrem Zimmer, ihr Sohn außer Haus, was Leo sehr gelegen kam. Also ließen sie alle Dienstboten antreten, die um diese Zeit zugegen waren. Es handelte sich um drei Personen: die Köchin Else Blaschnik, das Hausmädchen Frieda Welteke und den Gärtner Ernst Blank.

Die Köchin arbeitete seit zehn Jahren für die Lehnhardts, Frieda seit vier Jahren, der Gärtner seit einundzwanzig Jahren. Folglich hatten alle den verstorbenen Hausherrn gekannt.

Leo vernahm die drei nacheinander.

Die Köchin schien etwas schwer von Begriff; aus ihr war überhaupt nichts Sinnvolles herauszubringen, und Leo schickte sie bald wieder ihrer Wege.

Frieda, das Hausmädchen, war die Nächste. Sie knetete

ihre Schürze, als wäre ihr das Gespräch unangenehm. Sie mochte den Kriminalbeamten nicht in die Augen sehen.

»Ich habe Dr. Strauss nicht so gut gekannt. Ich bin erst seit vier Jahren hier.«

»Ist Ihnen in dieser Zeit irgendetwas aufgefallen, das seltsam war? Haben Sie einen Streit in der Familie mitgehört, gab es Gerede beim Einkaufen?«

»Nein, eigentlich nicht.« Sie räusperte sich. »Na ja, nur eins ist mir aufgefallen. In der letzten Zeit ist Frau Dr. Strauss nicht mehr zu Besuch gekommen.«

»Was heißt ›in der letzten Zeit‹? Könnten Sie das bitte genauer erklären?«

Sie überlegte. »Also, im letzten halben Jahr, würde ich sagen. Ungefähr ab Mai vielleicht. Ich dachte, sie hätte viel zu tun oder wäre verreist.«

»Hat es vorher einen Streit gegeben?«, fragte Sonnenschein.

Sie schüttelte den Kopf. »Nicht dass ich wüsste. Sie kam nur nicht mehr her.«

»War sonst noch etwas anders?«

Sie biss sich auf die Lippen. »Die gnädige Frau ist manchmal lange in ihrem Zimmer geblieben, auch wenn sie eigentlich etwas vorhatte oder zum Essen herunterkommen sollte. Dann habe ich geklopft, aber sie hat nicht aufgemacht.« Sie zögerte. »Einmal hat sie gesungen. Aber keinen Schlager, als wenn sie gute Laune hätte, eher leise. Es klang ein bisschen wie ein Schlaflied für Kinder.«

»Erinnern Sie sich an den Tod von Herrn Lehnhardt?«

Frieda zuckte zusammen. »Das war schlimm. Er war ja krank, aber sein Tod kam dann doch unerwartet.«

»Was genau ist Ihnen ungewöhnlich erschienen?«, fragte Leo.

»Er bekam abends im Bett furchtbare Schmerzen, so etwas hatte er vorher noch nie. Wir holten Dr. Behnke. Als es nicht besser wurde, kam er in die Charité. Da ist er dann gestorben.«

»Wie hat seine Frau seinen Tod verkraftet?«

»Sie hat natürlich getrauert, es war schwer für sie. Aber sie hatte ja zum Glück ihren Sohn, das hat sie wohl getröstet.«

»Gut, Fräulein Welteke, ich danke Ihnen. Dann schicken Sie mir bitte noch den Gärtner herein.«

Zunächst konnte Ernst Blank nicht viel Aufschlussreiches beitragen, da er als Gärtner selten mit der Familie in Berührung kam und kaum das Haus betrat. Dann berichtete er jedoch, dass sich die gnädige Frau mit größter Aufmerksamkeit um ihre Rosen kümmere, die ihr ganzer Stolz seien. »Duftrosen wie General Jacqueminot, Louis XIV., Baroness Rothschild. Wunderbare Sorten. Damit hat se det Rosenwasser für ihre Schwester herjestellt. Det war ihr immer sehr wichtig.«

»Sie hat es selbst hergestellt?«, hakte Sonnenschein sofort nach.

Blank nickte. »Solange Saison war. Aber det hält sich ooch 'ne jewisse Zeit.«

»Haben Sie mal die Sprühflasche gesehen, die Frau Dr. Strauss dafür benutzt hat?«, erkundigte sich Leo.

Der Gärtner schüttelte den Kopf. »Ick hab keene Flasche jesehn. Die gnädige Frau hat die Rosenblätter jepflückt, wenn se am schönsten dufteten. Mehr hab ick nich mitjekriecht.«

Sonnenschein notierte alles und sah Leo mit hochgezogenen Brauen an.

»Ist Ihnen in letzter Zeit etwas an Frau Lehnhardt aufgefallen? Hat sie sich anders verhalten, ist sie öfter oder seltener als sonst in den Garten gekommen?«

Er überlegte. »Nee, ick hab nüscht bemerkt.«

Leo fragte, ob er Herrn Lehnhardt näher gekannt habe.

»Iwo, der kam nie in den Jarten, war viel zu beschäftigt in der Firma. Der hat nur mal 'ne Zigarre uff der Terrasse jeraucht, det war allet.«

Sie bedankten sich und verabschiedeten ihn.

Als sie allein waren, sahen sie sich an. »Das Rosenwasser. Wir müssen mit ihr sprechen«, sagte Leo. Dann steckte er den Kopf durch die Tür und bat Frieda, die gnädige Frau zu holen.

Rosa Lehnhardt war angekleidet und frisiert. Als sie hereinkam, schaute sie von Leo zu Sonnenschein und fragte gereizt: »Können Sie mir bitte sagen, weshalb Sie mein Personal verhören? Meine Schwester wurde getötet, und seit zwei Wochen tun Sie nichts anderes, als immer wieder in meinem Haus zu erscheinen und lästige Fragen zu stellen. Man könnte meinen, Sie verdächtigten jemanden aus der Familie oder vom Personal. Bitte bedenken Sie, mit welchen Personen meine Schwester in ihrer Beratung Umgang hatte. In diesem Milieu sollten Sie suchen und nicht bei anständigen Leuten.« Sie hielt inne, um Luft zu holen, was Leo ausnutzte.

»Frau Lehnhardt, es ist immer eine enorme Belastung für die Angehörigen eines Opfers, aber wir müssen allen Hinweisen nachgehen. Warum haben Sie uns nicht gesagt, dass Sie das Rosenwasser für Ihre Schwester selbst hergestellt haben?«

Sie zögerte keine Sekunde. »Sie haben nicht danach gefragt.«

»Und wenn ich Ihnen sage, dass der Mörder unserer Ansicht nach das Rosenwasser in der bewussten Sprühflasche mit Gift versetzt und auf diese Weise Ihre Schwester getötet hat? Und dass diese Flasche aus der Wohnung verschwunden ist und niemand etwas über ihren Verbleib weiß? Dass Ihre Schwester sich unwissentlich selbst vergiftet hat, indem sie Rosenwasser versprühte und es dabei einatmete? Dahinter steckte ein teuflischer Plan.«

»Das ist infam, Herr Kommissar. Wer sollte auf eine solche Idee kommen? Diese Vorstellung erscheint mir geradezu grotesk. Wieso stirbt man, wenn man Rosenwasser versprüht? Woher soll das Gift überhaupt gekommen sein?«

»Diese Frage würden wir gerne dem Täter stellen«, erklärte Sonnenschein. »Folgendes wissen wir aber sehr genau: Das Gift entfaltet seine Wirkung, wenn man die Substanz mit Nahrung zu sich nimmt, aber auch, wenn man sie in Flüssigkeit gelöst oder als Pulver einatmet.«

Leo behielt die Frau genau im Auge, doch sie ließ keine Regung erkennen.

»Das klingt, als müsste der Täter ein Fachmann gewesen sein. Um welches Gift handelt es sich, wenn ich fragen darf?«

»Um die Samen der Paternostererbse«, erwiderte Sonnenschein. »Eine exotische Pflanze mit sehr hübschen, dekorativen Samenkörnern, die hochgiftig sind.«

»Das klingt alles ziemlich weit hergeholt«, stellte Rosa Lehnhardt fest. »Wie sind Sie darauf gekommen? Haben Ärzte das herausgefunden?«

»Das auch. Den wichtigsten Hinweis hat uns Ihre Schwester jedoch selbst geliefert.«

Leo glaubte, ein kaum merkliches Zucken wahrzunehmen, doch das konnte Einbildung sein.

»Wie meinen Sie das?«

»Bevor sie starb, sagte sie das Wort ›Paternoster‹. Ihr Sohn hat es gehört, konnte sich aber keinen Reim darauf machen und hat uns darauf hingewiesen. Als sich die Indizien für eine Vergiftung häuften, stellten wir die Verbindung zu dieser Pflanze her. Ihre Schwester hat in Indien einen Spiegel gekauft, dessen Rahmen mit den fraglichen Samenkörnern beklebt war. Wissen Sie zufällig, was daraus geworden ist? Bislang konnten wir nichts über seinen Verbleib ermitteln.«

»Bedaure, dazu kann ich Ihnen leider auch nichts sagen.« Sie verstummte. Leo ließ sie nicht aus den Augen. Alles, was sie sagten, schien an ihr abzuprallen. Entweder hatte sie nichts mit dem Tod ihrer Schwester zu tun oder sie fühlte sich so sicher, dass sie die Polizei nicht als Bedrohung empfand. Ihm war klar: Ohne den Spiegel und die Sprühflasche waren sie machtlos.

»Gut. Ach, eins noch. Bin ich richtig informiert, dass Ihr Mann seine Firma eigentlich Ihrem Sohn übergeben wollte, dieser aber eine Karriere als Musiker vorgezogen hat? Und dass die Firma deshalb nach dem Tod Ihres Mannes verkauft wurde?«

Rosa Lehnhardt kroch die Röte am Hals empor. »Was hat das bitte mit dem Tod meiner Schwester zu tun? Wie können Sie es wagen, unser Familienleben auszubreiten, das ist Vergangenheit und geht niemanden etwas an. Aber falls es Sie beruhigt – genau so ist es gewesen, Herr Kommissar.«

Selten hatte jemand Leos Dienstgrad mit einer solchen Verachtung ausgesprochen. »Gut, das wäre alles für heute. Vielen Dank für Ihr Entgegenkommen, Frau Lehnhardt.«

Leo und Sonnenschein wandten sich zum Gehen, doch Rosa Lehnhardt vertrat ihnen den Weg. »Meine Herren, ich werde mich über Sie beschweren. Sie haben mein Personal verhört und sind mir in einer provokanten Weise gegenübergetreten, die ich als beleidigend empfinde. Das werde ich nicht dulden. Wenn die Polizei noch einmal ins Haus kommt, wird man munkeln, die Familie werde verdächtigt. Das ist rufschädigend. Mein Sohn steht am Beginn einer großen Karriere, die werden Sie nicht zerstören.«

»Frau Lehnhardt, ich kann Ihnen versichern, dass bei der preußischen Polizei noch immer die Unschuldsvermutung gilt«, erwiderte Leo gelassen. »Aber Sie teilen hoffentlich unsere Ansicht, dass der Tod Ihrer Schwester nicht ungesühnt bleiben darf. Wir müssen jedem Hinweis nachgehen, sei er auch noch so unwahrscheinlich.«

Auf dem Weg zum Gartentor kam ihnen Adrian Lehnhardt entgegen. Er sah mitgenommen aus, blass und übernächtigt. Die beiden Kriminalbeamten blieben kurz stehen, doch der junge Geiger wollte sich offenbar auf kein Gespräch einlassen.

»Verzeihung, die Herren, ich bin in Eile.« Mit diesen Worten verschwand er im Haus.

Adrian Lehnhardt stand reglos am Fenster und schaute in den Garten hinaus, wobei sich seine Gefühle so rasch veränderten wie Licht und Schatten an einem wechselhaften Tag.

Wenn er nicht zur Polizei gegangen wäre – Unsinn, Behnke hatte auch einen Verdacht gehegt. Dennoch, er selbst hatte so sehr auf den Ermittlungen bestanden, und nun war es, als zöge sich eine Schlinge immer enger um die Familie zusammen, schnürte sie ein, nähme ihnen die Luft zum Atmen. Ständig waren die Kriminalbeamten im Haus, fragten jetzt sogar die Dienstboten aus. Und er – er schnüffelte seiner eigenen Mutter hinterher.

Der Spiegel. Zerbrochen, verschenkt, irgendwo auf dem Dachboden verstaut, weil er ihr nicht mehr gefallen hatte?

Das Buch. Was hatte das schon zu bedeuten? Vielleicht doch einfach nur ein Andenken an den Vater, nichts weiter. Und wenn sie es in der Wäscheschublade aufbewahrte, auch gut.

Der Experimentierkasten. Eine hauchdünne Staubschicht auf den Utensilien, die zentimeterdick hätte sein müssen. Sein Vater war seit zwei Jahren tot und hatte den Kasten schon lange vorher nicht mehr angefasst. Möglich, dass Frieda den Keller aufgeräumt hatte. Aber in die Werkstatt ging niemand außer dem Gärtner. Wer bitte würde in einer Werkstatt Staub wischen?

Er drückte die Stirn so fest gegen die Scheibe, dass es wehtat. Er wollte sich spüren, sich irgendwie von den kreisenden Gedanken ablenken, die ihm keine Ruhe ließen.

Sollte er so tun, als wäre nichts geschehen? Unmöglich. So würde er keinen Frieden finden. Gab es überhaupt noch Frieden nach allem, was geschehen war?

Er könnte mit seiner Mutter sprechen. Ihr sagen, dass er den Gesang und die rätselhaften Worte gehört hatte, sie fragen, weshalb ihr Spiegel nicht mehr im Schlafzimmer stand und das Buch aus Vaters Firma in ihrem Kleiderschrank lag. Doch da war etwas zwischen ihnen, etwas Fremdes, das er nicht benennen konnte. Dieses Gefühl, das ihn in ihr Zimmer getrieben hatte und in den Keller, den er seit einer Ewigkeit nicht mehr betreten hatte.

Die dritte Möglichkeit war, zu Wechsler zu gehen und ihm alles zu sagen. Seine eigene Mutter zu belasten, obwohl es keinen echten Beweis gab. Ein Gefühl war kein Indiz.

Er musste weitersuchen.

24

Leo und Sonnenschein nahmen bei Aschinger ein spätes Mittagessen ein. Leo entschied sich für Buletten mit Kartoffelsalat, sein Kollege bestellte Rinderbraten ohne Rahmsoße.

»Wie geht es Ihrem Vater?« Leo dachte an die Bilder vom Montag, die zerbrochenen Scheiben, geplünderten Läden, die geprügelten Menschen auf den Straßen.

»Er nimmt es mit Humor. Wenn wir Juden keinen Humor hätten, wäre das Leben nicht zu ertragen«, erklärte Sonnenschein und spießte ein Stück Braten auf die Gabel.

»Dann haben Sie bestimmt einen Witz parat«, forderte Leo ihn auf.

»Gut, den kürzesten, der mir einfällt: ›Warum antwortet ein Jude immer mit einer Frage? – Warum soll er nicht mit einer Frage antworten?‹«

Leo lachte, wurde aber sofort wieder ernst. »Sie haben gesehen, was die Zeitungen schreiben. Fast keine heißt das Vorgehen der Polizei gut, das der Aufwiegler schon gar nicht.« Leo dachte an das unangenehme Gefühl, das ihn an jenem Tag beherrscht hatte: Er hatte sich geschämt, Polizeibeamter zu sein. Zuletzt war ihm das bei den Straßenkämpfen während der Revolution passiert. Damals hatte er einen Arbeiter vor prügelnden Polizisten geschützt. Als Erinnerung hatte er die Narbe im Gesicht zurückbehalten.

»Was den Fall Strauss angeht ...«, sagte Leo und trank einen Schluck Weiße. »Ich werde aus Frau Lehnhardt nicht schlau. Sie gibt die trauernde Schwester, die empörte Mutter und Witwe, das alles ist durchaus nachvollziehbar. Und trotzdem ist da etwas ...«

Sonnenschein nickte. »Als Sie sie nach der Sache mit der Firmenübernahme gefragt haben, bekam sie rote Flecken am Hals. Aber sie hat kein Motiv, jedenfalls keines, von dem wir wüssten. Vielleicht haben die Kollegen noch etwas Neues.

Leo legte sein Besteck auf dem soeben geleerten Teller ab. »Der Sohn sah schlecht aus. Vielleicht hat es nichts mit dem Fall zu tun, aber er hatte es verdammt eilig, wegzukommen. Dabei hat er doch bisher so bereitwillig ausgesagt.«

»Ja, das war merkwürdig.«

»Wir müssen an den jungen Lehnhardt ran. Druck ausüben. Dem wird er nicht lange standhalten, so wie er vorhin ausgesehen hat. Da ist etwas im Busch, ganz sicher.«

Sie bezahlten und kehrten zurück ins Präsidium.

Im Hereinkommen wedelte Walther mit seinem Notizbuch. Leo hatte sich schon gefragt, weshalb er für den Termin in der Charité so lange gebraucht hatte. »Ich habe Neuigkeiten.«

Sie setzten sich, Fräulein Meinelt brachte Kaffee.

»Ich habe mich in der Inneren Abteilung nach den Vergiftungssymptomen erkundigt. Man sagte mir, dass man bei plötzlich auftretenden schweren Magen- beziehungsweise Darmbeschwerden durchaus hellhörig werde und gegebenenfalls die Polizei verständige. Wenn noch –«, er las aus seinem Notizbuch, »Blutungen, Krämpfe, Halluzinationen oder ähnliche Anzeichen hinzukommen, melde man dies grundsätzlich den Behörden. Sollte ein Patient jedoch Vorerkrankungen haben, deren übliche Symptome denen einer Vergiftung ähneln, wäre es denkbar, dass die Vergiftung nicht festgestellt werde. Die Dunkelziffer sei leider hoch, da schon triftige Gründe vorliegen müssten, um die trauernden Angehörigen mit solchen Vermutungen zu belasten.«

»Die trauernden Angehörigen, die möglicherweise die Täter sind«, warf Leo ein.

»Ich habe mich nach dem Patienten Gustav Lehnhardt erkundigt. Es hat eine Weile gedauert, bis sie ihn im Archiv gefunden hatten. Todesursache war Herzversagen infolge einer schweren Gastritis in Verbindung mit chronischen Magengeschwüren. Es wurde keine Sektion durchgeführt. Man hat den Toten ordnungsgemäß zur Bestattung übergeben.«

Leo überlegte. »Es wäre also denkbar, dass Gustav Lehnhardt auch an den verdammten Erbsen gestorben ist.«

Walther nickte. »Aber ich habe noch etwas anderes für dich, deshalb komme ich so spät. Es könnte mindestens ebenso wichtig sein.« Er legte eine Pause ein. »Als ich so durch die Klinik lief, fiel mir ein, dass Stratow vielleicht öfter in Henriette Strauss' Wohnung war. Ich fuhr also ins Luisenkrankenhaus und fragte ihn nach der Sprühflasche, an die er sich tatsächlich erinnern konnte. Aber seine Liaison mit Strauss ist lange her, das half uns also nicht weiter. Ich habe ihn aufgefordert, er solle noch einmal nachdenken, alles könne von Bedeutung sein: Freunde oder Freundinnen, Arbeit, Angewohnheiten, Feindschaften, Wesenszüge, Vergangenheit, ob sie in bestimmten Dingen empfindlich gewesen sei, ob er von irgendwelchen Geheimnissen wisse … Ich habe alle Register gezogen.«

»Und Erfolg gehabt«, ergänzte Leo, »sonst würdest du mich nicht so auf die Folter spannen.«

»In der Tat«, sagte Walther triumphierend.

»Lehnbach, wieso steht das nicht in Ihrem Bericht?«, herrschte Leo den Gerichtsarzt am Telefon an.

»Wir haben uns ganz auf die Symptome der Vergiftung konzentriert. Wenn es nicht um ein Sexualverbrechen geht oder eine vaginale Untersuchung ausdrücklich angefordert wird, führe ich diese auch nicht durch«, erwiderte der Arzt mit mühsam unterdrücktem Ärger. »Was glauben Sie, wie viele Leichen wir hereinbekommen? Und die meisten machen uns weniger Arbeit als Ihre Dr. Strauss, das können Sie mir glauben.«

Es hatte keinen Sinn, es sich mit dem Gerichtsarzt zu verderben. »In Ordnung. Rufen Sie mich bitte sofort zurück, wenn Sie das Ergebnis haben.«

Leo hängte ein und sah Walther an. »Stratow ist sich da wirklich ganz sicher?«

»Ja. Die Patientin war noch sehr jung, es war eine schwere Geburt, wie er sagt. Sie hatte Angst zu sterben. Dr. Strauss hat sich einfühlsam um sie gekümmert. Dann fragte die Patientin, ob die Ärztin Kinder habe. Dr. Strauss antwortete nicht sofort. Stratow wollte schon den Raum verlassen, als er hörte, wie Strauss leise sagte, sie habe vor Jahren ein Kind geboren. Es sei schmerzhaft, aber danach fühle man sich sehr glücklich.«

»Und er hat sie später nicht danach gefragt?«, wollte Leo wissen.

»Nein. Ihre Beziehung war damals schon beendet. Vielleicht war es ihm unangenehm, dass er es mitgehört hatte, die Worte waren ja nicht für ihn bestimmt. Außerdem hatte sie nie zuvor darüber gesprochen, und das hat er respektiert.«

»Niemand hat bei den Befragungen eine frühere Schwangerschaft von Henriette Strauss erwähnt«, meinte Sonnenschein nachdenklich.

»Weil möglicherweise niemand davon weiß«, warf Berns ein. »Ein uneheliches Kind, das wäre eine Schande für die Familie gewesen. Henriette Strauss war nie verheiratet. Außerdem wollte sie Medizin studieren oder war gerade dabei. Da konnte sie kein Kind gebrauchen, schon gar nicht ohne Ehemann.«

»Aber sie muss das Kind irgendwo geboren haben. Und wenn es überlebt hat, muss sie es zur Adoption freigegeben haben. Darüber dürften offizielle Unterlagen existieren«, meinte Walther.

Leo schüttelte den Kopf. »Nicht unbedingt. So etwas kann man auch finanziell regeln, wenn man es diskret anstellt. Vielleicht nicht hier in Berlin, aber wenn wir davon ausgehen, dass Henriette Strauss als junge Frau unehelich schwanger wurde und das Kind nicht behalten konnte oder wollte, wird sie wohl kaum bis zur Geburt in der Stadt geblieben sein.«

Sie schauten sich an.

»Angenommen, sie ist verreist, womöglich sogar mehrere Monate lang, wie es in solchen Kreisen üblich ist. Man schützt eine Krankheit vor, trägt das Kind in Ruhe aus, gibt es weg und kehrt in sein altes Leben zurück«, meinte Sonnenschein.

Leo sah in die Runde. »Da sollten wir ansetzen.«

Dr. Lehnbach meldete sich nach einer halben Stunde. »Sie hatten recht, Wechsler«, verkündete er. »Henriette Strauss hat tatsächlich ein Kind geboren.«

»Können wir davon ausgehen, dass das Kind lebensfähig war? Keine Fehlgeburt, meine ich?«

»Nun«, sagte der Gerichtsarzt, »ich kann nur beurteilen, dass der Zustand der Beckenbodenmuskulatur und des Muttermundes auf eine Geburt im fortgeschrittenen Stadium der Schwangerschaft hinweisen.«

»Können Sie erkennen, wann diese Schwangerschaft stattgefunden hat?«

»Jedenfalls nicht in den letzten sechs bis zwölf Monaten. Um die Frage präzise beantworten zu können, müssten wir uns die Gebärmutter ansehen, ebenso die Milchdrüsen in den Brüsten. Doch die vaginale Untersuchung lässt nur den Schluss zu, dass Schwangerschaft und Entbindung länger zurückliegen. Wie lange, kann ich Ihnen leider nicht sagen.«

»Ich danke Ihnen, Sie haben uns sehr weitergeholfen«, sagte Leo besonders herzlich, um seine schroffe Art von vorhin wiedergutzumachen.

Dann schaute er die Kollegen an. »Die Freundinnen, die Krankenschwestern und Ärzte, die Familie – alle müssen danach befragt werden.« Er überlegte. »Auch die persönlichen Dokumente der Toten sollten wir daraufhin noch einmal durchsehen. Hat man die Papiere wieder in die Wohnung gebracht?«

Walther nickte.

»Gut. Sonnenschein, das übernehmen Sie, außerdem Frau Schröder aus der Beratungsstelle. Berns, Sie kümmern sich um Dr. Vollnhals und Frau Meyer. Robert, du fährst ins Luisenkrankenhaus. Ausgezeichnete Arbeit übrigens.« Wenn demnächst Beförderungen anstanden, würde er Robert empfehlen. »Ich selbst übernehme die Familie.«

»Lass mich mitfahren, Leo«, sagte Walther. »Falls es beim Gespräch mit der Familie zu einer Eskalation kommt …«

Leo nickte. »Du hast recht.« Außerdem hatte Robert den entscheidenden Hinweis gefunden. »Sonnenschein, das mit dem Krankenhaus übernehmen Sie. Die Papiere in der Wohnung sehen wir uns später an.«

Er rief Ilse an, um ihr zu sagen, dass sie nicht mit dem Essen auf ihn warten solle. Dann gab er Clara kurz Bescheid, die sofort die Spannung in seiner Stimme erkannte.

»Habt ihr eine heiße Spur?«

»Du sagst es.«

Sonnenschein beschloss, zuerst in die Beratungsstelle zu fahren. Lisbeth Schröder sah ihn unfreundlich an, als sie die Tür öffnete. »Sie schon wieder?«

»Verzeihen Sie, dass ich so spät störe, aber ich habe eine dringende Frage, die keinen Aufschub duldet.«

Zögernd ließ sie ihn ein und schloss energisch die Tür.

»Bitte.« Sie bot ihm einen Stuhl an.

»Haben Sie schon eine Nachfolgerin für Frau Dr. Strauss?«, fragte er der Höflichkeit halber.

»Das Organisatorische erledige ich«, sagte sie in knappem Ton. »Für die medizinische Beratung muss noch jemand gefunden werden. So viele Ärztinnen gibt es nun auch wieder nicht.«

Er nickte verständnisvoll. »Nun, Frau Schröder, ich will nicht lange drum herumreden: Ist Ihnen bekannt, dass Frau Dr. Strauss selbst einmal schwanger war und ein Kind geboren hat?«

Sie sah ihn mit offenem Mund an.

»Schwanger? Ein Kind?« Sie schüttelte entschieden den Kopf. »Davon ist mir nichts bekannt.«

»Es liegt schon länger zurück. Das Kind wurde vermutlich nicht in Berlin geboren. Wir wissen auch nicht, ob es überlebt hat und zur Adoption freigegeben wurde.«

»Wie kommen Sie eigentlich darauf?«

»Das hat die Sektion der Leiche zweifelsfrei ergeben.«

Lisbeth Schröder saß schweigend da, er glaubte schon, sie hätte ihn vergessen.

»Sie hatte immer viel Verständnis für Frauen, die ungewollt schwanger geworden waren«, sagte sie nachdenklich. »Ich dachte, es sei einfach Mitgefühl, aber wenn sie aus eigenem Erleben … denkbar wäre es …«

»Aber sie hat nie darüber gesprochen?«

»Jedenfalls nicht mit mir. Es müsste doch eine Geburtsurkunde geben. Irgendwo muss die Geburt registriert worden sein.«

»Möglicherweise ist das Kind im Ausland zur Welt gekommen«, erklärte Sonnenschein.

Er sah, wie eine Veränderung in ihrem Gesicht vor sich ging. »Frau Schröder?«

Sie legte einen Finger an die Lippen. »Ich habe mal in ihrem

Schreibtisch etwas gesucht, als Dr. Strauss nicht da war. Eine Patientin brauchte dringend ein Dokument für die Klinik«, fügte sie entschuldigend hinzu. »Und da lag eine Ansichtskarte in der Schublade. Schön gerahmt.«

Sie stand auf und trat an den Schreibtisch von Henriette Strauss. Aus der untersten Schublade holte sie den Rahmen samt Ansichtskarte heraus und reichte ihn Sonnenschein.

Ein großes, elegantes Gebäude vor einer prachtvollen Bergkulisse. Bogenfenster, Sonnenbalkone, drei gewaltige Giebel in einer Reihe. In einer Ecke stand in geschwungener Prägeschrift: »Haus Alpenblick, Davos«. Er blickte auf. »Hat sie das jemals erwähnt?«

»Nein. Aber es muss ihr viel bedeutet haben, sonst läge es nicht in der Schublade. Ich vermute, sie wollte es aus irgendwelchen Gründen nicht aufhängen, aber in ihrer Nähe behalten.«

»Allerdings nicht in ihrer Wohnung«, sagte Sonnenschein nachdenklich. Dort gingen Verwandte und Freundinnen ein und aus. Hatte sie es hier in der Beratungsstelle vor neugierigen Blicken schützen wollen?

Aus einer Eingebung heraus löste er behutsam die Rückseite vom Rahmen und nahm die Ansichtskarte heraus. Hier fand er, was er gesucht hatte: »Haus Alpenblick, Sanatorium, Am Kurpark, Davos – Fernruf 137«.

»Ich werde die Karte als Beweisstück an mich nehmen«, erklärte Sonnenschein.

»Was hat es damit auf sich?«, fragte Lisbeth Schröder. Dann begriff sie. »Sie meinen, das Kind wurde dort geboren?«

»Ich kann mich zu den laufenden Ermittlungen nicht äußern«, erklärte er und stand auf. »Sie haben mir jedenfalls sehr geholfen, Frau Schröder. Ich hoffe, Sie finden bald eine passende Nachfolgerin für Dr. Strauss.« Eilig verabschiedete er sich und verließ das Büro.

Es regnete. Jetzt musste er umgehend Kommissar Wechsler von der Karte berichten. Hoffentlich war er noch nicht unterwegs zu Lehnhardts.

Als Sonnenschein einen öffentlichen Fernsprecher gefunden hatte, meldete sich niemand im Büro. Verdammt – er zog sein Notizbuch heraus und blätterte. Noch einmal warf er Geld nach und ließ sich mit der Villa Lehnhardt verbinden.

Das Hausmädchen meldete sich. »Ja, die Herren sind gerade eingetroffen. Einen Augenblick, bitte.«

Dann war Leo Wechsler am Telefon. »Was gibt es?«

Rasch berichtete Sonnenschein von seinem Fund.

Schweigen in der Leitung.

»Sind Sie noch da, Herr Kommissar?«

»Ja.« Die Stimme klang ernst, fast bedrückt. Leo sprach gedämpft weiter, als hielte er die Hand vor die Muschel. »Hören Sie, Sonnenschein, wissen Sie, was Sie da sagen?«

»Nein, wieso …?«

»Adrian Lehnhardt ist in Davos geboren. Ich habe Dr. Behnke nach dem Grund gefragt. Er sagte, Frau Lehnhardt sei während der Schwangerschaft leidend gewesen und zur Erholung in die Schweiz gereist, wo auch das Kind zur Welt kam.«

»Verdammt«, entfuhr es Sonnenschein. »Da haben wir das Motiv.«

Leo war angespannt, als er in den Salon zurückkehrte. Adrian Lehnhardt sah mitgenommen aus, mit dunklen Ringen unter den Augen. Er saß auf der Sofakante, schien aber jeden Moment aufspringen zu wollen.

Seine Mutter hingegen wirkte kampflustig. »Ich kann es nicht fassen, dass Sie uns schon wieder belästigen, Herr Wechsler. Habe ich mich heute Morgen nicht klar ausgedrückt?«

»Doch, das haben Sie.« Er warf Walther einen Blick zu.

»Aber es gibt Fragen, die keinen Aufschub dulden.« Er sah von einem zum anderen und überlegte, ob es besser wäre, Mutter und Sohn einzeln zu befragen. Er entschied sich dagegen.

»Bei einer neuerlichen Untersuchung des Leichnams von Henriette Strauss wurde festgestellt, dass sie vor Jahren ein Kind geboren hat.«

Es war totenstill im Zimmer. Adrian Lehnhardt schaute die Kriminalbeamten fassungslos an, während seine Mutter unbewusst an ihrem Kleid zupfte, ansonsten aber ruhig blieb.

»Das halte ich für ausgeschlossen. So etwas hätte sie nie vor mir geheimgehalten«, erklärte sie entschieden.

»Nun«, meinte Walther, »wenn es im Ausland geschehen wäre, beispielsweise auf ihren Reisen durch Asien, hätten Sie nicht zwangsläufig davon erfahren. Wir konnten bisher nicht feststellen, wann Ihre Schwester schwanger war und ob das Kind überlebt hat.«

Der junge Mann schien wie in einem Traum gefangen. Er starrte vor sich hin, als nähme er die anderen Personen im Zimmer gar nicht wahr.

»Wir müssen dem Ergebnis der gerichtsmedizinischen Untersuchung nachgehen«, erklärte Leo. »Daher frage ich Sie beide, ob Sie jemals davon gehört haben, dass Henriette Strauss Mutter eines Kindes war.«

Bei dem Wort »Mutter« wandte sich Adrian ganz langsam zu Rosa Lehnhardt um.

»Uns liegen Hinweise vor, die darauf schließen lassen, dass sich Dr. Strauss irgendwann einmal in einem Sanatorium in Davos aufgehalten hat«, sagte Leo und schaute den jungen Mann scharf an. »Möglicherweise hat sie das Kind dort geboren und danach zur Adoption freigegeben. Dies lässt sich hoffentlich durch entsprechende Nachforschungen vor Ort beweisen.«

»Das ist doch Unsinn!«, rief Rosa Lehnhardt. »Meine Schwester hatte kein Interesse an eigenen Kindern. Sie wollte Ärztin werden, die Welt bereisen, ein ungebundenes Leben führen. Das hätte sie nie durch eine solche Dummheit aufs Spiel gesetzt.«

»Ob Dummheit oder nicht, wir haben es hier mit medizinischen Tatsachen zu tun«, entgegnete Leo. »Nicht alle Kinder sind erwünscht. Darum finden sich auch Mittel und Wege, um solche Kinder wegzugeben.«

Als Adrian mit einem Keuchen aufsprang, drehten sich alle zu ihm um. Er war blass, und an seinem Hals pochte eine Ader. Mit den Händen umklammerte er die Sessellehne. »Wie konntest du nur? Davos – natürlich.« Er sprach zusammenhanglos. Rosa erhob sich und wollte auf ihn zugehen, doch er wich vor ihr zurück. »Ich habe die Doktorarbeit in deinem Schrank gefunden! Und auf dem alten Chemiekasten war kaum Staub!«

Leo und Walther sahen einander an, verhielten sich aber ruhig. Hier enthüllte sich etwas vor ihren Augen, sie mussten nur achtgeben.

Rosa Lehnhardt sah rasch von einem Beamten zum anderen. »Mein Sohn hat eine schwere Zeit hinter sich«, sagte sie entschuldigend. »Er hat Konzerte gegeben und viel gearbeitet, und der Tod seiner Tante hat ihn tief getroffen. Beruhige dich, mein lieber Junge, ich hole dir ...«

»Nein!«, brach es aus ihm heraus. »Du bist es gewesen! Der Spiegel ist auch weg!«

Endlich fand Leo einen Ansatzpunkt. »Meinen Sie den Spiegel mit den aufgeklebten Samenkörnern?«

Adrian fuhr herum, als hätte er ihn völlig vergessen. »Ja, den hat Tante Jette ihr geschenkt! Ich habe Sie angelogen.« Er hielt inne. »Ich muss hier raus!«

Bevor Leo etwas unternehmen konnte, hatte Adrian ihn mit aller Gewalt beiseitegestoßen und rannte zur Haustür hinaus. »Pass auf sie auf!«, rief Leo seinem Kollegen zu und deutete auf Frau Lehnhardt. »Notfalls hinderst du sie mit Waffengewalt daran, das Haus zu verlassen.«

Adrian lief, wie er noch nie gelaufen war. Er hatte nicht gewusst, dass diese Kraft in ihm steckte, die seine Beine antrieb, seine Lungen mit einem unendlichen Luftstrom füllte. Nur weg von diesem Haus, dieser Frau, die er zweiundzwanzig Jahre lang als Mutter …

Nicht daran denken, hämmerte es in ihm. Wenn du nachdenkst, bleibst du stehen. Wenn du stehst, holt es dich ein.

Irgendwann hörte er Schritte hinter sich. Nicht stehenbleiben, dachte er, schneller. Immer schneller. Er wollte nicht wissen, ob man ihn verfolgte, er wollte gar nichts mehr wissen.

Dann riskierte er doch einen Blick über die Schulter. Wechsler war etwa fünfzig Meter hinter ihm, er erkannte ihn im Licht der Straßenlaternen. Adrian nahm noch einmal alle Kraft zusammen und trieb sich vorwärts. Es war nicht mehr weit. Er hatte sein Ziel vor Augen.

Leo sah es hinter den Bäumen auftauchen und begriff. Der hohe, eckige Turm, das gelbe Gebäude im italienischen Stil, das in Lichterfelde so fremd wirkte. Lehnhardt wollte zum Bahnhof!

Dann hielt Leo inne. Der junge Mann rannte nicht zum hell erleuchteten Eingangsportal, sondern bog kurz davor nach rechts ab, lief um den Bahnhof herum und nach links in die Drakestraße.

Leo folgte Lehnhardt, rutschte aber auf dem nassen Laub aus und konnte sich gerade noch fangen, bevor er aufs Pflaster stürzte. Fluchend stolperte er weiter. Wo wollte Lehnhardt hin?

Einen Moment lang hatte er ihn aus den Augen verloren.

Links lag der Bahnhof, vor ihm die Unterführung, wo die Bahnlinie die Drakestraße kreuzte. Da, eine Bewegung an der Böschung. Das helle, vom Regen durchnässte Jackett leuchtete zwischen den kahlen Büschen auf.

Leo lief schneller, schob sich im Laufen die nassen Haare aus den Augen. Er spürte es, als er die Böschung neben der Unterführung erreichte. Ein Vibrieren unter seinen Füßen, ein noch fernes Rauschen aus nordöstlicher Richtung.

»Verdammt!«

Er kämpfte sich den Bahndamm hinauf, Zweige peitschten ihm schmerzhaft ins Gesicht. Er biss die Zähne zusammen und horchte auf das Geräusch, das beängstigend rasch lauter wurde. Dann war er oben.

Zwei Gleispaare, die parallel verliefen. Links in wenigen Metern Entfernung der Bahnsteig für die S-Bahn, auf dem mehrere Personen warteten, dahinter die Gleise für... Das Rauschen schwoll gewaltig an, dann sah er Lehnhardt im schwachen Licht der Streckenbeleuchtung.

Er stand auf den hinteren Gleisen, die Arme hingen herab, als wartete er geduldig auf das, was unerbittlich kommen würde. Ein Schnellzug vom Potsdamer Bahnhof mit voller Geschwindigkeit. Lehnhardt stand auf den Gleisen der Fernbahn!

Leo schaute gehetzt nach links und rechts, dann stürmte er los. Schaute noch einmal nach rechts. In der Ferne tauchte etwas Dunkles auf. Schneller! Er stolperte über den Schotter des Gleisbetts, überquerte die S-Bahn-Gleise, stürzte noch wenige Meter weiter...

Der Zug donnerte heran, Leo meinte, schon die Lichter zu sehen. Mit letzter Kraft warf er sich nach vorn und riss Adrian Lehnhardt zu Boden. Dieser wehrte sich, wollte zurück aufs Gleis kriechen, und Leo stemmte sich mit aller Macht gegen die äußere Schiene, um nicht mitgerissen zu werden. »Nein!«

Noch ein Ruck, dann fiel Lehnhardt schwer auf ihn. Der Luftzug war so gewaltig, dass es ihnen den Atem nahm. Sie wurden zu Boden gepresst, als das metallene Ungeheuer an ihnen vorbeiraste.

Plötzlich war es still. Leo hörte nur das Schluchzen des jungen Mannes, der halb auf ihm und halb auf dem Schotter neben den Gleisen lag.

25

Robert Walther wartete allein mit der Hauptverdächtigen, während Leo irgendwo in der Dunkelheit verschwunden war.

Rosa Lehnhardt saß reglos auf dem Sofa, den Blick auf ihre Füße gerichtet. Dann und wann blickte sie zur Tür. Die Spannung im Raum war greifbar – er konnte seine Fragen nur mit Mühe zurückhalten. Er mahnte sich zur Ruhe. Wenn die Frau reden wollte, sollte sie es von sich aus tun. Dennoch, die Stille war schwer zu ertragen.

»Soll ich Ihnen ein Glas Wasser kommen lassen?«, fragte er schließlich, um das Schweigen zu durchbrechen.

Sie schien aus einem Traum zu erwachen. »Nein, nein, mein Sohn bringt es mir gleich.« Ihr Kinn sank wieder auf die Brust.

Walther stand auf und ging im Zimmer auf und ab. Er hätte gern etwas getrunken, wagte aber nicht, Frau Lehnhardt den Rücken zu kehren.

»Soll ich Ihnen etwas über Adrian erzählen?«, fragte sie unvermittelt.

»Natürlich, gern.« Er holte sein Notizbuch heraus, was sie gar nicht zu bemerken schien.

»Er war ein Wunschkind.« Sie sagte es in versonnenem Ton, als gäbe es den Kriminalbeamten nicht. »Gustav und ich haben uns so sehr Kinder gewünscht, aber er konnte … Es war nicht möglich. Fast wäre unsere Ehe daran zerbrochen. Ich konnte mit niemandem darüber sprechen, auch nicht mit Freundinnen. Es war zu … persönlich. Ich wollte Gustav nicht bloßstellen. Nur meiner Schwester habe ich es gesagt. Jette war praktisch veranlagt und ohne falsche Scham. Sie wollte ja Ärztin werden. Sie hat mich getröstet und von einer Adoption gesprochen, aber das wollte Gustav nicht. Er hatte Angst vor Erbkrankheiten und solchen Dingen. Es war eine schwere Last für uns, und ich hatte schon alle Hoffnung aufgegeben.

Eines Tages stand Henriette aufgelöst vor unserer Tür. Sie war außer sich, stammelte etwas von einem großen Unglück, einer Dummheit, sie wisse nicht, wie es weitergehen solle … Sie müssen bedenken, es war um die Jahrhundertwende, vor dem Krieg, das war eine andere Welt als heute. Und meine Schwester wollte studieren. Ein uneheliches Kind hätte all ihre Pläne zerstört.

Wir erwogen alle Möglichkeiten, auch eine … Abtreibung. Aber das wollte sie nicht. Ich fragte nach dem Vater. Er sei Student, die Geschichte sei vorbei, eine Dummheit eben. Sie wolle ihn nicht wiedersehen. So hatte ich Henriette noch nie erlebt – hilflos und verzweifelt, wo sie doch immer stark und selbstsicher gewesen war. Ich hätte ihr gern geholfen, aber mir fiel zunächst keine Lösung ein.«

Leo saß in eine Decke gewickelt in der Amtsstube des Bahnhofsvorstehers. Neben ihm auf dem Boden lagen seine nassen, verschmutzten Kleidungsstücke. Er trank einen Kaffee, den ihm ein hilfsbereiter Bahnbediensteter gebracht hatte.

Nachdem er um Hilfe gerufen hatte, waren mehrere Schupos herbeigeeilt und hatten ihn und Adrian Lehnhardt ins Bahnhofsgebäude gebracht. Auf dem Bahnsteig hatte sich eine beträchtliche Menschenmenge versammelt, doch die Polizisten schirmten die beiden vor neugierigen Blicken ab. Leo hatte den Kollegen kurz erklärt, dass es sich um einen Suizidversuch gehandelt und er den Mann auf den Schienen gestellt habe, bevor dieser sich vor den Schnellzug habe werfen können.

Er warf einen Blick auf Lehnhardt, den man auf eine Bank

gebettet hatte. Er zitterte, obwohl es im Raum warm war, und hatte das Gesicht zur Wand gedreht. Gleich würde ein Arzt kommen, ein Transport ins Krankenhaus schien geboten.

Auch Leo stand noch unter dem Schock der Ereignisse. Eine Kurzschlussreaktion, gewiss, aber nicht unverständlich.

Es war so knapp gewesen. Bevor er das Haus der Lehnhardts verlassen hatte, hatte Leo kurz erwogen, erst noch im Präsidium telefonisch Verstärkung anzufordern. Dann wäre der junge Mann jetzt nicht mehr am Leben. Leo versuchte, sich das Gespräch mit Mutter und Sohn ins Gedächtnis zu rufen.

Wie konntest du nur? Davos – natürlich. Adrians Geburtsort war nie ein Geheimnis gewesen, wohl aber die Tatsache, dass Henriette Strauss nicht seine Tante, sondern seine Mutter gewesen war. Und dass ein Sanatorium einer wohlhabenden Patientin zuliebe falsche Eltern in eine Geburtsurkunde eingetragen hatte. Das allein war schon ein Schock, doch Leo wusste: Adrian hatte noch mehr entdeckt.

Ich habe die Doktorarbeit in deinem Schrank gefunden! Und auf dem alten Chemiekasten war kaum Staub! Der erste Satz war rätselhaft und bedurfte der Aufklärung. Beim zweiten hatte Leo eine Ahnung – wenn Rosa Lehnhardt den Mord oder die Morde begangen hatte, musste sie über eine grundlegende chemische Ausstattung verfügt haben. Vermutlich hatte ihr Sohn die Utensilien gefunden.

Du bist es gewesen! Der Spiegel ist auch weg! Lehnhardt hatte es in seiner Aufregung zugegeben: Er hatte gelogen, er hatte gewusst, dass der Spiegel im Besitz seiner Mutter war. Womöglich hatte er geahnt, dass seine Mutter die Samenkörner darauf verwendet hatte, um ihre Schwester zu töten.

Leo stand auf und trat rasch zu dem jungen Mann. Ganz sanft berührte er seine Schulter. »Herr Lehnhardt.«

Er rührte sich nicht.

»Bitte, Sie müssen mir etwas erklären. Es ist dringend.«

Leo war auf dem schnellsten Weg zum Haus der Familie Lehnhardt gefahren. Das Hausmädchen öffnete ihm mit bleichem Gesicht. Aus dem Salon drangen Stimmen.

»Dann kam mir eine Idee, die auf den ersten Blick bizarr schien, aber sie ging mir nicht mehr aus dem Kopf. Also habe ich zuerst mit Gustav darüber gesprochen. Er war außer sich, doch ich bin beharrlich geblieben. Er … er wollte nicht wahrhaben, dass der Grund für unsere Kinderlosigkeit bei ihm liegen könnte, und wünschte keine ärztliche Untersuchung. Andererseits wollte er einen Erben für die Firma.« Sie hielt inne. »Schließlich war er einverstanden.«

»Nur damit ich Sie richtig verstehe, Frau Lehnhardt«, warf Robert Walther ein. »Sie und Ihr Mann haben tatsächlich beschlossen, Henriettes Kind als Ihr eigenes auszugeben?«

»Es war eine wunderbare Lösung für alle«, sagte sie, als wäre dies ganz selbstverständlich. »Henriette behielt ihre Unabhängigkeit und konnte ihr Studium weiterverfolgen, ich hatte ein Kind und mein Mann einen Erben für die Firma.«

Leo trat in den Salon. »Sprechen Sie weiter«, sagte er und setzte sich in eine Ecke.

Rosa Lehnhardt beachtete ihn gar nicht, sie schien ganz in ihrer Welt gefangen.

»Henriette war zuerst skeptisch, weil sie bezweifelte, dass wir es überzeugend genug inszenieren könnten, doch ihre Angst vor einer Zukunft als ledige Mutter war stärker. Also haben wir verbreitet, ich sei guter Hoffnung, hätte aber gesundheitliche Probleme und müsse einen längeren Kuraufenthalt in der Schweiz antreten. Meine Schwester werde mich begleiten. Niemand hat etwas gemerkt. Wir blieben im Sanatorium sehr für uns. Außerdem polsterte ich mein Kleid so aus, dass es glaubhaft wirkte.« Sie errötete leicht. »Bei meiner Schwester wurde es mit der Zeit schwieriger, aber dort kannte uns niemand. Wir hatten ein Sanatorium gewählt, das nicht von der Berliner Gesellschaft frequentiert wurde.«

Plötzlich änderte sich ihr Tonfall, verlor seine Sachlichkeit und wurde ganz weich. »Als ich Adrian zum ersten Mal im Arm hielt, war es, als hätte er schon immer mir gehört, als hätte ich ihn in mir getragen. Er ist mein Sohn, das war er vom ersten Augenblick an.«

»Fiel es Ihrer Schwester schwer, sich von ihm zu trennen?«, fragte Leo unvermittelt.

Rosa Lehnhardt drehte sich nicht zu ihm um. »Nein. Sie wollte reisen, studieren, ein aufregendes Leben führen. Da hätte ein Kind nur gestört. Von der Schande einmal abgesehen.«

Walther stenographierte in rasender Eile mit.

»Der Junge hat mir so viel Freude gemacht, von Anfang an. Und Gustav ging es ebenso. Erst als Adrian älter wurde und es mit der Musik ernst meinte, veränderte sich das Verhältnis zwischen den beiden.« Sie schaute die Männer anklagend an. »Gustav sagte, er habe einen Nachfolger für die Firma gewollt. Ich aber wollte ein Kind. Und einem Kind muss man alles geben, was es braucht. Mein Junge brauchte die Musik, sie machte ihn glücklich.«

»Gewiss«, warf Leo ein, »aber was war mit Ihrer Schwester?«

Nun endlich schaute sie ihn an. »Wie meinen Sie das?«

»Irgendwann hat Henriette ihre Zurückhaltung Adrian gegenüber aufgegeben, nicht wahr? Irgendwann kehrte sie in sein Leben zurück, wollte ihn kennenlernen, bekundete aufrichtiges Interesse an ihm.«

»Ja, aber ...«

»Und dann haben Sie gemerkt, wie interessant er seine Tante fand. Wie fasziniert er von ihrem Wesen war, ihren Reisen, ihrem Beruf, ihrer Weltgewandtheit. Buddhismus und

Yoga und exotische Gewürze, eine nach Rosenwasser duftende Wohnung, Verständnis für seine Kunst – zudem stand sie auch noch mitten im Leben, hatte einen anspruchsvollen Beruf, half anderen Menschen. Natürlich hielt er sie für seine Tante, aber er muss die enge Verbindung zu ihr gespürt haben. Uns gegenüber hat Ihr Sohn von Beginn an erklärt, dass ihn eine besondere Beziehung mit seiner Tante verband. Kein Wunder, nicht wahr? Sie gaben sich für seine Mutter aus, waren aber in jeder Hinsicht anders als Ihre Schwester. Und Sie merkten, dass Ihre Schwester es war, die ihn begeisterte, die aus einer anderen Welt kam, zu der es ihn hinzog. Es war, als würde man Ihnen nach so vielen Jahren das Kind doch noch entreißen.«

Leo hatte in ruhigem Ton gesprochen, aber die Worte schnitten präzise wie ein Skalpell. Rosa Lehnhardt legte eine Hand auf die Brust, die andere umklammerte ihren Hals. Walther empfand beinahe Mitleid mit ihr.

»Es kam allmählich«, sagte sie mit erstickter Stimme. »Als Henriette nach Berlin zurückkehrte, habe ich mir nichts dabei gedacht. Ich habe mich sogar gefreut, sie in der Nähe zu haben. Doch je älter Adrian wurde, desto mehr interessierte sie sich für ihn. Er war kein richtiges Kind mehr, entwickelte Persönlichkeit und Talente, wurde ein echter Gesprächspartner. All das hat ihr gefallen.« Ihre Stimme klang bitter. »In den ersten Jahren hat sie nie darauf angespielt, dass sie seine Mutter war, da war er ihr nicht interessant genug. Ich habe gedacht, es könnte so weitergehen – Tante und Neffe, die einander zugetan waren. Doch dann reichte es nicht mehr. Sie wollte es ihm sagen.«

Im Salon war es totenstill. Man hörte nur den Wind und den Regen, der gegen die Fenster peitschte.

»Wann war das genau?«, fragte Leo.

»Ich ... ich weiß nicht ...« Zum ersten Mal klang ihre Stimme unsicher.

»›Ich muss dich sehen. Warum hast du nicht angerufen? Habe ich dich irgendwie gekränkt? Dann verzeih mir, bitte. Dein Schweigen kann ich nicht ertragen‹«, zitierte Leo aus dem Gedächtnis. »Sie haben Ihre Schwester gebeten, vielleicht sogar angefleht, es Adrian nicht zu sagen. Sie hatten panische Angst, ihn zu verlieren. Daraufhin hat sich Ihre Schwester zeitweise von Adrian zurückgezogen. Worauf er ihr diesen Brief geschrieben hat. Es waren tatsächlich nicht die Zeilen eines Liebhabers.«

»Sie wollte ihn für sich, obwohl sie ihn nach der Geburt aufgegeben hatte«, sagte Rosa Lehnhardt, und zum ersten Mal schwang Verzweiflung in ihren Worten mit. »Ich habe ihn großgezogen, geliebt, gegen seinen Vater in Schutz genommen ... und dann kam sie und wollte ihn zurückhaben. Das geht doch nicht.« Sie schaute die Kriminalbeamten an wie ein hilfloses Kind, das über die Ungerechtigkeit der Welt staunt.

»Frau Lehnhardt, wie ist Ihr Mann gestorben?«

Nun war sie überrascht. »Was hat Gustav damit zu tun? Er war magenkrank und erlitt einen Herzanfall im Krankenhaus.«

»Ihre Schwester starb vermutlich an einer Vergiftung durch Samenkörner des *Abrus precatorius*, zu deutsch Paternostererbse, das erklärten wir Ihnen bereits. Ihr Mann starb an einer Magenerkrankung. Denkbar wäre allerdings ebenfalls eine Vergiftung mit den genannten Samenkörnern. Ein Motiv wäre beispielsweise die Befürchtung, er könne der musikalischen Karriere Ihres Sohnes im Wege stehen, weil er ihn lieber als Fabrikanten gesehen hätte.«

Der Schrei gellte Leo und Walther in den Ohren.

»Nein! Es war noch schlimmer! Er wollte ihm sagen, dass er gar nicht sein Vater war, dass er keinen weichlichen Musiker gezeugt hatte – das hat er wörtlich gesagt. Er hätte alles zerstört!«

Dann war es still.

»Ich verstehe«, sagte Leo schließlich. »Adrian hätte sich nach solch einer Offenbarung wohl gefragt, ob Sie überhaupt seine Mutter sind.«

Sie schaute zu Boden.

»Frau Lehnhardt, Ihr Sohn hat vorhin den Spiegel erwähnt, der sich in Ihrem Besitz befunden haben soll. Der Spiegel war mit den fraglichen Samenkörnern beklebt. Sie hatten damit Zugang zum Gift und besaßen in beiden Fällen ein Motiv. Außerdem sprach Ihr Sohn von einem Chemiekasten und einer Doktorarbeit, über die ich ebenfalls meine Vermutungen habe.« Er erhob sich und schaute sie an. »Ich muss Sie bitten, uns zur weiteren Befragung ins Präsidium zu begleiten.«

Sie schaute von einem zum anderen. »Was? Wie meinen Sie das? Ich ... ich wollte nur erzählen, wie alles gewesen ist, was ich für Adrian getan habe und dass Gustav und Henriette ihn mir beide ...«

Nun erst schien sie zu erfassen, worauf das Gespräch abgezielt hatte. »Sie reimen sich das alles zusammen. Sie vermuten und glauben und meinen, dabei wissen Sie gar nichts.«

Leo schaute sie ruhig an. »Da mögen Sie recht haben, Frau Lehnhardt, wir brauchen weitere Beweise. Eines aber weiß ich genau: Ihr Sohn hat vor einer Stunde versucht, sich am Bahnhof Lichterfelde-West vor einen Zug zu werfen.«

Als sie im Präsidium eintrafen, stellte Leo den Wagen im Lichthof ab. Sie führten die in sich zusammengesunkene Frau in das Gebäude. Um diese Uhrzeit leerte sich die Burg allmählich, doch er hatte Berns und Sonnenschein Bescheid gegeben, damit sie sich bereithielten. Fräulein Meinelt würde länger bleiben, um das Geständnis aufzunehmen.

Er hatte in der Charité angerufen und sich nach dem Zustand von Adrian Lehnhardt erkundigt. Man habe ihm

Beruhigungsmittel verabreicht, er befinde sich in einem stabilen Zustand, lautete die Antwort.

Sie gingen in ein Besprechungszimmer, wo sich Rosa Lehnhardt apathisch auf den angebotenen Stuhl sinken ließ. Sie hatte kein Wort gesprochen, seit sie von dem Selbstmordversuch ihres Sohnes erfahren hatte, und saß mit gebeugten Schultern und starrem Blick da.

Leo eröffnete die Befragung. Die Kollegen hielten sich im Hintergrund.

»Frau Lehnhardt, heute ist der 7. November 1923, 19.45 Uhr. Wir haben Sie zur Befragung in Sachen des Mordes an Henriette Strauss ins Präsidium vorgeladen. Ihre Aussage, die Sie heute in Ihrem Haus getätigt haben, bedarf noch der Ergänzung.«

Sie blickte auf. »Ich habe nichts zu sagen. Über meinen Sohn wissen Sie jetzt alles. Ich verlange, dass Sie mich zu ihm lassen, er braucht seine Mutter.«

Beim letzten Satz zog Leo kaum merklich die Augenbraue hoch, was Frau Lehnhardt nicht zu bemerken schien.

»Seine Mutter ist tot.«

Ihre Reaktion kam so rasch, dass Leo nicht ausweichen konnte. Aufzuspringen und ihm ins Gesicht zu schlagen war eine einzige fließende Bewegung, und als Berns und Walther die Frau zurückrissen, zeigte sich schon ein roter Abdruck auf Leos Wange.

»*Ich* bin seine Mutter! Das bin ich zweiundzwanzig Jahre lang gewesen! Ich habe alles für ihn getan, habe ihn durch die Kinderkrankheiten gepflegt und bei seinen Geigenstunden gesessen, ihn gegen seinen Vater in Schutz genommen ... Meine Schwester war erst für ihn da, als er für sie interessant wurde und kein kleines Kind mehr war! Als sich herausstellte, dass aus ihm ein großer Musiker werden kann!«

Auf einen solchen Ausbruch hatte Leo gewartet. Solange sie gedankenverloren, beherrscht oder trotzig war, konnte er nichts aus ihr herausholen. Nun aber war sie angreifbar, weil sie aus dem Gefühl heraus reagierte.

Er griff in die Manteltasche und holte einen Zettel heraus. Dann las er vor:

Der giftige Eiweisskörper Abrin
und seine Wirkung auf das Blut.
Inaugural-Dissertation
zur Erlangung des Grades eines
Doctors der Medicin
Kaiserl. Universität zu Dorpat

Die Kollegen sahen sich überrascht an, während Fräulein Meinelt alles mitschrieb.

»Ich weiß genau, wo diese Schrift zu finden ist, Frau Lehnhardt. In Ihrem Haus. Zusammen mit mehreren Nachschlagewerken, in denen die Aufbereitung von Abrussamen beschrieben wird.«

Sie wollte wieder aufspringen, wurde aber von dem stämmigen Berns festgehalten. »Das durften Sie gar nicht ...«

»Oh, doch. Ich musste nicht danach suchen. Jemand hat mir gesagt, wo ich die Schriften finde.«

»Wie ...« Dann verlor sie völlig die Beherrschung. »Nein, das kann nicht sein ... nicht mein Junge ...«

»Im Keller Ihres Hauses befindet sich des Weiteren ein chemischer Experimentierkasten, der seit Jahren nicht benutzt wurde, dafür aber erstaunlich sauber aussieht. Wir werden ihn im Rahmen einer Durchsuchung beschlagnahmen und auf Spuren giftiger Substanzen untersuchen. Außerdem werden wir dabei nach dem Spiegel und der Sprühflasche suchen, in der Ihre Schwester das Rosenwasser aufbewahrt hat. Und falls diese sich irgendwo in Ihrem Haus oder auf dem Grundstück befinden, werden wir sie finden, das schwöre ich Ihnen.«

»Aber mein Junge …«

»Herr Lehnhardt wird noch im Krankenhaus bleiben müssen. Sobald er vernehmungsfähig ist, werden wir ihn befragen. Er hat uns bereits geholfen und wird es wieder tun. Verstehen Sie, er wollte, dass der Tod seiner Tante aufgeklärt wird. Der Tod seiner Mutter dürfte ihm ein noch größeres Anliegen sein.«

Um dreiundzwanzig Uhr verließ Leo endlich das Präsidium. Sie hatten einen Haftbefehl erwirkt, Rosa Lehnhardt war ins Untersuchungsgefängnis überstellt worden. Er war so erschöpft, dass er sich ein Taxi leistete. Beinahe wäre er auf der Strecke vom Alexanderplatz nach Moabit eingeschlafen.

An der Ecke Emdener Straße bezahlte er mit einem dicken Bündel Geldscheine und stieg aus. Der Himmel hatte aufgeklart, wirkte beinahe tröstlich, es waren vereinzelte Sterne zu sehen. Er atmete tief durch und blieb einen Augenblick stehen. Leo fragte sich, ob Adrian Lehnhardt auch etwas vom Trost der Nacht verspürte.

26

Leo stand vor dem Spiegel, das Rasiermesser in der Hand.

Er hatte noch lange wachgelegen, weil er an Adrian und Rosa Lehnhardt gedacht hatte, an die ermordete Henriette Strauss, die sterben musste, weil sie sich zuerst gegen ihren Sohn entschieden und dies später bereut hatte.

Heute würden sie den Durchsuchungsbefehl für das Haus der Lehnhardts erwirken und hoffentlich weitere Beweise finden.

Er zog das Rasiermesser mit sicherer Hand über seine Wangen, wobei er die Narbe sorgsam mied.

Als er gestern Abend nach Hause gekommen war, hatten Ilse und die Kinder schon geschlafen. Er verspürte das Bedürfnis nach menschlicher Nähe, der Fall hatte ihn persönlich mitgenommen. Er wischte sich das Gesicht am Handtuch ab, zog das Hemd über und ging in die Küche.

»Leo«, Ilse drehte sich überrascht um. »So früh schon wieder wach? Ich habe dich gar nicht kommen hören.«

»Du bist noch da? Musst du nicht in die Bäckerei?«

»Doch, aber ich wollte dir das Frühstück machen.« Sie zögerte. »Meinst du, ich könnte doch noch bei Frau Dr. Schott nach einer Stelle fragen?«

»Warum? Kannst du nicht mehr bei Kellermann arbeiten?«

»Schon.« Sie biss sich auf die Lippen. »Aber nicht für ewig. Und es reicht auch nicht, um eine Wohnung zu bezahlen.«

Er lächelte. »Sicher. Geh ruhig zu ihr.«

Ilse stellte ihm den Kaffee hin. »Ganz schön spät geworden gestern Abend.«

»Es war wichtig. Ein Selbstmordversuch, eine Festnahme, dann noch das Verhör im Präsidium.«

»Der Giftmord?«

Er nickte. »Wir haben wohl die Täterin. Sie hat... alles zerstört. Die ganze Familie. Und sich selbst.«

Ilse sah ihn prüfend an. »Ich glaube, du solltest heute nach der Arbeit zu Clara gehen.«

»Ich glaube auch.« Er legte ihr kurz die Hand auf den Arm und drückte ihn.

»Ich muss los.« Damit war Ilse aus der Küche verschwunden.

Das Essen für die Kinder stand schon bereit. Leo weckte die beiden und setzte sich mit ihnen an den Tisch. Nach den Ereignissen von gestern wollte er seine Familie um sich haben.

Adrian Lehnhardt hatte den Kopf zur Wand gedreht. Er war unverletzt bis auf einige Schürfwunden, die er sich auf dem Schotter neben den Gleisen zugezogen hatte. Sein nervlicher Zustand jedoch war besorgniserregend. Die Ärzte befürchteten, er könne sich noch einmal etwas antun.

Leo hatte darum gebeten, mit dem Patienten allein gelassen zu werden.

»Ich möchte kurz mit Ihnen sprechen, Herr Lehnhardt.«

»Worüber?« Seine Stimme klang rau. »Was gibt es noch zu besprechen?«

»Nun, da wäre zum einen eine Formalität. Da der Fall aufgeklärt ist, wird der Leichnam von Frau Dr. Strauss freigegeben. Weil es keine anderen Angehörigen gibt, an die wir uns wenden können, muss ich es leider Ihnen mitteilen. Dann können Sie endlich in einem würdevollen Rahmen Abschied nehmen.«

»Ich gebe unserem Anwalt Bescheid. Er soll ... die nötigen Schritte einleiten.«

»Ich ...« Leo zögerte, wollte nichts Banales sagen. »Was Sie gestern getan haben, kann ich in gewisser Weise verstehen. Es sind viele Dinge über Sie hereingebrochen, die ein Mensch kaum bewältigen kann.« Er trat ans Fenster und schaute in den Hof, in dem sich das gelbe Laub sammelte. »Sie haben das Gefühl, alles verloren zu haben.«

»Ist es nicht so?«, fragte Lehnhardt leise.

»Sie haben viel verloren, aber nicht alles. Sie haben noch die Musik.«

Lehnhardt lachte bitter. »Meine Musik? Soll ich nur noch für Fremde spielen? Zu Hause hört mir niemand mehr zu.«

Leo überlegte, welchen Trost es für den jungen Mann gab, der in so kurzer Zeit alle Angehörigen verloren hatte. Seine Mutter, die in Wahrheit seine Tante war, würde vermutlich eine lange Gefängnisstrafe antreten, falls nicht sogar ein Todesurteil gesprochen werden würde. Das hing von vielen Umständen ab, unter anderem auch von ihrem Geisteszustand. Verloren hatte er sie in jedem Fall.

»Vielleicht sollten Sie eine Weile verreisen. Weit weg. In eine völlig fremde Welt eintauchen. Und wenn Sie sich stark genug fühlen, fangen Sie wieder mit dem Geigenspiel an.«

Lehnhardt schluckte. »Ich weiß nicht, ob ich das kann. Die Musik erinnert mich an meine Mutter und ... meine Tante, an alles, was war. Ich weiß nicht einmal, wer ich bin. Meine Eltern sind nicht meine Eltern. Meinen leiblichen Vater werde ich nie kennenlernen, ich weiß nicht einmal seinen Namen. Ich bin nichts.«

Leo war ratlos angesichts dieser tiefen Verzweiflung. Er wollte sich schon verabschieden, als ihm noch etwas einfiel.

»Sie sollten einmal mit Dr. Dahlke sprechen.«

»Mit wem?«, fragte Lehnhardt in gleichgültigem Ton.

»Erinnern Sie sich nicht, dass Sie mir von ihm erzählt haben, als Sie das erste Mal bei mir im Büro waren? Ihre Tante, ich meine, Ihre Mutter sei mit einem gewissen Dr. Dahlke bekannt gewesen, der dabei sei, ein buddhistisches Haus in Frohnau zu errichten. Wir waren im Verlauf der Ermittlungen bei ihm, er konnte uns einige Hinweise geben. Vielleicht hilft es Ihnen, mit einem Menschen zu sprechen, der Ihre Mutter von einer anderen Seite gekannt hat. Einem Mann mit viel Lebenserfahrung, der weite Reisen unternommen hat.«

»Soll ich mich von ihm bekehren lassen?«, fragte Lehnhardt beinahe aggressiv.

Kein schlechtes Zeichen, dachte Leo, er erwacht zum Leben. »Natürlich nicht«, meinte er lächelnd. »So etwas würde er gewiss nicht versuchen. Trotzdem, reden Sie mit ihm.« Dann verließ er endgültig das Zimmer.

»Frau Lehnhardt, unsere Beamten haben heute Ihr Haus durchsucht und folgende Beweisstücke gefunden, die ich Ihnen nun vorlege. Sie können sich jederzeit dazu äußern«, erklärte Leo am Nachmittag im Verhörzimmer. Er wollte in einem kahlen Raum mit ihr sprechen, in dem nichts von der Befragung ablenkte. Fräulein Meinelt war anwesend, ebenso Robert Walther, der einen Karton hereingetragen und auf den Tisch gestellt hatte. Berns und Sonnenschein waren noch in Lichterfelde und suchten nach dem letzten Beweisstück.

Rosa Lehnhardt saß reglos da, die Haare zu einem unordentlichen Knoten gesteckt. Sie trug das Kleid vom Vortag, auf dessen Brust ein Kaffeefleck prangte.

»Hier haben wir eine Doktorarbeit, deren Titel ich Ihnen bereits gestern genannt habe. Darin findet sich unter anderem eine genaue Anleitung zur Aufbereitung der Paternostererbse in einer wässrigen Lösung.« Er legte das schmale Bändchen auf den Tisch. »Des Weiteren ein Buch mit dem Titel ›Handbuch der Drogisten-Praxis‹. Ein Werk über Augenheilkunde aus dem vergangenen Jahrhundert, in dem Nutzen und Gefahren der Paternostererbse, der sogenannten Jequirity-Pflanze, aufgeführt sind.« Dieses Buch hatten sie ebenfalls im Kleiderschrank entdeckt. »Im Keller fanden wir einen chemischen Experimentierkasten, der Ihrem Sohn gehört hat, seit Jahren aber nicht von ihm verwendet wurde. Die Utensilien sind erst kürzlich sorgfältig gespült worden, aber wir hoffen, dennoch Rückstände daran zu finden, die beweisen, dass damit die giftige Lösung hergestellt wurde. Weiterhin suchen wir nach Fingerabdrücken.« Leo legte eine Pause ein, bevor er in den Karton griff und einen in ein Tuch eingeschlagenen rechteckigen Gegenstand herausholte. »Es hat eine Weile gedauert, aber wir haben ihn auf dem Dachboden in einer Hutschachtel gefunden.« Er nahm das Tuch ab und enthüllte einen Spiegel, dessen Rahmen noch zu einem Drittel mit hübschen, rot-schwarzen Samenkörnern beklebt war. »Ihr Neffe«, bei diesem Wort zuckte sie erstmals zusammen, »wird bestätigen, dass es sich um den Spiegel handelt, den Sie von Ihrer Schwester geschenkt bekommen haben.«

Er schaute Frau Lehnhardt abwartend an. Die Beweise waren erdrückend, auch wenn noch einer fehlte.

»Wir haben Ihre Fingerabdrücke genommen und werden sie selbstverständlich mit denen auf diesen Gegenständen abgleichen.«

»Der Spiegel gehört mir, natürlich habe ich ihn angefasst«, erwiderte sie mit verzweifeltem Trotz.

»Dann erklären Sie mir bitte, wozu Sie die Doktorarbeit, das Drogisten-Handbuch und das Werk über Augenheilkunde sowie den Chemiekasten benutzt haben, Frau Lehnhardt.« Leos Stimme wurde schärfer.

»Ich sage nichts mehr«, erwiderte sie.

In diesem Augenblick klingelte das Telefon. Leo meldete sich knapp. Als er auflegte, verspürte er eine tiefe Genugtuung.

»Frau Lehnhardt, das war mein Kollege Sonnenschein.«
Sie rührte sich nicht.

»Er hat mit einigen anderen Beamten Ihren Garten durch-sucht. Dort gibt es einen Schuppen, der meist vom Gärtner benutzt wird. Und in der hintersten Ecke, unter einem umge-drehten Blumenkübel, hat man etwas gefunden.«

An ihrem Hals pulsierte eine Ader.

»Eine silberne Sprühflasche. Sie riecht noch leicht nach Rosen.«

Sie aßen zu fünft zu Abend. Ilse hatte irgendwoher Mett-würstchen gezaubert und eine deftige Kartoffelsuppe ge-kocht. Es war das erste gemeinsame Essen seit langem, und alle wollten wissen, wie Leo den Fall mit der Giftmörderin aufgeklärt hatte.

»Ob es ein Doppelmord war, wissen wir nicht. Es hängt davon ab, ob sie gesteht«, sagte er und nahm sich noch Suppe.

»Kann man es nicht anders nachweisen?«, wollte Georg wissen. »Wenn ihr den Mann ausgrabt und aufschneidet –«

»Georg«, ermahnte ihn seine Tante mit einem strengen Blick auf Marie.

»Schon gut, aber ich meine – da kann man doch eine Menge herausfinden, oder?«

Leo lächelte. Eigentlich war es kein Thema für den Esstisch, aber wenn sein Sohn es so genau wissen wollte … »Ich erkläre es dir nachher, einverstanden? Sonst bekommt Marie Angst.« Es war äußerst fraglich, ob man zwei Jahre nach dem Tod noch Spuren einer Vergiftung der Organe nachweisen konnte.

»Gar nicht wahr«, meldete sich seine Tochter zu Wort. »Ich bin schon groß.«

»Natürlich«, sagte Clara. »Darum hilfst du mir morgen auch im Laden aufräumen, wenn Tante Ilse etwas zu erle-digen hat.«

Leo sah seine Schwester fragend an.

Ilse räusperte sich. »Ich schaue einfach mal bei Frau Dr. Schott vorbei. Es kann ja nicht schaden.«

»Tu das.«

Nach dem Essen warf Ilse Leo einen Blick zu. »Geht doch eine Runde spazieren. Die Kinder helfen mir beim Spülen.«

»Danke.« Leo und Clara holten ihre Mäntel. Endlich konnten sie in Ruhe miteinander sprechen.

»Sag mal, ist heute wirklich erst Donnerstag?«, fragte Leo, als sie dicht beieinander die regennasse Emdener Straße entlanggingen. Das Kopfsteinpflaster glänzte schwach im Licht der Laternen.

»Ja, warum?«

»Diese Woche ist viel passiert«, sagte Leo. »Die Geschichte im Scheunenviertel am Montag, dann die Ermittlungen und der Durchbruch gestern, der Selbstmordversuch von Lehnhardt … Ich war heute bei ihm im Krankenhaus. Da stand ich ganz schön hilflos da. Morgen ist schon die Beerdigung, wie ich gehört habe. Er wird dafür aus dem Krankenhaus entlassen. Ich hoffe, er versucht es nicht noch einmal.«

»Es gibt keinen einfachen Trost für ihn«, meinte Clara und hakte sich bei ihm unter. »Nur die Zeit kann helfen. Was hast du ihm denn geraten?«

Er erzählte von Dr. Dahlke und seinem buddhistischen Haus. »Gute Idee.«

Sie liefen ein Stück schweigend nebeneinander her. Irgendwann blieb Clara stehen. Leo drehte sich um. »Was ist?«

»Was ist mit uns?«, fragte sie. »Wir reden über Straßenkämpfe und Giftmorde und verzweifelte Violinisten, aber was ist mit uns?«

Er atmete tief durch. »Ach, Liebes.« Dann nahm er ihr Gesicht in seine Hände und schaute sie an. »Wir haben in den letzten Tagen wirklich kaum miteinander gesprochen.«

»Jetzt haben wir Zeit, Leo.«

Er neigte sich vor und küsste sie ganz leicht auf den Mund. »Willst du mich heiraten?«

Sie umarmten sich im Schein einer Straßenlaterne. Der Regen fiel wieder stärker, und sie hatten keinen Schirm dabei, aber das war egal. Kein Regen der Welt hätte sie stören können.

27

Um elf sollte die Beerdigung von Henriette Strauss stattfinden, doch Leo ging beschwingten Schrittes zur Stadtbahn.
Nach seinem Spaziergang mit Clara hatte er kaum ein-
schlafen können und war trotz der Dunkelheit schon früh
aufgewacht. Ilse hatte ihn mit schief gelegtem Kopf angesehen, aber er hatte nur zurückgelächelt. Sie würde es früh
genug erfahren.

Auf dem Friedhof in der Stubenrauchstraße passierte er
das Tor mit dem spitzen Giebel. Er kannte die markante Ur-
nenhalle aus rotem Backstein, in der eine kurze Trauerfeier
stattfinden sollte. Auf einen Gottesdienst hatte Adrian Lehnhardt verzichtet.

Rosa Lehnhardt hatte Leo am Vortag erklärt, dass sie das
Begräbnis bereits arrangiert und alle Trauergäste verständigt
hatte. Man hatte lediglich auf die Freigabe des Leichnams gewartet. So war es ihrem Neffen wenigstens erspart geblieben,
sich auch noch um diese Formalitäten zu kümmern.

Leo hielt sich im Hintergrund, bis sich die Tür der Urnen-
halle öffnete und der Geistliche mit der Urne der Verstorbenen heraustrat. Adrian Lehnhardt folgte ihm mit verstei-
nerter Miene. Leo sah einige bekannte Gesichter – Alice
Vollnhals, Grete Meyer, Magda Schott, Frau Schröder aus
der Beratungsstelle, Dr. Stratow und Dr. Dahlke. Es waren
auch einfach aussehende Frauen darunter, die vermutlich
einmal die Hilfe der Verstorbenen gesucht hatten.

Nachdem alle Trauergäste an ihm vorbeigegangen waren,

schloss er sich dem Zug an und folgte ihm bis an das ausgehobene Grab. Es war kein Familiengrab, sondern eine einzelne Grabstätte unter einem Baum, der im Frühjahr sein schützendes Laub über das kleine Viereck aus Erde breiten würde.

Adrian Lehnhardt stand reglos da, während die Urne in das Loch gesenkt wurde. Dann trat er vor und warf eine Rose aus einem bereitstehenden Korb hinein. Während die anderen es ihm nachtaten, trat er still beiseite. Niemand kondolierte ihm, vermutlich hatte er um Zurückhaltung gebeten. Als alles vorbei war, wollte Leo gehen, hörte aber eine leise Stimme hinter sich.

»Herr Wechsler.«

Leo drehte sich um.

Adrian Lehnhardt streckte ihm die Hand entgegen. »Ich wollte mich bedanken.«

»Wofür?«

»Für alles. Ihre Arbeit und ... Ich werde verreisen. Wenn der Prozess vorbei ist. Ich wäre gern gleich gefahren, aber man sagte mir, ich müsse ...« Seine Stimme versagte. »Ich bin ein Zeuge.«

Leo nickte.

»Dann reise ich nach Indien. Fürs Erste. Und danach ... die Geige ... wir werden sehen ...« Er verstummte.

Leo drückte ihm die Hand. Dann drehte er sich um und ging in Richtung Tor.

Er fühlte sich befreit. Adrian Lehnhardt würde lange brauchen, bis er die Ereignisse völlig erfasst hatte. Momentan wirkte er noch wie betäubt. Doch es gab Hoffnung. Der Selbstmordversuch war wohl doch ein spontaner Impuls gewesen, der aus dem furchtbaren Schock geboren war. Nun machte Adrian Pläne. Wer nach Indien reisen wollte, wollte auch leben.

Am ersten Zeitungsstand war es mit Leos guter Laune vorbei, als sein Blick auf die ›Vossische‹ fiel:

Hitler-Umsturz in München
Das neue Novemberverbrechen

Leo hatte gelegentlich über den Mann gelesen, ihn aber als politischen Wirrkopf abgetan, von denen es so viele gab. Er kaufte hastig eine Zeitung und überflog den Leitartikel im Gehen.

Hitler hatte mit seinen Anhängern eine Versammlung im Münchner Bürgerbräukeller gestürmt und zur »nationalen Revolution« aufgerufen. Ein Flugblatt wurde verbreitet, auf dem die Regierung der sogenannten »Novemberverbrecher« in Berlin für abgesetzt erklärt wurde und Hitler sich zum Mitglied einer provisorischen Nationalregierung ernannte. Am heutigen Tag sollte es einen großen Marsch durch die Münchner Innenstadt geben.

Kopfschüttelnd faltete Leo die Zeitung zusammen. In den vergangenen fünf Jahren hatte er eine Unzahl von Unruhen und Aufständen miterlebt. Er erinnerte sich lebhaft an die Straßenkämpfe im Jahr 1918, unmittelbar nach Kriegsende, an Freikorps und Spartakisten. Und jetzt dies. Seine Stimmung verdunkelte sich. Es war nur ein Gefühl, ein kaum greifbarer Schatten, als zöge eine Wolke vorübergehend vor die Sonne.

Warum kann die Freude nie von Dauer sein?, fragte er sich und schämte sich sofort. Ich bin reich, dachte er, ich bin ein reicher Mann. Ich habe so vieles, was Adrian Lehnhardt nicht hat. Robert hatte recht, er sollte das Leben etwas leichter nehmen, gerade wenn es besonders düster schien. Er lächelte, als er an Robert dachte, der sie bei ihren Ermittlungen letztlich auf die richtige Fährte gebracht hatte. Nun waren doch ein paar freie Tage für ihn drin.

Leos Blick fiel auf die Datumszeile der Zeitung. Schade, dass heute schon Freitag war. Dann eben am Montag. Am Montag würde er mit Clara vor dem Dienst etwas erledigen. Sobald das Standesamt die Türen öffnete.

Danksagung

Ich möchte den folgenden Personen danken, die mich auf vielfältige Weise bei der Arbeit an diesem Roman unterstützt haben.

Axel, Lena und Felix Klinkenberg

Hanne Goga

Corinna Lichtenberg

Dr. Wim Wätjen, Institut für Toxikologie, Heinrich-Heine-Universität Düsseldorf

Dr. Bärbel Fest, Polizeihistorische Sammlung Berlin

Matthias Fehlhaber

Dr. Martin Weber

Dr. Katja Bender, Institut für Rechtsmedizin, Universitätsklinikum Köln

Außerdem danke ich meinen Leserinnen und Lesern, die Leo die Treue gehalten und mich zum Weiterschreiben ermutigt haben.

Antje, ich weiß, du hättest dich über den dritten Leo gefreut.

Historische Persönlichkeiten
im Roman
»Die Tote von Charlottenburg«

Dr. Bernhard(t)

Er war Mitglied des Reichsbundes jüdischer Frontsoldaten und führte die Hilfstruppe während des Pogroms im Scheunenviertel an. Beim Abtransport durch die Polizei erlitt er einen Bruch der Mittelhand. Leider konnte ich keine weiteren Angaben zu seiner Person finden.

Dr. Paul Dahlke (1865–1928)

Er war Arzt und Homöopath und ist bis heute als Wegbereiter des Buddhismus in Deutschland bekannt. Er unternahm zahlreiche Reisen nach Südostasien. 1923 begann er auf einem Grundstück in Berlin-Frohnau mit dem Bau des Buddhistischen Hauses (http://das-buddhistische-haus.de/pages/).

Ernst Gennat (1880–1939)

Beamter der Berliner Kriminalpolizei, ab 1926 Leiter der »Zentralen Mordinspektion« im Präsidium am Alexanderplatz. Gennat, wegen seiner außerordentlichen Leibesfülle auch »Buddha« oder »der volle Ernst« genannt, war schon zu Lebzeiten eine Legende, nicht zuletzt dank seiner herausragenden Ermittlungserfolge. Er führte zahlreiche bedeutende Neuerungen ein, so auch den Mordbereitschaftswagen, der mit Büro- und Kriminaltechnik ausgestattet war. Ernst Gennat selbst klärte in seinen 33 Jahren Polizeidienst nicht weniger als 298 Morde auf.

Arthur Heffter (1859–1925)

Er war Pharmakologe und Chemiker und hatte ab 1908 den Lehrstuhl für Pharmakologie an der damaligen Friedrich-Wilhelms-Universität, heute Humboldt-Universität, inne. Von 1922 bis 1923 war er auch Rektor der Universität.

Wilhelm Richter (1881–1976)

Der gelernte Feinmechaniker trat 1904 in die SPD ein und war von 1920 bis 1925 Polizeipräsident von Berlin.

Dr. Fritz Strassmann (1858–1940)

Er entstammte einer bekannten jüdischen Ärztefamilie. 1894 wurde er Direktor des Berliner Instituts für Rechtsmedizin und 1921 ordentlicher Professor für gerichtliche Medizin.

Dr. Alice Vollnhals (geb. Alexandra von Klossowski, in zweiter Ehe Dr. Alice Goldmann-Vollnhals)

Die Ärztin leitete unter anderem die 1923 eröffneten Ambulatorien der Allgemeinen Krankenkassen für Schwangerschaftsfürsorge. Sie war eine engagierte Verfechterin der Sexualaufklärung und Schwangerschaftsverhütung. Zu Beginn der Nazizeit ging sie mit ihrem zweiten, jüdischen Ehemann Dr. Franz Goldmann nach Shanghai. Als die Ehe scheiterte, kehrte sie 1936 nach Deutschland zurück, nahm wieder den Namen von Klossowski an und betrieb bis zu ihrem Tod 1969 eine gynäkologische Praxis in Berlin-Kreuzberg.

LITERATURVERZEICHNIS

Edmund Finke, *Dämon Gift. Ein Buch vom Segen und Fluch der Gifte,* Buchgemeinschaft Donauland, Wien 1953

Johann Friedrich Geist/Klaus Kürvers, *Das Berliner Mietshaus 1862–1945,* Prestel, München 1984

Heinrich Hellin, *Der giftige Eiweisskörper Abrin und seine Wirkung auf das Blut,* Inaugural-Dissertation, Dorpat 1891

Annemarie Lange, *Berlin in der Weimarer Republik,* Dietz, Berlin 1987

Hans Ostwald, *Sittengeschichte der Inflation,* Neufeld & Henius, Berlin 1931

Pharus-Plan Groß-Berlin 1923, Reprint, Pharus-Plan, Berlin 2011

Andreas Reuland, *Menschenversuche in der Weimarer Republik,* Books on Demand 2004

Bernd Ruland, *Das war Berlin. Die goldenen Jahre 1918–1933,* Hestia, Bayreuth 1972 und 1985

Regina Stürickow, *Der Kommissar vom Alexanderplatz. Kriminalfälle im historischen Berlin,* Aufbau, Berlin 2000

Treffpunkt Scheunenviertel. Leben im Schtetl, herausgegeben und eingeleitet von Ingrid Kirschey-Feix, Verlag Neues Leben, Berlin 1993

Verein Stiftung Scheunenviertel (Hrsg.), *Das Scheunenviertel. Spuren eines verlorenen Berlins,* Haude und Spener, Berlin 1994

Eine Auswahl interessanter Internetseiten

Rizin als Bio-Waffe
http://www.globalsecurity.org/wmd/intro/bio_ricin.htm

Gift als Schmuck
http://g26.blogspot.com/2006/08/paternostererbse-abrus-precatorius.html

Die Paternostererbse
http://www.heilkraeuter.de/lexikon/paternostererbse.htm

Rosenwasser
http://www.garten-literatur.de/Pflanzen/Rezepte/rosenwasser.htm

Alte Stadtpläne
http://www.alt-berlin.info/

Die erste kommerzielle Radiosendung
http://einestages.spiegel.de/static/topicalbumbackground/561/erste_kommerzielle_radiosendung.html

Institut für Pharmakologie
http://pharmakologie.charite.de/institut/geschichte/

Pogrom im Scheunenviertel

http://www.berlinonline.de/berliner-zeitung/archiv/.bin/
dump.fcgi/2003/1105/feuilleton/0010/index.html

Chemiebaukästen

http://www.versuchschemie.de/topic,9212,-
Chemiebaukasten-Museum.html

Susanne Goga im <u>dtv</u>

Kommissar Leo Wechsler ermittelt im
Berlin der zwanziger Jahre

Leo Berlin

Kriminalroman

ISBN 978-3-423-21390-5

1922. Wer hat den Wunderheiler mit dem
Jade-Buddha erschlagen? Berlin wird von
einer Reihe von Morden erschüttert. Ein
Fall für Leo Wechsler.

»Ein außergewöhnlicher historischer Kriminalroman. Spannend, authentisch, wunder-
bar erzählt – eine Zeitreise erster Klasse.«
Rebecca Gablé

Tod in Blau

Kriminalroman · <u>dtv</u> premium

ISBN 978-3-423-24577-7

Berlin 1922. Ein Künstler wird ermordet. Eine erste Spur führt
zur rechtsextremen Asgard-Gesellschaft. Und Leo Wechsler fragt
sich, welche Rolle die avantgardistische Tänzerin Thea Pabst bei
all dem spielt …

»Spannend von der ersten bis zur letzten Seite, ein klasse Krimi
über die Zwanziger, die so golden nicht waren.« *Neue Presse*

Die Tote von Charlottenburg

Kriminalroman

ISBN 978-3-423-21381-3

1923. Eine engagierte Ärztin und Frauenrechtlerin wird tot aufgefunden. Ihr Neffe
will nicht an einen natürlichen Tod glauben. Und in der Tat hatte sich die Ärztin
zu Lebzeiten viele Feinde gemacht … Der
dritte Fall für den Berliner Kommissar Leo
Wechsler.

Bitte besuchen Sie uns im Internet: www.dtv.de

dtv

»Ein erstklassiger historischer Thriller.«
The Guardian

Philip Sington

Das Einstein-Mädchen

Roman
Übersetzt von Sophie Zeitz

ISBN 978-3-423-**21399**-8
ISBN 978-3-423-**24783**-2 (dtv premium)

Wer ist sie?

Berlin 1932. Eine junge Frau wird im Wald bei Caputh bewusstlos aufgefunden und in die Charité eingeliefert. Als sie aus dem Koma erwacht, kann sie sich an nichts erinnern, nicht einmal an ihren Namen. Man hat nur einen Programmzettel von einem Vortrag Albert Einsteins bei ihr gefunden. Martin Kirsch, der zuständige Psychiater, ist fasziniert von diesem Fall – und von seiner Patientin. Wer ist sie? Gibt es eine Verbindung zu Einstein, dem berühmtesten Wissenschaftler der Welt?

»In elegantem, schnörkellosem Stil: ein packender Thriller und gleichermaßen ein trickreiches Vexierspiel.«
Focus online

»Ein Thriller mit Stil. Historisches und Erfundenes sind wunderschön miteinander verwoben.«
The Times

Bitte besuchen Sie uns im Internet: www.dtv.de